愛廬談文學

三民叢刊 55

黃永武著

三民書局印行

序

黃永武

《愛廬談文學》是我今年所出版的第七本書，經過長期的蘊積，快意的抒發，到今日密集地出書，自有豐年祭的歡愉。每到新書將出版要寫一篇序文時，總爲這卽將呱呱問世的新生命而充滿著期待的心情。

我覺得新出書的心情有兩種：一本尚未寫出來的書，還在作者胸中孕育時，常是作者自己所最愛的，期待極高，寄望殷切，等到接近完稿時，作者仍有雀躍的自許。直待到書已殺青，校讀三過，那分內心在鼓掌的心情，陡然降下來，難怪黃侃在他的驚世名作《文心雕龍札記》問世後二週，別人提起他的新著，他居然悶聲不響，甚至有點懊惱，讓別人再也搭腔不下去。這是一書初成，「半折心始」的心情吧？

另一種心情則相反，由於並不曾事先想定寫作的遠大目標，也沒有立言不朽的自我預期，除了有編輯催稿，乘興揮幾筆，有學術會議，順勢撰一篇之外，只是話題偶到，默思追索；讀書興起，隨筆雜記而已，待到積稿成册付梓校對時，好像偶在田野拾穗，而不知不覺盈襜盈襭，這種不曾刻意經營，而意外累積的喜悅，不就像無心插柳、忽爾成蔭麼？

我想這本《愛廬談文學》是屬於後者的心情，看得出來，筆下仍想保持廣博的興趣：文字繁簡的論戰、星座生肖的探索、敦煌殘卷的勘讀、以及大量明代詩文集中生活藝術的抉發，方面雖廣，到了筆下，全部仍以文學趣味爲主，並不想專癡什麼，營戀什麼，不過，文思轉來轉去，依然在研究古典詩的輻射範圍之內的。

如果要問：書爲什麼寫得如此勤？那大概是相信讀書著書是滔滔亂世裏安度災厄的最佳方策吧？面對著當前滄海橫流的時代，鬱盤的忠義之氣，姑且化作悠然孤往的文辭吧，萬境自鬧，我心自閒，曾國藩在荒唐的世局裏，體會出尋找快樂的三種方法：先勤勞而後獲得憩息，滿身暢快，是第一種快樂；以最淡的心，消除忮害嫉妒，到處可以是安身之所，是第二種快樂；讀書琅琅，讀出金石的聲音來，不知書外還有世界，是第三種快樂。我反省自己，這些年來，工作超量，寫書編書，夠勤勉的，現在可以優游涵泳一番，眞快樂；回到臺北一所袖珍型的學校教書，婉謝許多高位厚薪的聘邀，以不忮不求自勉，更快樂；附近中央圖書館裏善本圖書盈千上萬，誰不希望在識盡天下英雄豪傑之後，能再讀盡天下奇書秘笈呢？福緣如此，能不快樂？匯集曾國藩的三件樂事於一時，再適逢新書刊行，數量上是北斗七星，內容上是詩文雅事，正當秋風高爽，銀河閃亮，保持天底下一顆乾淨的方寸之地，俯仰無愧，當然樂上加樂了。

民國八十一年十月於臺灣臺北

目錄

簡體字就是紅衛兵

簡體字不過是省掉幾筆，書寫時偷個懶兒，何至於比作橫行一時的紅衛兵，太誇張了吧？何況兩岸交流，必先放棄成見，拿出誠意，在如此醒目的標題下，未免壁壘分明了吧？哎，且聽我說，撰寫本文時絕對是心平氣和的，完全爲兩岸的長遠利益著想，而且是民族至上、統一至上，我說簡體字就是紅衛兵，確實有許多類似之點的：

第一、紅衛兵破壞中國人內在的倫理思想，簡體字也破壞中國文字內在的肌理系統。

第二、紅衛兵是由少數人的政治集團所操縱，作意識型態的鬪爭，達到造反有理的目標。簡體字也全由片面政治力量所孵化，在做文化革命的工作，只有破壞傳統的意識型態，並無學理上優勝的條件。

第三、紅衛兵破四舊、焚古籍、斬斷歷史文化。簡體字也使中國百姓與固有典籍絕緣，比焚古籍更徹底。

第四、紅衞兵的構想是：「立四新，爲人民」，不意成爲全大陸的亂源。簡體字也想讓工農人民書寫方便，不意亂造亂簡，已成爲今日大陸文化的亂源。

1 簡體字怎樣破壞文字內在的秩序系統？

漢字是形聲義三者有著一貫條理的，外在有部首分類，內在有聲義相貫，舉個例子說，「葉」字不僅字形上從「艸」部，屬於草木這一類，一望便知，而同屬「枼」的音符，也有「成薄片狀」的類別，聲音裏是寓有意義的，同屬「枼」聲的字：

「諜」是片言小語，「間諜」是安排在中間竊聽片言小語，以供整體情報研判的人。

「蝶」是像樹葉樣薄片狀的昆蟲。

「鰈」是體側扁如葉片的比目魚。

「碟」和碗不同，碗是宛然圓形中空深陷的，碟子則淺淺的較成片狀。

「牒」是片木單頁。

「蹀」是腳踩出的一片痕跡。

這一連串的字，左邊是事物的類別，右邊是聲義的情狀，而不幸把「葉」字簡寫成「叶」，不僅部首混亂，不屬於草木類，而「枼」字聲符「葉」中所寓有「薄片」，乃是「薄片狀草木」的表意系統也被破壞淨盡了！

再舉個例子，如從「出」得聲的字，像「朏」「詘」「屈」「黜」都因「出」聲中寓有「收縮彎曲」的意思，成爲一個系統。不幸把「礎」字也簡寫成「础」，並沒有「收縮彎曲」的意思，就把文字內在的肌理系統弄壞。

2 簡體字為什麼沒有學理上優勝的條件？

從大處看，簡體字不但造成古今文化的斷層，也將加深海內海外民族統一的裂痕。拉丁文會分裂成歐洲各國的文字，而龐大幅員的中國不分裂，全靠文字的精美統一。歷代以來，文字並不是不曾淆亂過，因爲正體字的結構有六書的原理作依據，錯謬容易糾正，歧出容易歸併，妄造不易通行，形聲義三者的關聯極精妙，所以各地的手頭字、俗寫字、方言字，都在正體字的反撲靖滅下，只好接受優勝劣敗的淘汰。

中共已經察覺，完全禁用正體字，辦不到。許多場合也不能不識正體字，那麼教育人民時，勢必在簡體字外，再加授正體字，方能繼承優秀的民族文化，因此一個字需要兩番學，學習上事倍功半，極不經濟。

簡體字的法則很雜亂，像把「發」「髮」簡省成同一個字，那麼「秀發」二字，是指美麗的秀髮？還是聰明秀發？又如「葉」簡化成與「叶」同字，那麼「叶韵」，究竟是指「古詩押韵」？還是「入聲的葉韵」？諸如此類，解義既多混淆，未來用電腦輸入資料時，有二字歸於一處者，有一字歸於兩處者，勢必更加混亂。

簡體字最大的效用是書寫簡捷，但閱讀時反因筆畫近似而倍傷目力。繁字並不難認，繁簡差異大，參伍排列，反而區分鮮明，就像辨別五官衣著都近似的一羣人，遠比五官衣著相差較大者困難。

未來文字在使用上，閱讀的數量遠超過書寫的數量，印刷書報發達的今天，一人書寫，百萬人閱讀，文字的便捷與否，要多從閱讀者立場去考量，正體字閱讀時反較簡體字方便清楚，所以當電腦、打字、印刷普及後，筆畫的簡省連省時的效用也不大了。

簡體字、手頭字在民間使用，是不妨的，例如飯館跑堂求快，把飯寫成反，把麵寫成面，不拘粗糙，是容許的。但在正式的文書裏，居然「面麵不分」「姜薑不分」，未免太粗醜了吧？「风」，也不合科學要回到三千年前商朝人「風鳳不分」的年代去嗎？既不合精緻文化的演進程序，世界的精確法則。

3 簡體字怎樣使子孫與固有文化絕緣？

中國書籍的總數，畢竟簡體的少，正體的多，百姓不能讀正體字，則先民的智慧無法傳承、民族的共識無法凝聚、文化的陶冶無法落實。人是文化的產物，把民族固有典籍，一刀截割，還算是中國人嗎？

古書的數量龐大，內容豐富，後代子孫全不能讀，要等專家譯述，文化斷層的危機，造成了知識貧乏、素養低下、研究困難、誤解叢生、史鑑不足、哲理空虛、價值錯亂、教養無門……中國人將淪爲沒有歷史文化的野蠻民族。

古書難懂，常常是一字作數字用，相互通假，幸好千年以來文字改動不大，還能閱讀，如果今日提倡文字可以胡亂替代，等現代書成了古書以後，就更加難懂難讀。舉個《史記》上的例子吧，項羽自刎烏江之前，指著漢將呂馬童說：「你不是我的老朋友嗎？」司馬遷寫到這裏，下面接了一句「馬童面之」，後人注解說是「面向他」，又猜是「背面於他」，其實可能是「靦」的假借，是「難爲情」的意思。一個字假借與否已經困擾了許多學者，如果再把「麵」字也簡寫成「面」，將來會怎樣？

4 簡體字如何成為大陸上文化的亂源？

簡體字一推行，各地亂造簡字，單是郵局送信時無法投遞的死信就一大堆，其他文書上的糾紛誤傳，還用說？

簡體字本身缺乏全盤的體系，譬如「鄧」字把「登」字簡爲「又」，那麼「澄」字也應該水旁加「又」呀，可是水旁加「又」並不是「澄」而是「漢」。又如「趙」字把「肖」簡爲「×」，那麼「削」字也應該寫成「刈」呀，但「刈」卻早另有其字。再如「躍」的「翟」旁寫成「夭」，那麼「濯」自然該寫成「沃」，原有的肥沃字又怎麼辨呢？再加上松鬆不分、乾幹不分、斗鬥不分、舍捨不分，不混亂才怪！

簡體字寫成的書法藝術，非驢非馬，誰來欣賞？於是中共開放書法藝術不受簡化的規範。又姓氏方面，姓鄧的姓趙的，簡化後永遠被別人打一個叉在上面，姓喬的姓齊的，簡化後永遠伸直了兩隻腳，姓葉的改成叶，恐怕祖先也認不得，一定有人反對，於是中共又開放姓氏可以通融，不受簡化。至於古籍的研究者，窮畢生之力，校勘出幾個通借字，一排版成簡體字，前功盡棄，於是中共又對整理古籍或文史學科，以及老輩學者的文集，做出讓步，又可以通融，不受簡化。招牌、古蹟也都例外，衆多的例外，也形成了混亂不一。

大陸上的有識之士，已經提出「識繁寫簡」的口號，也許是遷就大陸政治現實的權宜之計。但學畢了寫的一套簡字，還再學讀的一套正字，爲什麼不乾脆「識寫合一」省時省力呢？中國字音中有「語音」「讀音」的區別，已經讓孩子們學習時受夠了，再加字形上的

「識形」「寫形」，不但苦上加苦，勢必亂上加亂。

綜上所論，明白簡體字的危害就等於紅衞兵，紅衞兵不爲臺灣所容，也不爲中共所喜。中共既有智慧收拾掉紅衞兵，也應該有智慧收拾掉簡體字。緬懷優美的歷史文化，面對精密的現代化前景，都必須革除簡體字，恢復正體字，恢復得越快，投下在字典索引等文化工作上的社會成本將越省。中共近年在考古、整理古籍、保存民族文化資產上都有可觀的成績，何獨對簡體字的廢止，裹足猶豫再三？

本文除正告中共以外，也想勉勵此岸的學者，我們既認識正體字是最合理、最科學、最有前途的，就應該堅守陣腳，絕沒有各退一步作「整合」的可能，難道兩岸達成某種共識，再來發展更混亂的第三套中國文字？大陸上不乏有識之士，正在調整腳步，向正體字走攏的時候，誰鬆撤正體字一步，誰就是千秋民族的罪人！

文字的統合，是學理上對或不對的問題，不是政治上讓不讓步、買菜求饒的問題；是曾曾祖祖的傳承以及子子孫孫長遠利益的問題，不是兩岸少數學者互拋媚眼、冒充開明的短暫風頭主義；文字是整個先民智慧經自然演化，以致繁簡適中而千年不變的結果，而不是可讓少數人作爲政治圖騰，妄想以「今日倉頡」自居的虛榮問題！所以目前最急迫需要優先進行的事，就是及早收拾掉這批文化界的紅衞兵——簡體字，以利文化交流，文化長存。

救字如救火

——再談收拾掉簡體字

聯副的讀者羣，眞是無遠弗屆，我在聯副上寫的〈簡體字就是紅衞兵〉一文，引來了大陸上廣大的回響。二月十三日聯副刊出難兄先生的〈中國文字的災難與救援〉，正是「大陸有識之士」的代表，令我覺得談搶救中國文字，在聯副上談，威力強大，影響力絕不局限於「會議桌上」或「紙上」，更不是中共官方以僵化的立場所能「封殺」「反制」的，所以有再度撰文的必要。

簡體字風行不是為了文化，而是因為政治野心

難兄先生的大文，要點有二，其一是回頭看，看簡體字的由來不始於中共；其二是朝前

看，看簡體字的災禍，已不是一道命令所能廢止，此文化大問題須多方協商，以免大陸同胞全成了文盲。難兄先生的文章表面上像在反駁我，實際上是與我聲氣相應的，他對我提出簡體字的四大害處，就叫做「四害」吧，說是「一針見血，無不表示贊同」，借用大陸上流行過的一句話：「除四害，爲人民」，倒成了我們共同努力剷除簡體字的方向，所不同的只在對「紅衛兵」的觀感稱呼上，以及今後的作法上。我對難兄先生這種「佯攻而陰助之」的寫法，十分欣賞，而且覺得公理自在人心，日益昭著，因此對收拾掉簡體字，更倍增信心與勇氣。

回溯清末民初的知識分子，爲了救亡圖存，把中國落後腐敗的原因，全推諉給中國文化、古書、中國文字，於是有主張打倒「孔家店」的，有主張「把線裝書扔進茅廁坑」的，有主張廢漢文改採「拉丁化」的，這一段盲動幼稚的過程，值得同情，也不妨寬恕，病急亂投醫，以爲挖自己身上的肉吃了最補嘛！實際上近年見日本人不但保存儒家思想，還尊重陽明學說，對中國的古書保存與研究都完好，早昔還號稱「世界漢學中心在京都」呢，而所秉用漢字極多，不必追求完全拼音化，日本不但不因此落後腐敗，反而在戰敗後迅速挺立，直竄爲經濟第一大國了！中國落伍的原因哪裏是在古書漢字上？

再則不容諱言的，民國初期時，共產黨所想打倒的、反對的、改革的，往往也是國民黨所想打倒的、反對的、改革的，國民黨甚至一紙命令「廢除農曆」過，和共產黨採用「公元」一樣，當然國民黨也在民國二十四年頒布過簡體字三百二十四個，國共兩黨本來就「合作」過一段時間，怎能沒有相同處？

那麼我爲什麼要說「簡體字就是紅衞兵」呢？因爲中共後來對簡體字的施行已經完全走火入魔，利用文字的改革，切斷古書的價値傳統，爲了消滅一切賢哲的思想，變成毛澤東的一言堂，簡體字的雷厲風行，不是爲了文化，而是著重在政治野心的。在「工人無祖國」的指導原則下，爲國際主義而處心積慮，要以「廢除漢字」爲最終目的。這種一度瘋狂的行徑，畢竟因爲中共不等於中國，中國仍有許多可敬的「有識之士」，羣起而攻，使第二批「簡化字」及「漢語拉丁化拼音方案」胎死腹中。但是至今仍有許多中共掌權幹部，腦子裏依然把文字當作「造反工具」，我在近年出版的由浙江省教材編委會所編《九年制義務教育試行教學指導綱要》裏，仍讀到「語言文字是社會鬭爭實踐中產生」的荒唐話，紅衞兵的影子，居然仍潛伏在某些頭頭的腦海深處，蠢蠢欲動，以此來指導文字教育工作，難兄先生，這不是紅衞兵的魂，仍在你我左右作祟，隨時想借屍還魂嗎？

可以下達命令公布對照表，時常在傳媒上出現從難兄先生的大文裏，可以聽到一個強烈的訊息，那就是簡體字已經成了「一褲襠又兩褲腿」的痢疾撒下物，不是撒下的人自己就能收拾得了，何況撒下的人自己還懶得收拾呢！而亟盼海峽此岸的學者去協商解決。大陸內在的「有識之士」顯然感到力不從心，未必能暢所欲言，更別妄想付諸實行，因此亟盼視民族文化爲一體的臺灣學者共同負擔這一災難的善後工作責任，就像當年蘇聯的核能電廠災難，自己已救不了，呼籲全世界科學家共同救援一樣，甚至以「待從頭收拾舊山河」的使命感，期許此岸的學者，希望我們加強研究、加強協商、加強造勢、頻施壓力，發出糾繆匡正的獅子吼，臺灣已成爲責無旁貸，要以教育經濟多方面先進經驗來引導新中國的巨人，讓撒下「一褲襠又兩褲腿」的，自慚形「穢」，更重要的是在顧全十多億同胞的生計下，提出具體可行的收拾辦法。

這種寄望，當然讓臺灣的有志之士共同來深思，共同來扼腕以謀對策的。

我認爲要收拾掉簡體字，首先要撻伐「沒肩膀主義」——中共當局不是不明白簡體字已形成了文化亂源，並低落了文化水平，問題就在只有人指出來，卻沒有人負責來收拾，讓有識人士在討論會上放放炮，放完就算，在上掌握政策者沒有人逼，根本懶得更改，各個語文工作會的主任委員，都是黨幹部，對文字一竅不通，「通」的專家都沒實權，也負不了責任，大家「伴虎」慣了，誰都惟恐出錯，誰都不願正視它，對正體字的恢復，現在根本找不到一個有點擔當的人。

想當年第一批「簡化字」推行時，既然可以「一紙命令往下傳」，第二批「漢字簡化方案」，亦可以一道命令正式宣布廢除，可見要收拾掉簡體字，這「一道命令」誰來下達，畢竟是不能少的。下達命令，再公布一次正體字與簡體字的對照表，在報紙、電視、教科書、字典索引上時時出現，當然有效果。

第二要撻伐「苟安主義」——以「十多億同胞一夜之間都變成文盲」爲理由，來拒絕收拾掉簡體字，恢復正體字，就像以「十多億同胞都已能塡飽肚子」爲理由，來拒絕民主自由一樣，好像民主自由反而會餓死同胞，這種苟安的想法，是十分粗糙浮淺的。難道就這樣惰性地承認現實，藉口「大家沒字用」就一拖再拖，愈拖愈困難回復正體字，愈拖愈浪費教育文化出版上的成本，愈拖愈使中國歷史文化災難深重。奉勸大陸上的頭頭們，不要以爲恢復正體字就是「多事」，在人人「不要生事」，只望今天不出事，個人不出事的苟安心態下，已不足以安度難關了，中國文化的災難已經像在烈火中焚燒，還能由你們去拖嗎？

大陸有人提倡「識繁寫簡」，亦是逐步恢復的辦法

第三要撻伐「反改革主義」——無論推行簡體字或廢止，激進的作法必有流弊，但也不

能以「反激進」爲藉口就「反改革」，一味地諱疾忌醫。我在〈簡體字就是紅衞兵〉一文中，並沒有主張以「一道命令往下傳」就認爲是收拾掉簡體字的「智慧」，「智慧」的收拾方法，當然包括多方面的配合，譬如做實驗也好、利用傳播媒體也好、推廣教育也好，據說新疆、天津，以及袁曉園指導的幾個北京重點小學，已在嘗試傳統正體字的教學研究，那麼浙江省的九年國民義務教育實驗班，爲何不能先作正體字的示範教學，然後推廣？大陸的報紙也可以每天有幾篇正體字的文章，作爲漸進的引導，大陸的排字工人已經許多不認識正體字，這問題實在太嚴重也太迫切了！

能大膽一些，開放臺灣書籍、臺灣報紙、臺灣電視字幕給大陸同胞，接觸多了，自然會認識，就像臺灣進口及翻印了許多大陸簡體字書，還不是一樣可以懂？連翻印討論馬克思的書在臺北也暢銷，卻毫不起政治作用，大陸既高談統一，何必怕？前年在廣州舉辦的「臺灣書展」，在中共嚴格的管制下，規定只准大陸各省負責出版業務的幹部，去觀摩臺灣書的設計印刷，作爲學習改進，而一般老百姓全被隔離，不但不准看臺灣書的內容，連封皮的美麗也不准瞄一眼；依然是以「意識型態」掛帥來阻絕兩岸文化交流，不依然是紅衞兵的想法嗎？一點心胸氣度都沒有，還奢談什麼統一？（案：今年的「臺灣書展」已採納本文意見改進）

此外大陸上有人提倡「識繁寫簡」「繁簡由之」，在無可奈何中，也算是逐步恢復正體字的梯階吧？雖然慢，總比不做好吧？文化工作本來是慢性的，卽使公告廢除簡體字，正體簡體兼並通用的時間一定會相當長，不怕沒字可用的。

第四是要撻伐「工具主義及倒退說」——中共幹部在文字政策上所以苟且偷安、沒人擔當，主要的基本心結是在將中國文字只看作「工具使用」，只當作工具，所以仍認爲愈簡單愈好。其實卽使是工具，也是「構造愈複雜，使用愈簡單」才進步，而不是「構造簡單」就是進步。竹篙撐船是構造簡單，卻是落伍；飛機引擎是構造複雜，但在飛越山河大地時，使用時卻簡單。中共幹部仍有許多勸說反對簡體字者，勸反對者多往工廠、鄉下、部隊去看看，看他們使用簡體字多快樂、多方便，這種想法就與看竹篙撐船多簡便是類似的，奈何不能「行之久遠」？目前大陸各地民間對於正式的、有價值的、可以垂之久遠的場合，都喜歡用工工整整的正體字，這訊息在說明什麼呢？中共的幹部們肚子裏會不明白嗎？

這種「工具主義」的毒害其來有自，因爲在唯物思想的抹黑下，對中國文字一無感情，認爲那是舊東西，經改革了才進步，爲什麼一定是原有完整的就好呢？要恢復正體字，不是倒退嗎？工具主義者根本不懂得中國文字在結構上的科學性、嚴密性，它不只是使用工具，文字結構中更含有大量哲理思想的起源呢！

譬如一個簡單的「天」字，是「大」字上加一畫，大就是正面站立的「人」，最早指「天」就指人頭頂上，所以發音爲「顚」，就是「頂顚上」天空的意思，「頂顚上」就是天，「天」與「首頂」在一處，所以《易經》「乾爲天」，乾亦「爲首」，於是首演化出「元首」，天也演化出「天子」，中國人尊王尊天，乃至天人合一的哲思就可能從這文字中一路孵化出來，中國文字哪裏只是個「工具而已」？隨便去亂改，不知道要毀掉多少中國文化寶貝，哪裏是工具主義者所能夢見？

「工具主義」者老覺得文字簡單了，就容易推廣普及，事實證明大陸上用簡體字，文盲反而高達三億（有人說該是七億），這是進步嗎？而臺灣使用正體字，文盲不及百分之一，這是倒退嗎？可見教育是否普及，與使用文字筆畫的多少根本沒關係。更何況不久後，電腦的使用將極爲普及，簡體字在軟體字數上已不够，明顯地將成爲拙劣粗糙的工具，而臺灣開發好的電腦軟體，造字極方便，字數又充足，資料的儲存空間大，單從科技上看，正體字才是最方便的工具呢！再想以「工具主義」頑守著簡體字的，即將被資訊的浪潮所淘汰了！

正體字的反撲力量，已經在各個角落滋長，但強大的「意識型態」還強壓在那裏，中國文字的受難要到何時才結束呢？難兄先生，您會同意的，搶救傳統的中國文字，就像搶救古老的房子失火，一步也晚不得了呀！

科舉漫談

1 考神張飛與翹板運屍

先父曾告訴我說：「清代科舉的試場『貢院』中央，祀奉的神靈是張飛。」這一點，我在許多有關古代科舉的資料中還不曾讀到。

先父在十四歲的幼年，祖父母相繼過世，曾往青浦縣章練塘鎮陳姓染坊習業，陳家有四兄弟，老二爲廩生，老三爲優貢生，老四陳世垣是舉人，也是鎮上唯一的舉人。先父從他們兄弟談述考場情況中聽來的，這幾兄弟都是屢次進「貢院」的老手，所講應該不全是憑空胡說。

張飛的書法寫得極好，傳世的有刁斗銘、記功題名刻石、擘窠書石刻及西川平都山的立馬題名碑等，我幼年時臨過張飛寫的「漢將軍飛大破張郃於此」的搨碑，對他特別有印象，和《三國演義》裡氣粗心莽要放火燒茅廬的形象大不相同，張飛書法遒勁雄邁，絕不是老粗，至於為什麼成為考場裡的考神，還無從詳究。

先父還說：「貢院的考神前，高昇著一面黑旗，在空中飄揚，專門招徠冤魂，下面寫著『有冤報冤，有仇報仇』八個大字，希望所有的冤魂枉鬼，能在考試放榜前，把冤帳清算掉，以免仇人中了舉，門階炙熱發燙，冤鬼就不容易再上門報仇了！」

「那是很好的心理戰術！」我當時的反應是：「讓作了虧心事的傢伙，心神不寧，在努力躍龍門時跌下來！也算是一種公平。」

先父又說：「閉鎖的考場裡，傳說的鬼怪故事多得很，有人看到紅衣女郎來尋仇家，有人看到冤鬼，而冤鬼卻對他說找錯房間啦，不久隔壁卻死了人……不少人就死在一間間以『千字文』編號的小磚房裡。」

「考生個個事先『齋禱』『求夢』，早就弄得人人疑神疑鬼的，故事一定很多了。」我說：「誰要是緊張過度、心臟痲痺，昏死在裡面就最倒楣，被人家說成冤鬼討債，那丟進黃河也洗不清了。」

先父又說：「考試期間，每個小巷的柵欄門都上鎖，考生昏了死了，大門也絕不可開，無法從大門運走屍體，考場邊上用大木板做成翹翹板，把屍體放在上面，然後用力將另一端往下猛壓，讓屍體陡然向上翹起來，從貢院的圍牆彈飛出去！貢院四周的圍牆有兩層，內牆高一丈，外牆高一丈半，要把屍體彈飛出去，非得有特殊的機械設計不可！」

這些傳說，說得有點離奇，而且專找各種《文獻通考》《會典事例》裡沒有記載的細節在說，但事理或然，饒生趣味，姑且記下來作為待考的野史吧。

2 三年一人與千秋一人

凡是年紀輕輕的就在試場連捷，到殿試被唱名時，大家都看他像「神仙中人」，單是舉人，也只有窮秀才，沒有窮舉人的。舉人以後，一路上去便是榮華富貴了。所以到殿試被唱名的時分，是科舉進程中的最高潮，有人緊張得指甲掐進掌心中去，想把握緊的拳頭再張開都張不開了！

因此，我很欣賞明末的黃淳耀，當他在「臚傳」時，鼎甲名次在先，被鴻臚寺官引上殿去時，大家「嘖嘖稱羨，以為登仙」，而他卻內心私嘆道：

「天地間自有為數千年一人、數百年一人者，今人必不肯為數千百年之一人，而必欲為三年之一人，可笑也！」（見《蓮漪文鈔》載）

那時候，黃榜初揭，御仗鐘鼓韶樂齊奏，一甲的進士三名隨榜而出宮門，該有多神氣？

而這時黃淳耀居然會有如此的感觸，不想做「三年之一人」，而要做「數百年數千年之一人」，這究竟是違心之論？還是矯情之語？引起了我的留心。

我讀黃淳耀的這段話，是在中央圖書館的善本室裡，舉頭看到一張搨碑，上面寫著：「貴而能貧，張文節司馬公有焉；賤而有恥，劉道原陳無己有焉。」署名正是「淳耀」，印章裡有「黃」姓，是他寫的，書法厚重，有點顏魯公的味道。後來才知道他在中舉以前，曾做過錢謙益孩子錢孫愛的教席，當時錢妻柳如是用海棠小箋做了一首詩給他看，他卻拒絕唱和（見《虞陽說苑》）。後來他洞察錢謙益的爲人，寫了一篇〈鄙夫事君篇〉和錢絕交。明亡時，錢謙益以宗伯的身分主張降清，而黃淳耀卻自殺殉國（見歇得頭陀寫的《南忠紀詠》）。黃淳耀留下的著作是《吾師錄》《陶庵集》等修身的作品。這麼看來，他在殿試時的豪情壯志，乃是他發自內心的眞話。科舉制度對志士仁人來說，也不見得個個都會被磨礱成餌名釣祿之輩。

倒是錢謙益，爲了原本傳說是狀元，司禮諸監在前一天已經飛帖致賀，但傳臚揭榜後，卻成爲探花！爲此，錢始終憤憤不平，後來和狀元韓敬傾擠得如同水火不容，獄事連連，可想而知，這種「奪狀頭」的傳聞，是全國民眾矚目的新聞焦點，也是知識分子心中虛榮的巔峰。

明朝亡國之日，錢妻柳夫人勸謙益「取義全大節，以副盛名」，但錢做不到。這麼看來，睥睨科舉的黃淳耀能殉國死節，而斷斷計較「奪狀頭」的錢謙益卻不能死節報國，平生的氣概也可以從對功名的反應裡看出端倪來。

3 考前準備與考後榮辱

在我讀過的資料中，敍述「考前準備」最詳細的，應該是明人唐文獻《唐宗伯文公集》卷十六的「家訓」，這幾十封訓子的家書裡，反覆說明「出題課藝」的方法，以及自述當年「朝經暮史、日相循習」的用功過程，由於他的子弟屢試屢敗，而他自己又是閱卷的考官，所以訓勉時特別詳盡，下面摘錄數則：

「我自癸酉失科舉，而後每三年必作文千篇，或有至千外者，壬午以後，則文機已純熟，漸入悟門，自覺更無題目考得倒，以此酉戌場中甚不費力，便得連中。」

「文字亦須多做，以明年爲始，一年須作經書文三百餘篇，後年亦如之，只是三六九更不廢缺一次，則文字自然多矣，至第三年則止可作一百五十篇，但不可苟且塞責，亦不得自作稿令人抄謄，有一題而謄至三四通者。四書本經必須一年細看一遍。」

「三六九作文，每日經書四篇，斷不可缺一次，亦不可草草塞白一篇。」

「四書本經、性理綱目，從來稱『舉業本領』，近來士子多不務本領，掇拾爲奇，殊可厭薄，昨爲秋闈參劾之後，會場中文，少有引用子書者，有亦盡爲主司抹去，會元卷甚平無奇，主司亦故欲以示程耳，想此後文體，又當一變。」

上述引文中，把準備的「日程」、準備的內容及方法、考場流行的文風等等，都說了。他在「家訓」裡，將科舉看成「極榮極貴之事，亦是極大極難之事」，一再要子弟「猛省『秀才脫殼』之好處」，及「熟思『秀才沒下稍』之不好處」，朝夕淬勵，「作文必要每月三十篇」，四書本經要「無一章一句模糊不明」，性理綱鑑亦「領略記得」，論表策亦「識得體段」，然後下筆成章，件件來得，做一個「不怕考秀才」，才是「登科登第」光宗耀祖的好子弟。

至於記載考生心理、科舉日程、考場情況，以及考前對「齋禱」「託夢」等迷信活動，配合鄉試、會試、殿試三階段敍述，故事生動，情節詳盡的，要推明代《明世學山》叢書裡所收海鹽人張寧寫的《方洲雜錄》，爲了避免冗長的節錄，我把它用語體文簡述一遍，關鍵性的字眼則加注說明，以便於覽讀：

明代正統丁卯（一四四七）八月九日起[1]，我二十二歲，參加鄉舉考試，考第一場的那天（八月十二日）我父親從中庭採來桂樹一枝，花葉新茂，插在水瓶中，並且祝禱道：「如果我兒子今年獲薦❷，就請桂花盛放」，不一會兒桂花盛開，香氣盈室，八月二十四日放榜，果然中了舉人。

在八月二十三日晚上，我母親夢見一個老叟，從大門進來，拿著一枝大筆，在天水缸中蘸濡，然後在挹清樓的粉牆上寫一個「孫」字，字大得與牆一般，我母親就手捧著泥巴，依著大字塗掉。下一天中舉的報書到了，但後來參加兩次進一步的春官考試❸，都沒有錄取。

到了辛未年（一四五一）❹，參加貢舉會試，進場的前一晚，我到都城的城隍廟去齋禱，請求神明開示進取的法門，夜半入睡，夢見登上海鹽縣捍海塘，前面橫亘著大山，有一個老翁指著山對我說：「這是崑崙山！」指了三次，說了三遍，我正想再問，就驚醒了。立刻起床叫醒書僮找蠟燭來，把《書經・禹貢》中「織皮崑崙」那一段反覆地研究，就沒再睡覺，急急忙忙進入試院，拿到題目，果然是「織皮崑崙」這一條。考書經的舉人都面露窘相，而桐鄉人楊青席考試的房間在我旁邊，對我說：「其他六題都做得準確❺，只剩禹貢這一題，難以通洽。」我就侃侃而談，爲他開示陳說，等到放榜，楊青席列名第七，有一篇文章錄爲範文，後來選拔爲給事中，而我竟然落榜下第！

到甲戌年（一四五四）二月初三日，我才趕到京城，匆忙之中來不及安心準備，自認爲一定又是虛受一場「烤罪」，在初五夜晚忽然夢見前輩狀元柯孟時來訪，送給我一枝梅花，我伸手接花，柯就說：「你是今年的狀元嗎？」我正在謙讓不敢，就聽見天空雷電交作，砐而霹靂聲擊中同座中的一個人，我驚醒了，等到放榜，我也列名爲貢舉中的第七名，有一篇文章被錄爲範文。

不久三月初一參加殿試，文章才寫了一半，禮部侍郎姚夔，與尙書胡濙同來視察考場，見了我的答卷，兩人互相看看，面露十分喜悅的神色，他們附著我的耳低聲說：「你這份試卷應當被讀的❻！要善自珍重呀！」我就向他們報告：「試卷紙太短了，不够寫。」

姚胡兩位就立即命儀司檢查已經繳卷的試卷，發現李曰良的試卷後面還空白一大截，裁下來給我接續在試卷後面，我又害怕地說：「天色已晚了，恐怕來不及完卷。」胡尙書又安慰我：「只須留心作答，我會爲你進呈試卷的！」他並且引用曾棨的往例，命人給我蠟燭❼，但沒有能做到。

胡尙書只好命令儀司郎中兪欽按時收卷，把我留宿在禮部中，明天一早帶我一起入朝，在值班房下等候。胡姚兩位進入內閣，請求其他考官同意我將沒做完的文章補續完成，請求了三次，但大學士王文颺卻拒絕道：「張寧，是南方人嗎❽？如果今天可以再謄寫考卷，那怎麼對得起臨軒寫成的考生？」胡尚書只好不再多說。

殿試都在次日閱卷，再次日就放榜，放榜的早晨，到處都傳說我是狀元，等到唱名揭曉，狀元是孫賢！一時各種傳言喧騰了好幾天，傳入了禁中，不久皇帝有旨：「取進士張寧寫不了卷」御覽之後，送回內閣收貯。

我想起母親在七年前，就有大字「孫」的夢，我成爲孫賢榜下士[9]，大概是命數有定吧？又贈送梅花、雷電霹靂的夢，大致上簪花驚雷都符合了，而母親捧著泥巴塗墁「孫」字，是什麼意思？還不明白，至於那個夢見老叟指崑崙山的夢，雖然極準，卻是爲楊青席預設的，而我後來會試的名次及錄文中選，都和楊青席相同，這難道都是造物巧妙的安排嗎？

從這個故事的敍述中，可以看見整個家庭、整個社會在科舉制度下的活動情形及心理影響。

4 科舉制度與利弊得失

以今天的眼光去看當時的社會，許多人對科舉制度都抱著否定的態度，先天上，我們中華民國是革命黨所創建，「科舉制度」是被革命掉的東西，潛意識裡老覺得這些是落伍、腐敗、陰謀、錯誤……細數它的缺點有：

第一是科舉箝制了仕人君子的心胸眼界，只以利祿爲勸學的目標，三年又三年，「場屋之期」成爲知識分子甘心就範的牢籠。

第二是考生的思想閱讀，限於要考的四書五經內，連子書常遭排斥，經書又限定某家注文，挖空心思命題作答，朝夕謳吟，都在「時文」裡打轉。各類的人才，豈能只用一個小模子鑄造？

第三是考試的方式用「八股文」，內容都是「代聖賢說話」，不管懂不懂「八股」是什麼，今人一說「八股」就是壞，連帶抗戰八股到反共八股都教人感到教條與僵化。

第四是擠窄門時一定醜態百出，考場風氣的敗壞、考官禁忌的繁多、考生人才的埋沒，加以「詳夢」「齋禱」，命數之說盛行，多少人簡直爲之瘋狂，如《儒林外史》的描繪，令知識分子毫無風骨與理想。

第五是科舉成爲學者唯一的出路以後，青春的虛耗、人生的意義，都因而扭曲貶低，屢試不第的人不是怨望終身，便是挺身造反，宋朝的張元、清朝的洪秀全都是實例。

不過，如果我們平心靜氣地想想，科舉制度的得失，仍有許多值得再深思的地方，優點也是不少：

第一、科舉如成爲一種公正而防弊的制度，使知識分子的向心力集中，忠君體國的思想濃厚，師生朋輩的人際網絡緊密，成爲政治上最鉅大的安定力。因此科舉制度上軌道的朝代，均有幾百年的江山。科舉廢除後，知識分子各說各話，分崩離析，缺少一個強固的對政治中心的連結點。縱使靠黨派、學派、軍派、大企業勢力，仍不如科舉制度下結合知識分子所產生的安定力。

第二、在科舉的影響下才有「詩禮傳家」的觀念，雖然表面是詩禮教化，骨子裡是功名利祿，但儒家的倫理與傳統亦得以維繫不衰。今天「詩禮傳家」的門帖已經毫無意義，而書香社會亦隨之跌入谷底。

第三、用大公無私的考試來選拔人才，比早先的「九品中正法」要進步多了，與選民用選票來選拔人才，究竟那樣更能選出眞正的人才？今天大半是盲目的投票者對候選人的識拔，能比考官對試卷優劣的比較更精準嗎？

第四、「學而優則仕」本來是儒家的想法，科舉使仕途成爲崇高的社會成就，因而強化了知識分子的成就動機。科舉廢除後，仕途也隨之沒落，人才奔趨於工商利祿，是促進資本主義工商社會的有利條件，但知識分子在修齊治平的道德層次上已經遠不如古代的注意。

第五、科舉的成功，榮耀及於一家一族，甚至認爲「歷祖歷宗皆積善好脩，幾及百年，而後有科名榮我」的想法，這種「積善成名」的思想，是社會道德日益隆盛的原動力。科舉廢後，家族制度、鄉梓思想、社會關懷等等亦相對式微。

第六、單就「八股文」的結構體系來說，八股是文章中十分嚴密穩實的好結構，當然，文章並不適宜篇篇是一樣的結構型式。

注：

❶明代的鄉試，每三年一次，於地支的「子」「卯」「午」「酉」時舉行。考試分三場，於八月九日、十二日及十五日進行，考畢正值中秋桂子飄香時。

❷明代鄉試中式的舉人，才可以參加貢院的會試，明初曾實行過十年不科舉而用薦舉的方式，不久便恢復科舉，這裡的「獲薦」，是說鄉試中式。

❸宋人呼貢舉官爲「春官」，會試在第二年春天由禮部所主持，明人相沿也稱會試官爲春官。

❹會試在鄉試的第二年舉行，亦即於地支的「丑」「辰」「未」「戌」年二月初九、十二、十五日舉行。張寧於「丁卯」中舉，次年戊辰（一四四八）及四年後的「辛未」兩次會試皆落選。

❺會試的試題方式，同於鄉試，第一場試「四書」義三道，經義四道共七道題，因此除禹貢外，其他爲六道題。

❻殿試閱卷全部錄取，只分一二三甲，由「讀卷官」評出一甲中前三名爲狀元、榜眼、探花，是最惹人注目的事，「當被讀」是指可列入前三名。

❼鄉試沒能及時繳卷，可以發給蠟燭三枝，燭盡就不准再寫，會試殿試沒有給燭的規定。

❽ 明代會試，南方人善於應考，人文風熾，明初洪武三十年曾有全部錄取南方人而引起考官被處死充軍的事件，所以偏袒「南方人」是考官的大忌。

❾ 孫賢旣爲狀元，其餘同榜錄取者均爲孫賢榜下士。

西洋星座原產中國？

十二月八日在繽紛版上讀到彭歌先生的〈十二生肖對決西洋星座〉妙文，主要在感嘆現代的中國人，不知道珍惜源遠流長與生活經驗有密切關係的「十二生肖」，反倒跟著名稱怪異的「西洋星座」學，彭歌先生這種淑世憫俗的胸襟是令人起敬的。

在起敬之餘，我又想起那久梗在心頭的疑問：「西洋星座」與「十二生肖」究竟關係如何？這問題一直不曾解決。

但據最近得到的一些資料，幾乎已能明白，「西洋星座」可能不是外國貨，可能原本也是中國老祖宗的東西，比十二生肖說法的誕生更早了一大截，大概在三千多年前傳到巴比倫去。我這樣假定，當然有許多人要嚇了一跳！

關於這個問題，日本研究得比我們深入，日人大西正男已發現殷商初期甲骨文中所寫的「子丑寅卯辰巳午未申酉戌亥」，這十二地支，竟是模倣天上「西洋星座」的十二個星座所造的字：子字的早期甲骨文，是象牡羊之形，丑字象牡牛之形，寅字象雙子星座，卯字象巨蟹形，辰字象獅子形，巳字象乙女星座，午字象天秤星座，未字象蠍子形，申字象射手星座，酉字象山羊星座，戌字象水瓶星座，亥字象雙魚形，如下頁附表。

殷商初期的甲骨文，十二支是這樣寫的：

（子）（丑）（寅）（卯）

（辰）（巳）（午）（未）

（申）（酉）（戌）（亥）

這種寫法，就是把天上的星象簡單化、圖案化。且看附圖，對照星象，相當有趣。原來在西元前一三八四年，那時的殷商祖先所寫的子丑寅卯……已經用「西洋星座」的雛形以作爲紀年紀日的符號了！

這些早期的甲骨文字創製時，十二星座的思想早已經完成，所以將星象十二分，年代必然更早。《尚書・堯典》裡對天文的觀測，其春分、夏至、秋分、冬至，以及《詩經》裏的「定之方中，作于楚宮」的古老知識，可知古代的曆法及建築，都是以星座爲季節的基準的。相信星象十二分的理念，可能起於堯以前，堯的年代距今四千三百四十六年左右，比兩河流域的巴比倫文化還要早。

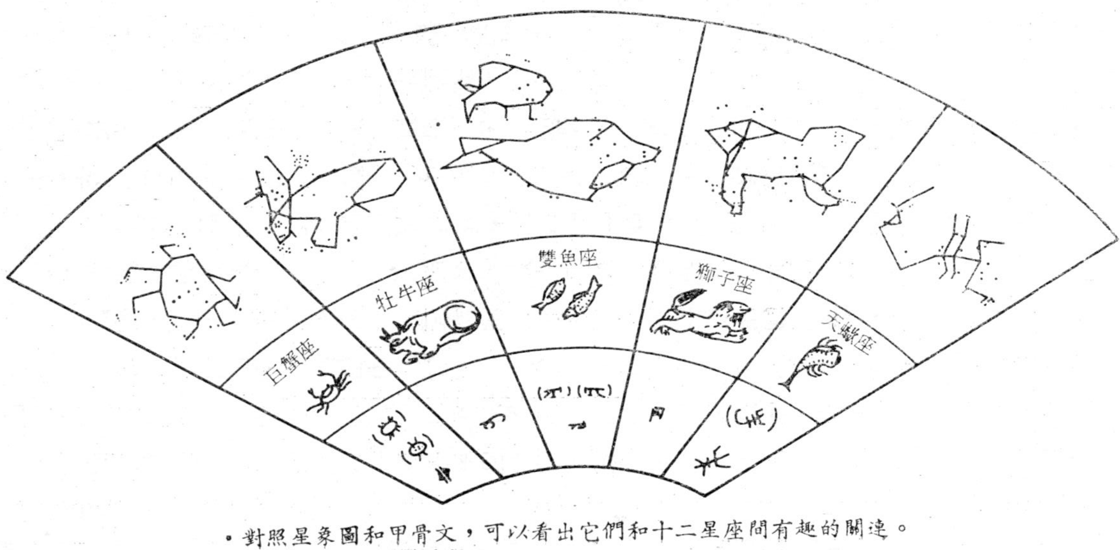

•對照星象圖和甲骨文，可以看出它們和十二星座間有趣的關連。

有人說「西洋星座」起於巴比倫，巴比倫文化距今最多三千八百多年，所以巴比倫的星座說，很可能自中國傳過去的，「域外文化」與中土文化的交流，早在三代時已經開始，這說法迭經爭論，在此不贅。

殷商時代的十二支既然是「西洋星座」的圖案化，又如何演變成後代的十二生肖呢？這謎底由於資料不足，還不能解答。現在可以明白的是，在《爾雅．釋天》中還留下「獅子星座」的痕跡，在新出土的秦簡中，有「三十六禽」的痕跡，下面只能簡單地說一說這些看法：

《爾雅．釋天》及《淮南子．天文訓》中，留下一些怪怪的「太歲名」，經過日本古音學家及大西正男的追索，知道「太歲名」是十二種禽獸西域語音的音譯：

「攝提格」就是「虎」的直接音譯，「單閼」就是「兔」，「執徐」就是「獅子」，「大荒落」就是「大龍、大蛇」，「敦牂」就是「馬」，「協洽」就是「吉羊」，「涒灘」就是「長猿」，「作噩」就是「鳳凰」，「閹茂」就是「牝狼」，「大淵獻」就是「大豪豬」，「困敦」就是「鼠」，「赤奮若」就是「野牡犛」。

顯然「辰」還是「西洋星座」裏的「獅子」，而「巳」是龍蛇不分的，「酉」是「鳳凰」，不曾變鷄；「戌」是「牝狼」，不曾變狗，其餘都符合十二生肖了。難怪屈原〈離騷〉說：「攝提貞於孟陬兮，唯庚寅吾以降。」攝提星果然是庚寅年，寅是虎，攝提就是虎的音譯，屈原是屬虎的！「攝提格」的格字，是「起算」的意思，由寅起算，這和夏曆「建寅」有關係嗎？後來的人由「子」起算，這和周曆「建子」有關係嗎？探討起來，都是疑問。

在西元一九八一年，中共公布了湖北雲夢出土的睡虎地秦墓竹簡，也出現了新資料：

子，鼠也……多鼠鼷……

丑，牛也……牛廐中草木下……

寅，虎也……多虎豻貙豹……

卯，兔也……多兔竈陘突垣……

辰（漏某也）……多貜不圖射……

巳，蟲也……黑蛇目黃色……

午，鹿也……名徹達祿得獲……

未，馬也……於芻稿中險阪必得……

申，環也……名責環貉豻干都……

酉，水也……夙得莫不得，名多酉……

戌，老羊也……夙得莫不得，名馬童……

亥，豕也……夙得莫不得，名豚孤……

這些竹簡寫於秦始皇統一之前，是先秦的作品，可惜「辰」下漏去「某獸也」，是「龍」還是「獅」？極爲重要，上下文對字中也無法確定它。

而「午」不是馬，卻是鹿。這是據「三十六禽」的排列，二十八宿中的「張」星是鹿，「星」星是馬，「柳」星是獐，而鹿馬獐在十二分時合爲午馬。

至於「未」不是羊而反是馬，比較特殊。其他「申」是「環」，可能是「猨」的同音；酉是「水」，可能是「雉」，水隼古同音，隼就是雉，都可用三十六禽中猨與猴、雉與鷄同位來解釋，「三十六禽」表，可以參看拙著《珍珠船》所載新出土的六朝銅式地盤上的三十六禽。

至於「戌」爲老羊，饒宗頤先生引古今注：「狗一名黃羊」，以爲老羊可能是指狗。

由以上的新資料與新解說來看，直至戰國晚期，現今完整的「十二生肖」表，尚未出現。而在最古的「西洋星座」的十二分理念下，至周代影響尚在。中間又流行過三十六禽的說法，留下一些痕跡。至於現今所用「十二生肖」的十二種獸完全固定下來，目前所得的資料，仍以東漢爲最早。各項有趣的證明，請參閱洪範版的《珍珠船》。

依據這樣的理由，所以我說「西洋星座」是「十二生肖」的前身，「西洋星座」極可能是中國人發明的。

誰是千里馬

報載國內的馬兒，要開始「報戶口」了，因爲近兩年來外國馬匹大量進口，有關馬術的活動也日益風行，爲了檢疫與管理，必須普查登錄每匹馬的基本資料。有一天再開放賽馬，大家對馬兒的騏驥駑駘，孰優孰劣，一定會更有興趣了。

一朝賽馬開始，誰是千里馬，將成爲大眾押寶下注的矚目對象。在古代，「誰是千里馬」原是國家重要的甄別項目之一，因爲古代的馬不僅是主要的交通工具，更是主要的作戰力量，象徵著強大的國防力量，如果要問國家有多少實力，「數馬以對」就可以。

一提起「千里馬」，大家就會想起伯樂來，相傳伯樂一過冀北之野，馬就爲之空羣，不是沒有馬了，而是好馬被選光了。又曾有一匹千里馬在鹽車中服勞役，一見伯樂就長鳴，伯樂下車來爲牠的遭遇掉眼淚，結果這匹千里馬，俯首噴氣，仰頸高鳴，知音相遇時的歡心高唱，竟然「聲聞於天」了。

伯樂是怎樣甄選千里馬的呢？現存他的「相馬法」，只有一條，那就是馬肚子下有旋毛，旋毛糾結像乳一樣，便是千里馬。

後人相傳從肚子下到陰部前，有兩道逆毛成帶的，也是千里馬。馬出生墜地時，全身無毛，也是千里馬。

看來馬的好壞，從「毛」上可作鑑別，一般來說，馬身上沒有旋毛才好，馬身上有十四個地方長旋毛，都是「惡旋」，叫做「毛病」，何況馬一生病，毛會玄黃變色，所以「毛病」這個名詞就是從馬身上來的。

古代經書裏提到的「名馬」，大抵是從馬毛的顏色來命名的，譬如：

「戴星馬」，額上有一塊白毛，是披星戴月、日夜不停蹄的良馬，《易經》上叫做馰顙，《詩經》「有馬白顛」，就是指這種馬中的貴族。

「連錢驄」，毛色淺深，斑斑駁駁，隱約如魚鱗，《詩經》裏叫做驒。

「烏驄」，毛色黑白而又有雜毛相混合的，《詩經》叫做鴇馬。

「桃花馬」，毛色黃白而又有雜毛混合的，《詩經》叫做駓。

「泥驄」，毛淺黑色，而又有白色及雜毛的，《詩經》叫做駰。

「騅」，毛色淺青或青黑，而又有白色及雜毛的，《詩經》叫做騅，項羽騎的千里馬傳說是一匹野騅。

「赭白馬」，毛色紅，而又有白色及雜毛的，《詩經》叫做騢。

「駱馬」，白馬而黑鬣叫駱，白馬朱鬣也叫駱，黃馬而黑鬣，黑色一道如界線的也叫駱，最耐勞苦，《詩經》「嘽嘽駱馬」是良馬。

「騵馬」，淺紅馬而黑鬣叫⿰馬亞，其肚子上有白色的叫做騵，《詩經》「四騵彭彭」，是了不起的良馬。

「驈馬」，黑馬髀間白色叫驈，《詩經》「有驈有皇」，是了不起的良馬。

「驪馬」，毛深黑色，是良馬。

「驖馬」，毛紅黑色，堅壯如鐵，有些堅悍難御，《詩經》「四驖孔阜」，是極剛健的馬。

「踏雪馬」，馬的四隻蹄都是白色的，像踏雪一樣，又叫「首馬」，是好馬。但單單左右後腳白的就「不利人」，相傳會踢死主婦。而白馬四隻腳黑的，也是「不利人」的劣馬。這和「相貓」有些類似，貓身黑而四腳白的叫「烏黑蓋雪」；貓身白而尾巴黑的叫「雪裏拖槍」，都是古代當舖中最珍視的「一品貓」。白貓而嘴上有一大塊黑的，常像啣著一隻鼠，也是鼠輩一見就顫抖腿軟的好貓，而馬也一樣，白馬而黑毛嘴的叫「駩」，黃馬而黑毛嘴的叫「騧」，唐太宗的「拳毛騧」就是千里馬。

「不利人」的馬，也可以從毛上識別：

「孝頭馬」，黑馬而有二隻全白的耳朵，雖能走千里，卻是悲劇馬。白馬而黑眼睛，也「不利人」。

「承泣馬」，馬眼下有大旋毛，遠看像淚痕，沒禍也會妨人。馬眼下有橫毛的也「不利人」。但是旋毛在眼眶上方的，卻是四十歲的長壽馬。

「的吻馬」，旋毛或白毛長在鼻頭上，是凶馬，不利人。

「駝屍馬」，馬鞍下的背脊上有廻毛旋毛的，極不利人，頸子上長廻毛的，也不利人。

「挾尾馬」，腋下有廻毛的，不利人。

「帶刀馬」，左脅下有白毛直下，不利人。

「兪膺馬」，額上有白毛一直連到嘴巴中，像銜著禍事，又叫「的顱奴」，是最凶惡不吉的馬，相傳乘客會摔死，養主會斬首棄市呢！

除了以毛色辨別良駑外，大體是觀察馬的眼睛爲最重要，所謂「三十二相眼爲先」，馬的眼睛愈黃愈佳，黃而又有光，帶些紫艷，那就最好了。古時韃靼人從馬的眼睛裏可以看出馬的年齡：馬眼裏能照出旁人全身的是年輕力壯的馬；只照出旁人半身，是中年的馬；若只照出旁人一張臉，那就是老馬了。看來馬的眼睛裏，也含有不少玄機呢！

世間第一樂地

——古典詩中的「親情」

中國人最愛講「福」氣，一到春節，更是家家戶戶貼著「福」字，年年的好采頭、新願望，千言萬語，只在求「福」！聽到人家門第和樂、子孫駿發，芝蘭競秀，玉樹生香，必然恭賀一番：「好福氣！好福氣！」

中國人的福，是在「親情」裡

「福」的內涵究竟包括了些什麼？其實「福」就是「完備」的意思，光有錢、有勢、有事業、有學問，還都不是「福」，因爲光有這幾樣仍然不算「完備」！

中國人的「福」，從「有子萬事足」、「家和萬事興」的老古話裡可以看出來，「萬事足、萬事與」這才算完備，可見中國人的福，是在「親情」裡！自來中國人不認爲個人的圓滿就算生命的圓滿，必須是家庭的圓滿才是眞正的福。脫離了家庭，無異孤魂野鬼，個人沒有眞實的存在性與榮譽感。所以清初最講究生活藝術的張潮，在《幽夢影》裡說：「值太平世，生湖山郡，官長廉靜，娶婦賢淑，生子聰慧，人生如此，可云全福！」福字的眞諦，原來是一個公平清淨的社會，與一個妻賢子孝、充滿親情溫馨的家庭。清初最懂得生活情調的李漁也說：「世間第一樂地，無過家庭！」想來生活的最高藝術，娛樂的最高情調，就是善於享受家庭裏的親情。

古典詩中的「親情」，觸處皆是，成爲中國古典詩的特色之一。眞正有福的人是父母壽康，兄弟和睦，而子孫同樂，在天倫之樂中，建造一座觸手可及的天堂。宋代的孝子鄒浩，功成身退以後，全心孝養母親，學老萊綵衣的故事，把廳堂取名爲「戲綵堂」，做了一首詩道：

萱草叢高明戶牖，
棣華枝盛照庭闈，
年年歲歲歡常在，
子子孫孫志弗違！

全家人歡欣關懷，才是每個人幸福的起點。但在個人主義風行，人人誤以爲能在抽象境地中獨立，並以此獨立引爲自豪的今天，親情淡薄，竟逐漸不知情爲何物！實際上現代人前瞻後顧，無所棲泊，也正備受孤立、虛無、寂寞的齧咬。而回想一下，古代把家庭榮譽作爲全家人歡欣的節目，把「振家聲」作爲全族人協力勉勵的團隊精神，有了家，才有根；有了根，生活才不會空浮飄泊，心靈意志便都有了堅定的歸宿。父母親是我們生命的根本，兄弟姐妹都是大樹上的「枝幹」，枝幹盛張，子孫騰發，世澤綿延，香火相傳，這裡面就有中國人突破個人生命限度的永恆快樂！

所以說，圓滿的家，實在是人生最大的事業，最大的學問，儒家的大事業大學問，原是以「孝悌」作根本。懂得生活情趣的李漁，也認爲「聖賢行樂之方就在家庭」，可惜許多人卻把聖賢的甜心樂事，搞成滿杯苦酒了。

中國人相信，家中和氣便能致祥

唐代的詩人姚合，更說：

家事是功勳！

現實功利的世界裡，大家誤以爲顯赫的功業、耀眼的財富，才是人生的「功勳」，姚合卻拈出了一個新觀念，人生最珍貴的勳章，是「家事」，是建造起一個充滿笑聲歌聲的洞天福地；而不是一個堆積金銀珠寶的金融王國。你就算成了學問權威，結果卻妻離子散；你就算成了石油大王，結果卻妻號子怒，那你的一生已全盤失敗，因爲你在世間喪失了最寶貴的東西，其餘都是不屑一顧的。心理學家曾對許多臨終垂死的人作調查，答案都很一致，沒有人關心在世時財富地位上的成就，每個垂死者的心事，無不對親情上的缺憾，抱著無法補救的悠悠遺恨！

清代的大學問家梁章鉅，他的詩册中有許多家人父子間唱和的作品，他的兒子有「人生樂事戀高堂」的名句，他的兒媳更把全家妯娌間的親愛寫了出來：

深閨姑姊助清忙，
剪剪輕痕手法良，
猶勝雕鏤荼果巧，
家門瑣事亦凝祥！

中國人相信家中一團和氣，這和氣便能致祥。因爲親情間的和諧，使每個分子顯得生氣蓬勃，飽受親情滋潤的人，恬靜安詳，心靈敞開而和善，其視野和觸角，純良而活潑，樂觀而樂於助人，因此處處受人歡迎。不會因爲長期封閉的自我防衞系統，顯得陰森隱密，進而痲木不仁，適應不良。所以古人說「家和萬事與」「和氣致祥」，都是證明良好的人際關係必然啟端於美好的親情！

你讀她詩裡所寫家中互相幫忙，勤做手藝，形容彼此歡笑之中，「家門瑣事亦凝祥」，吉祥嘉慶，就在相互信任、讚美的親情中降臨。呂坤在《呻吟語》中形容道：「仁者之家，父子愉愉如也，夫婦雝雝如也，兄弟怡怡如也，一家之氣象融融如也。」這樣的景象，這樣的情誼，該有多幸福？幸福未必從外界的事件裡獲得，幸福都來自內心的世界，只有幸福快樂的心，才能帶來更多的幸福快樂。

妯娌兄弟之間的快樂，在今天是最式微的一環了，由於時代的物質化、無情化，乃至非人化，種種計較嫉恨，妯娌兄弟之間如同陌路讎家的也不少，但是兄弟妯娌難以避免常相見，相見又眼紅心妒，翻成了人間的水火地獄。當我們讀到宋代陳著寫兄弟之情的詩：

吾家兄弟篤天倫，
晚景怡怡僅兩人，
門戶相依杏陰舊，
藩籬不隔棣華春！

二個垂老的兄弟，還住在隔壁，門戶相依，不須築多餘的籬笆，籬笆都不隔，自然不必太計較你的我的。仍同坐在兒時的杏花樹下，共度晚景，這種天倫樂事，眞是絕美的圖畫鏡頭，令人羨煞。其實兄弟妯娌間的相愛，就是孝敬父母最好的禮物！還有什麼比骨肉相親更令父母寬慰的呢？陳著又曾描寫自己的兒女相親相愛：

義氣流行親手足，
笑風吹到老鬚眉，
自家兒女能如此，
一味清甘足養頤！

兄弟間講義氣，讓父親笑口呵呵，乃至鬚眉開張，有了這種兄弟和樂的親愛情分，闔第歡暢，只要淸甘的蔬果，就足以讓老父心懷舒暢，頤養老年了！眞如《聖經》裡所說：吃蔬菜相愛，遠勝嚼肥牛相恨！

有人說：孝順父母、敬愛兄弟，需要仰賴文化教育；而疼愛子女、呵護幼童，卻出乎自然天性。其實人的天性中就有「孝悌」的善端，只是許多人沒有去善加養護擴充這天性罷了。古典詩裡描寫親子之愛，篇章極多，杜甫在〈北征〉詩裡寫他的孩子，噴迸出深摯的父愛：

平生所嬌兒，
顏色白勝雪，

見爺背面啼，
垢膩腳不襪！
…………
問事競挽鬚，
誰能卽嗔喝？
翻思在賊愁，
甘受雜亂聒！

寫他平生最疼愛的孩子，皮膚白皙，可是貧窮得打著赤腳，滿足膩垢，見到爺以後，只曉得哭，這種髒與吵鬧，反增加父親的感觸與愧疚。孩子在問問題的時候，得不到卽刻的回答，就拉痛父親的鬍鬚，作爲催促。但是想一想離家後被俘的日子，教人覺得有孩子在旁邊吵鬧竟是一種甘心的享受呢！家庭間的汙垢嘈雜，透過深情的觀照，都由自然醜化成了藝術美！

世界第一樂地，就在夫妻恩愛的家庭

清末黃公度的〈小女〉詩，也用了杜甫「挽鬚問事」的典故，他寫快樂的親子關係道：

一燈團坐話依依，
簾幕深藏未掩扉，
小女挽鬚爭問事，
阿娘不語又牽衣！
日光定是舉頭近，
海大何如兩手圍！
欲展地球圖指看，
夜燈風幔落伊威。

在蟲聲唧唧裡，圍著溫暖的燈光，爸爸從遠方歸來，一家人相見依依，話特別多，這時小女扯爸爸的鬍鬚問話，又拉媽媽的衣服問問題。「太陽近還是長安近？」「海洋究竟有多大？」太陽抬頭就可以看到，大概是太陽近；又把二手攤開，比擬海洋有那麼大！比不清楚，又拿地圖來指著看，這個纏人的小女孩，與不憚其煩回答問題的父母間，笑聲時起，實在是草草勞生中最大的快慰，小女孩佔據了父親初返家門的全部重要時刻，但全家也就這樣沈醉在嬌嗔的喧嘩聲裡了。

當然，所有的親情，多是以夫婦間的情愛爲基點的。古人說「母愛者子抱」，母親被疼愛，所生的孩子，父親才會常常抱著。因此，翔廻於天倫間的甜美親情，像鳥一般，要有一個窠巢，那就是圓滿的婚姻。婚姻的樂趣，就在長相廝守，享受終生穩靠的無憂無慮，細細品味單一的性對象，所帶來安全有託的快樂，這種簡潔統一的美，會產生永恆的安定感。明代的詩人王祖嫡在《師竹堂集》裏裡：

百年但得不分離，
卽是人生至樂時！

世間第一樂地，就在夫妻恩愛的家庭，然而現代有許多不快樂的婚姻，就在於已婚者對自己的抉擇，始終不能自我肯定，一直延續在猶豫懊悔裡，有意無意地不肯讓某些部分塵埃落定。有了婚姻，仍不肯在婚姻中完全棲泊，無法完全落實的結果，造成目的游移，因而無從產生信心，產生樂趣。元代詩人李庸說：「郎心似水不肯定，妾顏如花空自紅！」現代婚姻的苦汁，大抵仍從這兒發生。已婚的男女，必須懂得用眞感情，才能完全自我肯定，古人說「緣訂三生」，大概想仰仗天力神力，告訴人羣良緣的得來不易，協助已婚者自我作肯定吧？朋友，肯定你婚姻的抉擇，然後擴充愛心，才能讓親情芬芳四溢，快樂無邊！

寂寞

如果要替寂寞畫一張素描，那必然是太陽無光、秋風陰冷、荒漠空虛、了無人煙，是一個無光熱、無情感、無生趣、無音樂、無明天的冷漠世界。

現代的都市人，居住愈來愈密集，窗上的鐵框與門上的鎖愈加愈多。一面感到隱私權的重要，一面又感到相互溝通的困難，即使在人羣的推擠中過活，摩肩接踵，心理的距離並不曾縮短，加以感情淡薄，知心難覓，許多人躲不掉寂寞的嚙咬。

其實，寂寞並沒有古今的分別，因爲寂寞並不決定於外界的環境，而導因於自我的心靈，外界環境可以因古今而急遽變化，心靈則千古如斯。所以古人的詩篇中，詩人早已描繪出許多寂寞的面貌，歸納起來有四種型：

畫地自限型

第一種寂寞是空間性的，將自己畫地爲牢，緊緊地將自己鎖在特定的近距離之內，或是將自己放逐到遙遠的人羣之外。元代洪希文在〈幽居〉詩中供述道：

柴門掩斷徑生苔，
坐閱東君幾往回；
看盡牀書無客到，
殘花風送過牆來。

自己把自己的活動範圍加以約束，這不能去、那不想去，柴門掩斷了所有感情的通道。徑上苔蘚繁生，坐看著春天已在門外往回了好幾次，只把自己強行埋沒在一牀書中，一味緊縮地自我限制，自然也不會有客人到訪，只有一陣東風，把幾片殘花吹過牆來。

這種只想緊縮活動空間，甘心自閉在寂寞中的人，往往是不再祈求「明天會更好」的人。像明代鄭履淳在〈衡門集序〉中寫的處世態度是：「晝無接兮是非絕，宵無夢兮神魂清，迹似卑兮未嘗辱，我無事兮憂誰生？」他主張白天不要和任何人接觸，就可以斷絕所有的是非；晚上連夢也最好不做，才能神魂清爽。只想少惹憂惱，什麼事也不想多做；只想不受屈辱，地位卑下一點更覺安全。如此不和外界接觸，不求明天更好，眞能心安而不寂寞嗎？

其實在空間上自我設限太嚴，對人羣疏遠，人羣也疏遠了他，愈來愈失去自由活動的人際關聯，親朋遠離，空間愈縮愈小，一心想將世界關在門外，結果是將自己反鎖在門內了。李商隱的〈到秋〉詩道：「守到清秋還寂寞，葉丹苔碧閉門時。」門愈閉緊，自然愈寂寞。

孤守在「特定的近處」，隨著社會人際的運作，不知不覺就被推移到「邊陲的遠方」，形成自我的放逐。爲了想斷絕「是非」，盡力切斷人際的連繫，像嫦娥一樣背離人羣，逃奔到月亮裡去，結果呢？「嫦娥應悔偷靈藥，碧海青天夜夜心」，獨自在燭影裡等待曉星沈下，只有寂寞失眠了。

耽溺過去型

第二種寂寞是時間性的，將自己活在從前，一味眷戀過去，不讓時光由過去流到今天；或者一成不變，剛愎保守，不讓時光由今天流向明天。緊緊抓住的，遲早是一個世間並不存在的幻象。像唐代元稹的〈行宮〉詩所寫的寂寞：

寥落古行宮，
宮花寂寞紅，
白頭宮女在，

閒坐說玄宗。

如果你也像這些白頭的宮女，一味生活在過去，當然缺乏面對今天生活的能力。這些十六歲選進宮中，而今六十歲的白頭宮女，只關心過去，對「今天」不再有美好的目標，也無法享用「今天」。

你聽這羣閒聊著的宮女，談話的內容都是「行宮……宮花……宮女……玄宗」重複著宮這宮那，由眼前的行宮寥落，回想過去華麗的宮殿；由眼前的宮花寂寞，回想過去燦爛的宮花；由眼前宮女的頭白，回想過去宮女的青春美貌，以及君王的年輕英俊。一想起過去，就迷惑了自己，跌入了開元天寶時代狂熱的幻象裡。她們不再有未來與前途，不再有信心與成就，所以連一年一開的宮花，也紅得異常寂寞了。

如果記得「刻舟求劍」的故事，過往刻在船舷上的標記，到現在，下面並沒有沈劍。元代的張養浩就說：「往事鍥舟求墜劍。」已覺悟出緬懷過去，未必有實質的正面意義，反倒干擾了今天再出發的信心。不幸像李後主那樣，老想著「最是倉黃辭廟日，教坊猶奏別離歌，揮淚對宮娥」，不驅走昨天的陰影，它會使自我退化，甚至被淘汰。

因爲缺乏實際感的生活，對「今天」就不會有狂熱。應該學習孟敏，孟敏提著的甑墜地而碎，他連頭也不回，郭林宗問他：「爲什麼不看一看？」孟敏回答道：「甑已碎，看它會有益處嗎？」即時揮去過去失敗的陰影，是跳出寂寞深淵的好方法。

在時間性的寂寞裡，還有一種剛愎保守引起的寂寞，像明代黃景昉寫道：「自笑文章矜漢法，每聞歌唱薄吳腔。」「吳腔」是通俗流行的，「漢法」是象牙塔裡的，一味對自己「矜」，對別人「薄」，長期的爭辯抗拒與對別人的歧視，一定帶來人際的摩擦與寂寞。其實「拙重大」的過去的漢法固然值得尊重，「輕倩薄」的今日的吳腔也有它流行的道理，友善寬容一些，反而解救了自己的疏離與孤寂。

怨人恨己型

第三種寂寞是怨恨性的，一開始疏遠人羣，是爲了孤憤與怨恨，不久，感到自己失落了，自己是被逼孤立的，敵視別人的結果卻疏遠了自己。明末的歐全，法名性函，自號爲「獨往子」，在《蟄聲詩集》中有一首寄給朋友的詩，供述自己矛盾的心境：

思君不見恨山雲，
不恨山雲卻恨君，
非是恨君還自恨，
禪房寂寂竟離羣。

這首詩將寂寞的肇因，以及心理的轉變過程，說得脈絡清晰。先是想和你見面，一訴衷曲，恨山雲阻隔住了你，繼而知道，恨的不是山雲，實在是恨你！再進一步明白地自剖，原來恨的也不是你，實在是恨我自己！恨自己在友羣中趕走了自己，陷入了寂寂的境地。這時才找到自己寂寞的眞正根源。

一個不懂反省的人，容易變孤立，但專對自己作苛刻批判的人，也會陷入孤立寂寞中的。恨自己，對自己冷漠，不能友善地對自己，也就不能友善地對待別人，不相信自己好的人，才會不相信別人好。宋代鄭清之寫假山：「眞山不愛愛假山，以假像眞人謂奇。」於是歸納出一個結論：「疊得假山人競看，世間宜假不宜眞！」這牢騷的結論，像栽下了重重荆棘，讓別人不敢來接近，自身也愈來愈自絕於人，扭曲了生活的目標與意義，以偏見看世界，注定只有寂寞。

撇開怨恨，先對自己好，獎勵自己的優點，再研究別人的優點，用眞誠與包容，拉近人我間的距離，戒絕「人多怒罵漸逃名」的惡習，才能迎接新生活。

空虛無助型

第四種寂寞是放棄性的，失敗的壓力太大了，人被哀傷所吞沒，人失去了眞正的價值，只想減低自己的活動量，根本推不動自己去改造現實。像明代周拱辰在〈去婦怨〉中所寫的寂寞：

與郎百種情，
春風徒一擲，
石冷尚可抱，
郎心冷於石！

愛人的冷漠絕情，令人沮喪無助，付出百種情意，卻長期被忽略、被拋擲！如果郎是石頭，石頭雖冷還能用愛心來孵熱；而郎心比石頭還冷，教人寒心，連再嘗試的勇氣也沒有了。每一次挫折，都只能用「使自己受苦」的方法來忍受，但是受苦不能驅散敵意與寂寞，反而更強化了它。

其實別人負心，不是我們該替他負責的，不必爲別人的負心而降低對自己的評價與信心。只有把自己也看低的人，才會妨礙把握來日的機會。在空虛無助中的人，首先該寬恕並接納自己，不再受負面感情的迫害與自虐，進一步寬容傷心的事件，坦率認定此生將與傷心事件一併過活下去，是唯一的出路，因爲除了這個不完美的世界之外，我們不可能躲到另一個世界。

同時，不放棄我們的創造力，坦然走出去接受生活的挑戰，說不定找比我更寂寞的人，替別人提供一些建設性的創意，共享生活的趣味，也會使自己恢復蓬勃的生氣。元代的仇遠有〈自笑〉詩道：「一官本自如冰冷，更有依冰借暖人！」你的職位再低，遭遇再差，也還可以從你那兒幫助更不如你的人。你是冰，別忘了，還有「依冰借暖」的人哩！由你的餘熱，點燃熊熊的生命烈火，可以衝出寂寞的重圍。

扭轉挫折
——古代知識分子的應付策略

人生來都有各種希望，有希望就有失望，會感到挫折。
人生來都有對手競爭，有競爭就有失敗，會感到挫折。
人生來都有壓抑拘限，有拘限就有敵意，會感到挫折。

古來的知識分子，不肯流於鄙俗，要求自己出類拔萃，志銳氣高，不顧現實，更容易遭受挫折。再則古來的知識分子，所學雷同，出路有限，像杜甫那樣，以諸葛武侯的心志爲心志的人很多，個個都立志要「致君堯舜上，更使風俗淳」，做帝王的輔佐是每一個知識分子的夢，然而許身者太多，而眞能成就赫赫功名的各朝能有幾人？儒家教人心懷太高的理想和志願，霸道還看不起，一定要王道；小康仍不算好，一定要大同。過高的理想不容易達到，結果使人人空懷大志，看不起別人，又人人都有「人微言輕」的無力感，無論盛世或衰世，無論在朝或在野，內心都充滿了挫折感。

然而古來的知識分子，是怎樣地爲挫折安排一個較具建設性的出口？在無奈的現實裏，開發個人滿足的來源，以減低或轉移挫敗的痛苦。大體來說，他們是分「行爲」與「思想」兩方面，去調整自己的理想，作爲應付挫折的策略。

行爲方面如著書、歸隱、做藝事等：

著書

最常見的，是失意不遇便「著書」。古代知識分子，學優則仕，出路只有仕宦一途，退而耕圃，力不能任，因此都是抱著「遭時，則以功達其道；不遇，則以言達其才」的應付策略，翻一翻明代人的詩文集，這種「失意方著書」的觀念極爲普遍：

偶因失意書方著，肯爲無輿鋏再彈。（黃伯善〈送人南歸〉《菊山詩稿》）

胸中磊塊時澆酒，眼底窮愁漫著書。（吳文奎〈旅懷〉《蓀堂集》）

縱酒豈能澆塊壘？著書何至爲窮愁！（曾異〈春日送陳伯期〉《紡綬堂集》）

平生蕭瑟應新賦，今日窮愁更著書。（汪思〈西城訪王本一〉《方塘汪先生文粹》）

明人這種「失意窮愁乃著書」的理念，其實淵源久遠，太史公在《史記・平原君列傳》中，說虞卿「不得意，乃著書」，又說「虞卿非窮愁亦不能著書」，成了千古的榜樣。而〈太史公自序〉中，把這淵源推得更早，他舉文王演《周易》，孔子作《春秋》，屈原著《離騷》，左丘有《國語》，孫臏論兵法，呂不韋傳《呂覽》，乃至詩三百篇，都說成是發憤之所為作，都是心中鬱結不通所孕育成的靈胎。司馬遷自己下於蠶室，受到極大的侮辱，正以虞卿等自況。到了唐代，韓愈為柳宗元作墓誌銘中，以為他所作文章，都是被貶後「益自刻苦」之作，反而由於「斥久窮極」，使他文章「必傳於後」，這種「虞子愁來始著書」的意識，已成為幾千年來中華民族知識分子性格中的一個基型了。

蘇東坡曾痛苦地自供：「吐之則逆人，不吐則逆予」，牢騷不滿，不吐不快，原來斑斕的詩文，大抵是挫折轉化為藝術的形式而成的。我們雖不能說「書」是中國知識分子殘缺心靈下的產物，但無疑的，寫書乃是他們應付挫折的方策之一。待其文藝有成，反覺得仕途上的得失，遠比不上文學上的永恆，反要感謝困頓逆折，是天要成就人的機會了。

歸隱

讀到元代程端禮在《畏齋集》中寫的詩：

陶公歸去多憑酒，虞子愁來始著書。

知道應付挫折的方策，除了「虞子著書」以外，第二種便是「陶公歸去」的隱居了。陶淵明不爲五斗米折腰，撐著幾根傲骨，賦著歸去來，儘管喝的是土酒，彈的是無弦琴，但隱逸歸來時「載欣載奔」的快樂形象，給多少深受挫折磨難的心靈，起了示範的同化作用，清代的劉因之寫殘菊道：

生怕折腰甘作隱，死猶強項不低塵！

隱士的代表是東籬下採菊的陶潛，菊花也正成爲他的象徵，菊花也隱居在秋天開放，卻不在秋風中折腰，菊花和隱士一樣，桀傲不馴的骨頭，哪裏是貧窮困頓所能折服？抵死依然強項不屈的。當然隱逸的高士傳統，在中國形成得極早，太史公把〈伯夷叔齊列傳〉居於傳中第一篇，也就擡高了這個傳統的地位，登西山而采薇，甘心餓死，也是一種志士仁人的行爲表現。至後代以游隱作爲應付挫折的方策者，比比皆是，明人金大車有詩云：

蹇于從此游吳越，青鞵獨採南山蕨！（〈與舍弟子坤等燕集〉《金子有集》）

採南山蕨、西山薇，爲求心靈的自由，寧取半饑半渴的生活，幾乎早成了「大丈夫不遇於時者之所爲」，像韓愈送李愿歸盤谷，記敍他終日坐在樹林裡，濯著清泉以求自潔，「採於山，美可茹；釣於水，鮮可食，起居無時，惟適之安」，減低物質的慾望，茶灶藥爐，衲衣襆被，只求安分；不生豔想，不起競心，只求隨緣。不羨慕外界的榮華，就無求於人；不祈求外界的援助，才自得其樂。隱士是在「無羨無援」之中，排解挫折，獲得悅情適性的逍遙。

藝事

著書需要學養，吟詩要有仙骨，而隱居也需要「有以自老」的本錢與田園，不見得每個人都具備這些條件，其實只需要將富貴利祿的興趣，轉向山水花鳥，舉凡疏梅澹石，雅琴閒棋，種種藝事的活動，卽使是日常生活中簡單的嗜好，都可以成爲「滿足」的來源，來減低挫折感。

蒔花養鳥，這些有生命的動植物，都能產生情誼與快樂，明人陸紹珩《醉古堂劍掃》中錄花十友禽五客云：

昔人有花中十友：桂爲仙友，蓮爲淨友，梅爲清友，菊爲逸友，海棠名友，荼蘼韻友，瑞香殊友，芝蘭芳友，臘梅奇友，梔子禪友。

昔人有禽中五客：鷗爲閒客，鶴爲仙客，鷺爲雪客，孔雀南客，鸚鵡隴客。會花鳥之情，眞是天趣活潑。

花草蒙茸，禽魚往來，別有綺麗的世界，不論學養的高下，不計家財的豐嗇，全心溶入藝事活動裡，且起理花，午窗剪葉，自成一日風流瀟散的趣味；東陵栽瓜，南園賞鳥，自成一卷天然文錦的作品。高士流連其中，爲風波塵俗所不能侵，自有其開心愜意的滿足處。

至於彈琴作畫、種菜品茗，也無不可以寄託一生的志業，如唐伯虎的詩畫中，都是這種情趣：

> 不煉金丹不坐禪，不爲商賈不耕田，閒來就寫青山賣，不使人間造業錢。〈言志〉

> 雜卉爛春色，孤峰積雨痕，譬若古貞士，終身伴菜根。〈題野芳介石園〉

書畫繪事之中，有令人狂顚癡迷的無窮世界，風雅高志，一樣可以在筆下盡情馳騁。至於香令人幽，茶令人爽，琴令人寂，棋令人閒，石令人雋，金石鼎彝令人古，一成癖好，各現幽趣的世界。

行爲之外，思想方面如知足、無常、曠達等：

知足

應付挫折，在思想方面，現代人主張激起欲望，以強烈的企圖心克服挫折，攫取成功的果實，他們採取不斷在工作中振奮自己的策略，但一遇挫折，敵意倍增，這敵意一旦養成習慣，就充滿了侵略性。古代的知識分子則主張降低願望，停止無限的追逐，以防止生命的紛馳顛蹶，確認好勝求贏，是傷生害性的利斧，所謂「人思上人，爭端斯起」，一直想拚贏別人，乃是挫折痛苦的淵源。弄得自己像蟲蟻的䵶䵶汲汲，完全喪失了本身具足的虛靜天性。

因此「知足」的想法，教人「比上不足，比下有餘」，就外境而言，「人生待足何時足？」知足只能從方寸之地做起，一念之足就無不足。就像沒鞋穿的人，想一想世人還有沒腳的哩，怨望的情懷就可以紓解，沒腳的人，想一想連下半身都沒有的肯尼，還好好活著，憤慨的情懷也可以減輕，所謂「德業常看勝我者，則愧恥自增，爵祿常看不及我者，則怨尤自息。」除了德業要上比，其他都向下比，足與不足，不繫乎所遭的境遇，而繫乎內心的一念。

讀讀清人的詩，不少是勉勵「知足」的！

我無良田畝，安得家穰穰，人生貴知足，粗糲聊充腸。（鄭談〈喫粥歌〉）

到處可安居，容膝不厭小，人若不知足，營營何時了！……百凡可類推，何須過求好！（尹繼善〈兒輩慣葺屋宇作此戒之〉）

雲松巢，安樂窩，君其聽我歌：人生適意在容膝，萬間廣廈毋乃多……刺眼繁華良未

久，不如且入低低屋，團蒲枕瓦方牀竹，蠖屈蝸潛聊自足！（陸硎〈低低屋〉）

這些詩，對住屋，對食物，都求儘量簡單樸儉。那富貴人家的高甍連牆、膏粱美食，未必能細賞眞享，也未必能持久安泰，其中的擔憂與危機，還未必能如低屋糲食的安心適意呢！邵雍那知足常樂的「安樂窩」成了理想國，司馬光的「一榻有餘寬，一飯有餘美」，知足隨緣，魂安夢清，到處皆成樂地。知足的人，不忮不求，不忮害就沒有敵意，不貪求就沒有挫敗，知足的世界，處處有著「餘美」。

無常

中國人應付挫折常用的智慧，知足之外，便是記取事物的「無常」。得失無定、富貴無常，將時間因素注入每個事件，將前後事件拉遠一些看，花開與花落一起看，上臺與下臺一起看，就會明白「禍福相倚」的歷史循環，乃是宇宙的通則。

中國諺語常說「破財消災」，財物破費，居然邀來福星，災疾也消啦！「火燒旺地」，家財被焚燬，原來是將要造更大樓房的預兆呢！「塞翁失馬，焉知非福」，災禍加上了時間的莫測，可能醞釀成福氣。同樣的，福分加上時空的無常，也可能釀成巨禍。這種變化無常，讓挫敗者有歸之「緣數」的寬慰，釋家的詩人如王梵志、寒山子，對人生無常宣示甚多，一般詩人，也都有類似的看法：

> 宇宙大傳舍，去住無定期，人生貴適意，浮榮如電馳！曷爲擲心腎，易彼毛與皮！
>
> （清・張維屏〈達人〉）
>
> 浮雲不留影，虛花不成實，前日金張第，今日蓬蒿宅，轉足舊路迷，欠伸前夢失！
>
> （清・袁樹〈贅言〉）

宇宙是一個居住不定的旅館，個人的身體便是個沒定期的旅客，已身都無常，何況身外之物？一切成功的浮雲，只如電馳露晞，爲此而猛擲心腎，傷生害性，去換得身外的皮毛富貴，豈不可惜？而富貴只如浮雲，一去不留光影；生命也只如虛花，一謝不留果實。前日貼金雕花的門第，今天就成了野草廢墟，轉足之間，舊路何在？欠伸之中，前夢已失！物來有緣，物去有數，此身尚且不是人自己所能主持，而何況身外之物，只好委諸造化！明白天理的循環，宇宙的無常，對於一切得失，便能釋然於懷了。

這種「無常」的思想，顯然可使爭競的機心減低，如明人顧起元在《嬾眞堂集》裡的一首詩：

> 相逢狹路且迴身，野渡寬平好問津，底事排擠同躓仆？往來俱是暫時人！

基於生命無常，你我都只是天地間暫時的過客，相聚無多，爲什麼偏要在狹路上用力排擠，用盡機矛相害，使你我一同顚仆呢？遇到狹路，互相迴身讓一步，遇到渡頭，互相指點一下迷津，時時能想著：四海之內，都是暫時歡聚的人，百年之身，不久就要離別的，何必在有生之年，鐵靑了面孔，血紅了眼睛，無情地留下辜負同類的懊恨呢？時時以無常離別爲念，就會覺得海內的林林總總，無一人不可愛，無一日不可惜了！是非成敗轉頭就是空的，還計較什麼呢？

曠達

知足可以滿足自身，無常可以看破外界，而曠達更可以追求心靈的自由，享受人生的趣味。曠達總教我們放下一些世俗欲望中纏人的東西，諸如聲色貨利、榮光權勢，放下這些東西，哪還有得失挫敗可言？心靈自然得到寬逸與酣暢。

例如蘇東坡就是以曠達的思想來應付挫折的，他的《戲子由》詩中自供道：

眼前勃蹊何足道，處置六鑿須天游！

怎樣應付眼前的「勃蹊」？須要有「天游」宇宙的曠達情懷，使全身的六根六情都能和平順當。所謂「天游」，天是指自然，游心於自然造化，取得精神的自由解放，心情愈自由，愈能得到美的享受。

曠達的人，心靈才有遊戲的自由，對是非大小有全新的認識，所謂「盆地游戲均滄海，塊石達觀即泰山。」（元・張養浩〈雲莊遣興自和〉）達觀之下，有了新的好惡標準，自然使計較之心泯然。

曠達的人，任心自適，隨遇而安，只求「自許具足」，看破紅塵中的榮辱，所以能做到「哀樂不能入」。所謂「自許一丘一壑具，或如且舞且歌然。」（明・葉國華〈贈文氏白雪〉）只要一丘一壑，便能且歌且舞，這種不沈墮於物質的念頭，自有一股超然無累的清逸之氣，顯現出美趣與智慧。

曠達的人，可貴處就在「放得下」「歇得住」，清儒孫奇逢曾說：「能放下時占力量，無歇手處驗功夫。」提得起固然要有力量，放得下更需要力量；揮手做固然要有功失，歇得住更需要功夫。唐代的顏眞卿白樂天，宋代的蘇東坡秦少游，都在生前寫好了墓誌，隨時準備放下歇住，有這種曠達心懷的人，連生死關都看破啦，自然不在乎什麼挫折了。

談灑脫

當今的工商社會裏，生活的鍊條愈絞愈緊，追逐錢財的腳步愈來愈慌亂，患有精神官能症的比例正急遽地增加，許多人已處在「精神絞刑」的邊緣。然而有人在工作的巨壓下，一直還覺得自己不夠好，逼自己成了賣命的工作狂；有人在焦慮的煎熬下，還在想塡滿所有的空閒，以便增加效率！其實今天救世的良藥，應該是「灑脫」，灑脫嘛，給人一分灑脫！

所謂灑脫，不啻是放鬆一下。解一解領帶，泡一杯好茶，固然也有用，但眞正的灑脫，不只在衣著談吐上，不只在生活事務上，古人有許多智慧的詩篇，引我們一覩「何謂灑脫」的面貌。

1 心靈的自由

灑脫起於心靈的自由，因此，一個初生活潑的赤子之心，所受名繮利鎖的鉗制愈少，對生活脅迫感受愈淺，心就愈自由。成人而能保有赤子之心，便極有魅力，極爲灑脫。

佛家是追求灑脫的，寒山子對這顆「無價寶」的心，最珍視，他活到了一百二十歲以上的長壽，仍顯現眞實的心，一如赤子。心上不留下傷害與滄桑的痕跡，不暗藏軟弱與隱密的角落，他描寫自己光明、自由、灑脫的心靈道：

眾星羅列夜深明，
巖點孤燈月未沈，
圓滿光華不磨瑩，
掛在青天是我心！

這顆照徹大千世界的心，迷雲盡散，光華圓滿，眞摯自然，給世界帶來新的亮麗，它高掛青天，超然絕俗，極爲清逸。後來楚石作詩唱和道：「奇哉快樂無憂佛，只個逍遙自在心！」一石樹也唱和道：「臥看月在高峯頂，個是無爲道者心！」三位和尙印證的境地很一致，所說「快樂無憂，逍遙自在」，以及「無爲」，正道出了灑脫的眞貌。灑脫起於內心的逍遙自在，舒逸不拘，不受外界或內在的牽制引誘，損害其自身的圓滿具足，赤子心一樣的眞摯無爲，才是灑脫的根本。

2 無所求　無所待

想要眞灑脫，便要做到「無所求盼，無所等待」，卽令「求」與「待」略爲減少，「灑脫」也會大量增加。傷害赤子之心，教人焦慮等待、甘心就範者，沒有比名利富貴更誘人傷人的了！唐代的鄭雲叟說過：

帆力衝開滄海浪，
馬蹄踏破亂山青，
浮名浮利濃于酒，
醉得人心死不醒。

上山下海，奔波不停，癡心追逐，苦心等待，都只是醉於名利罷了！烈酒醺人，還有醒時，名利醉人，到死不醒。儘管有大智慧的人，一再呼籲勸告說：處在「淸涼」一些的位置，可以減低焦慮；不要被富貴所奴役，可以少用心機。回到隱居的「盤谷」會比奢侈的「金谷」安全；穿著平民的「麻衣」會比拉風的「錦衣」安心。生活的目標由富貴利祿，轉向山水花鳥，轉向琴棋書畫，就能享用些自然舒坦的精神快樂。然而說歸說，幾人眞能灑脫起來？唐人靈澈早就譏笑過：「相逢盡道休官去，林下何曾見一人？」人人嘴巴上都在說要計畫離開名利的戰場，做官苦啊！經商也苦啊！但是眞正能放得下，而在林泉間優游的，卻一個也見不到！

「眞的能不要」，談何容易！就像龍，上天入地，原本是自由的，但聽說世上竟有過「豢龍術」，龍若眞的可以被人所養，受口腹的拖累，也就成不了神龍。元代的釋善住，他繪出了灑脫的勝境是：

萬事不求眞富貴，
一絲爲累卽塵埃！

萬事不求，才是瀟灑的基礎，有一毫想取想得，就是灑脫的牽累，就是世俗的塵埃！拂卻俗塵，無求無欲，不向人折腰，不求人施捨，不拖欠人情，「不受人情免厚顏」，感情上完全獨立，才是精神上的大富大貴！這說法和寒山子明瑩不磨的心境依然是一致的。

不忮不求，才能放鬆自己。所以灑脫的起碼表現，便是「心閒」與「安眠」，這是放鬆自己後的良好境地。枕上沒有突兀心驚的事，不會失眠驚眠；桌上沒有分神擔心的事，不會食不知味，不必在耀人眼目的功名虛象之後，負擔著吃力的十字架；不必在香車大廳的排場門面裡，卻坐在看不見的針氈上。能做到「一枕忘情付黑甜」，那麼雖是簞瓢陋巷的生活，才有眞正的快樂可言。鄭雲叟又有一首〈偶題〉詩：

似鶴如雲不繫身，
不憂家國不憂貧，
擬將枕上日高睡，
賣與世間榮貴人！

世間表面上看來榮貴的人，大概都是睡不著的居多，所以鄭雲叟想把每日枕上安眠暢快的「黑甜鄉」，能夠賣給這些榮貴的人，救救他們輾轉反側後的眼紅與心勞！這位似鶴如雲，無拘無束的人，酣眠美食，不涉是非，充分放鬆自己，做到了「最喜心閒百無事」「身與浮雲處處閒」，相形之下，他是十分灑脫的。

3 知與自信

把「灑脫」應用到立身處世上，首先是要熟悉周遭的一切，「知」的增進是必需的。人在陌生懵懂的世界裡，動輒會鬧笑話，變成「猪頭三」，就是被人「欺生」嘛，哪能灑脫得起來？灑脫的人，一定是「游刃有餘」，一定是「棋高一著，活手活腳」，才能談笑生風，顧盼生姿，表現不凡的丰采與襟期。

知的增進以外，還得配上一個心安理得的自我，具備充分的自主性，因爲這些都是自信心的來源，而灑脫，本來就是自信心的流露。明代的汪思作詩道：

道心自許如明月，
世故從他變似雲！

自信心靈像明月皎潔，光華飽滿，任憑世故變化翻雲覆雨，可以不必理睬，不會滿腦子「別人都……」「人家都……」而捲進世故時潮「不得已也」的漩渦中去，跟著打轉。灑脫的人，特立獨行，只做自己喜歡的事，不必計較別人的看法與觀感，充分自信價值決定於自己，不憑藉外在虛假的地位或財勢，來充門面。

再則灑脫的人，一定是欣賞自己所從事這行業的人，享受自己所做的工作，對自己不勉強、不欺騙，即使工作不如意，也能善自調適，元代的黃庚有〈隨隱〉詩道：

田堪耕稼卽莘野，
水可釣魚皆渭濱，
無礙滯心寧擇地？
有幽閒處便容身！

如果他耕田，他耕的就是賢人伊尹所耕一樣的「莘野」；如果他釣魚，他釣的就是賢人姜子牙所釣一樣的「渭濱」，他幹那一行，就享受那一行的樂趣與成就感，不拘蹤迹，隨遇而安，心無礙滯，保持閒適。這種由「好之樂之」的專注，進而能渾然忘我的人，無論職位高低、職業貴賤，都是最瀟灑的了！相反的，「處處都不如意」「做一行怨一行」，滿肚子苦水吐不完的人，最不灑脫！

4 飽滿與和諧

灑脫的人特立獨行，往往給人「孤芳自賞」或「狂放不羈」的誤解，其實眞灑脫，只是「逸」而並不狂與怪，與外界維持著開放而和諧的關係。灑脫的人生活在「你很好，我也很好」的和諧情境中，有著你看我順眼、我看你順眼的「青眼相看」的襟懷，宋人李彌遜有詩道：

君去摩天學孤鳳，
我今飲海盤長鯨。

你有摩天學鳳的本事，我有飲海騎鯨的能耐，我沒有凌駕壓制的動機，你也不生炫耀優越的氣燄，各本性分的高下，相互欣賞與提携，不生「你比我好」「我比你好」的計較念頭，當然更沒有「我不好，你也很差」的糟糕想法，像唐代羅隱詩中所寫「我未成名君未嫁，可能俱是不如人」的自卑忸怩之態。

灑脫的人，坦蕩蕩地接納自己，也接納別人，不會爲自己的優點而沾沾自喜，也不會爲自己的缺點而充滿罪惡感，自己是什麼樣子就什麼樣子，不強扮聖賢，不強扮完美無缺，心境寧靜平和，情緒不會極端地起伏，不會一回兒自負地壓制別人，一回兒又自卑地巴結別人，像明代張位寫的「搖尾到今空咋舌，批鱗何日不伸眉」，有時搖尾咋舌，過於卑謙；有時又批鱗伸眉，過於囂狂。灑脫的人，感情成熟，人際和諧，精神飽滿，不墨守成規，心靈中不時流露出新的芬芳。

讀詩偶記

八對之謎

對仗，是古典詩歌中的瑰寶，它使文詞妍麗，相對成趣，在一字一音的中國文學中，對仗更是其特色。討論對仗的方法最早的人，相傳是上官儀，他的「八對」之說，對律詩的形成有極大的貢獻。

但是在「八對」之說中，一直存在著某個謎團，這謎團至今已一千三百年了，許多文學理論書及修辭學書，都會對「八對」說介紹一番，依樣葫蘆，謎仍然是一個謎，擱在一邊，本文就想把這層迷霧撥開來。

上官儀的八對是這樣的：

一曰：的名對

送酒東南去，迎琴西北來。

二曰：異類對

風織池邊樹，蟲穿草上文。

三曰：雙聲對

秋露香佳菊，春風馥麗蘭。

四曰：疊韻對

放蕩千般意，遷延一介心。

五曰：聯綿對

殘河若帶，初月如眉。

六曰：雙擬對

議月眉欺月，論花頰勝花。

七曰：回文對

情新因意得，意得逐情新。

八曰：隔句對

相思復相憶，夜夜淚沾衣，空歡復空泣，朝朝君未歸。

八對之中，「的名對」，「的」是「確」的意思，就是每一個字確確實實是同類詞性相對的。「異類對」則「風」對了「蟲」，自然類與昆蟲類相對，叫做異類。「雙聲對」是「佳菊」「麗蘭」二字聲母相同，屬於雙聲。「疊韻對」是「放蕩」「遷延」二字韻母相同，屬於疊韻。「雙擬對」是二個「月」字，對二個「花」字，而且兩個「月」字來摹擬「眉」，兩個「花」字來摹擬「頰」，叫做雙擬。「回文對」是「情新」與「意得」兩兩上下回轉，還不曾嚴格到字字倒轉的回文。「隔句對」是指第一句與第三句相對，隔了第二句。又第二句與第四句相對，隔了第三句。八對之中，這七種對仗法非常明白易懂。

唯獨「五曰聯綿對」中，舉了「殘河若帶，初月如眉」留下了難解的謎，各例都是五言詩，爲什麼偏偏這是四言詩？所謂聯綿，這四言詩裡有聯綿嗎？自來的文評家都撇開這例子不談，因爲無法解釋。最近在某博士的書裡，他試著想解開這個謎，大膽地解釋「聯綿」的意思道：「帶、眉，皆聯綿不斷之意。」他從詩句的內容去解釋，帶子、眉毛是「聯綿不斷」的！他似乎忘了這八對，都是討論對仗的形式，怎麼會牽扯到內容？

要解開這個謎，在七世紀時有一位日本和尚遍照金剛曾經在〈文鏡秘府論〉中解釋過，這種文學理論資料在中國早已失傳。他解釋道：「聯綿對者，不相絕也。一句之中，第二字第三字是重字，卽名爲聯綿對。」他並舉例：

嫩荷荷似頰，殘河河似帶，初月月似眉。

又解釋說：「兩荷連讀，放諸上句之中，雙月並陳，言之下句之腹，一文再讀，二字雙來，意涉連言，坐茲生號。」他以爲「字重出」成爲「連言」才生出「聯綿對」的名號。從這裡我們可以明白，「殘河若帶，初月如眉」原文並不是四言的，原文是「殘河河若帶，初月月如眉」，因爲唐人抄寫時，喜歡將重出的字用「二」代替，寫成「殘河二若帶，初月二如眉」後來「二」太小容易漏抄，才變成了四言。

更重要的是，「聯綿對」的「重出字」，應該和「雙擬對」的「重出字」，大有分別，不啻是「聯綿對」的重出字聚集在一起，雙擬對的重出字分開來而已。像「殘河河若帶」的「河河」雖「連言」在一起，「河河」並不是聯綿形容詞。仔細分辨，「河河」只能算字的「重出」，而不是「疊字」，「月月」也只是「重出」，不是「疊字」。像「望日日已晚，懷人人不歸」，這「日日」「人人」都要作「雙擬對」來看，不能作「聯綿對」看的。

「聯綿對」應該是「霏霏斂夕霧，赫赫吐晨曦」，「軒軒多秀氣，奕奕有光儀」才對，霏霏赫赫都是聯綿形容詞，與一字重出的技巧不一樣。上官儀與遍照金剛，都沒有分清「重出字」與「疊字」的界線，混淆不明，再加上抄寫者漏掉了「二」字，使五言變成四言，這謎底就千年莫解了。

大手筆沒情趣？

你知道「大手筆」三字的來源嗎？原來在唐朝武則天時代，朝廷有最重要的文書，都叫當時「鳳閣鸞台平章事」李嶠來寫，「大手筆」本來是指最重要的文書，後來就稱這位撰稿者李嶠爲大手筆了。

李嶠，二十歲時便舉爲進士，由於傳說童年時代就有神人在夢中送給他兩支彩筆，大家都驚訝他的文才，深得武后的欣賞，封爲「趙國公」，他很長壽，成爲「文章宿老」，史書上說他爲「一時學者所取法」。後來唐明皇聽到有人歌他的詩，掩面而泣，幾番稱贊他是「眞才子」！

然而這位眞才子、大手筆、「神人授予雙筆」的文章宿老，在文學史上的評價是如何的呢？劉大杰在《中國文學發展史》中說：

> 李嶠作律詩一百六十餘首，偏於詠物，天文地理禽魚花草以及文具用品，無不詠到，成爲唐代第一個詠物詩人，而其作品全無情趣！

居然「作品全無情趣」！後來的文學史也就這樣批評李嶠，說他純屬賣弄學問，只是文字遊戲，並無文學價值。這與唐朝開元年間的張說與徐堅討論「近世文章」說：李嶠的文筆，像「良金美玉，無施不可」，不是完全相反嗎？是審美觀變了？還是他的文章比詩好？抑或是其他的原因？引起了我的好奇。

單就李嶠留下來的詩篇，《全唐詩》就編爲五卷，其中二卷是詠日詠月，乃至詠牀詠被的「詠物詩」。我們試看他的〈詠布〉詩：

御績創羲黃，緇冠表素王。瀑飛臨碧海，火浣擅炎方。孫被登三相，劉衣闡四方，佇因舂米粟，來曉棣華芳。

「布」本身有什麼情趣？他有時候在述歷史，說布是創造自伏羲黃帝，是那時的帝后御手開始紡績的。有時候在說用途，說黑色的緇冠正好表彰平民布衣出身的「素王」孔子。有時又像出謎語，在臨碧海的飛瀑中暗藏了瀑布的「布」字。有時又在談奇珍，說南方有一種「火浣布」可以不怕火燒。「孫被登三相」是說公孫弘做了漢代的丞相，仍十分節儉，不用絲綢，仍用布被，是「布被中的三公」。「劉衣闢四方」是說漢高祖劉邦以「布衣」提三尺劍開闢了四方。由於「闢」字被後人抄錯成「闡」字，意思弄不懂了，在敦煌石室中發現的一張李嶠詩，仍寫作「闢」字，可以校正這兒的錯誤。

至於末尾兩句「佇因舂米粟，來曉棣華芳」，似乎沒人能懂了，勉強引用漢時民謠：

「一斗粟，尚可舂，一尺布，尚可縫，兄弟二人不相容」，說上句是指兄弟吵架，下句引李嶠詠被詩的結尾：「孔懷欣共寢，棣蕚幾含芳」，指兄弟在次日早晨又和好了。果眞如此，詠布和詠被的結尾意思豈不是重複了？大手筆眞才子會寫重複的結尾？再拿敦煌石室的唐人手跡來一對，原來是「幸因舂斗粟，來穆棗花芳」，「棗」字後來被寫成異體的「棘」，「來穆棘花芳」抄的人不懂，又被改作「來穆採花芳」（藝海本），還是不懂，又改作現在的「來曉棣華芳」！原來這重複的結尾是後人替李嶠亂改的！我們現在讀到的詩，有許多已經過後人的亂改了！本來的「來穆棗花芳」是用《晏子春秋》卷八的故事，秦穆公乘龍遊四海，以黃帝的布裹蒸棗子吃，這棗核被蒸過，所以傳說中東海的棗子只會開花不結子。「來穆」是「秦穆公來時」，根本不是什麼兄弟又和好，而是在說那塊「蒸棗布」。

李嶠的詩被後人亂改就是「沒情趣」的原因嗎？這當然還不是主要的原因。這首詠布的詩，等於用了八個典故，把八個典故一一解釋完了，詩哪裏還有情趣？說他是文字遊戲沒錯吧？話雖沒錯，主要是不懂得李嶠這些詠物詩，不是爲情趣寄託而寫，而是爲供作「辭典」「典故類書」用的，讓人一背誦，就記得有關「布」的八個典故，以備考試或作文時參考用的，就像漢賦裡喜歡一聯串寫許多種樹，許多種石頭一樣，主要目的是供人作「字典」用的，你從「情趣」的角度去批評詠物詩，根本不瞭解當時的用途，就等於在瞎批評了。

武則天當時鑄八稜銅柱，柱下放置了石獅子與麒麟，滿朝官員都獻詩，《大唐新語》上記載李嶠的那首「轍迹光西崦，勳庸紀北燕，如何萬國會，諷德九門前……」被公認爲「冠絕當時」，這首詩《全唐詩》還不曾收錄呢！另一首詩：「山川滿目淚霑衣，富貴榮華能幾時？不見只今汾水上，惟有年年秋雁飛！」唐明皇曾在勤政樓上聽到這詩而落淚，沒聽完就站起來說：「李嶠是眞才子呀！」後來避難到蜀地白衞嶺，再聽一遍，又連連稱讚：「眞才子，眞才子！」連高力士在旁邊也一齊揮淚，怎能說他的詩「全無情趣」？

李杜相會

中國歷史上兩個光芒萬丈的大詩人，李白與杜甫，於天寶三年（西元七四四）六月在洛陽相會，在文學史上眞是難得的快事。李白在這年五月從長安被放還，六月抵洛陽，正值「名滿天下，謗滿天下」的時候，這時杜甫認識了李白。

這年秋天，李杜就一同出遊梁宋，喝醉了就蓋著同一條棉被，白天携手同行，感情也像兄弟。杜甫寫了不少詩贈給李白，像「李侯金閨彥，脫身事幽討，亦有梁宋遊，方期拾瑤草」，敍述他們一同往開封附近，去訪玉芝與仙人。又像「痛飲狂歌空度日，飛揚跋扈爲誰雄」，等於把李白的神情畫了一張速寫圖。

此後杜甫又寫了許多「憶李白」的詩，直到晚年，夢見李白，回想李白，時時惦記在心頭，落月照滿了屋梁，懷疑是李白的臉色；涼風起於天末，只有向空遙望著李白，「筆落驚風雨，詩成泣鬼神」就是用來稱讚這位天上謫仙的。但是由於杜甫寄李白的詩多，李白對杜甫懷念的詩很少，只有「何時石門路，重有金樽開」的普通問候，以及「思君若汶水，浩蕩寄南征」的相思描繪。杜甫希望與李白「重與細論文」，但李白卻不曾對杜甫的作品有什麼誇讚。

由於李杜互贈詩篇多寡懸殊，內容的褒讚也有別，於是歷來的文評家就妄生議論，認爲李白的作品以天才爲主，杜甫的作品以工力爲主，天才是看不起工力的，甚至還揑造了一首譏笑杜甫的詩：「飯顆山頭逢杜甫，頭戴笠子日卓午，借問因何太瘦生？只爲從來作詩苦。」以爲杜甫根本不在李白眼裡。

事實上這首嘲弄詩並不載在李白全集中，是別人僞造的。李白贈杜甫的詩較少，眞正的原因是兩人年齡相差很大，李白比杜甫大了十二歲，當李白四十五歲從長安放還時，作品早傳誦天下，無人不知，無人不曉，而那時杜甫才三十三歲，作品還沒成熟，名聲還沒出來，當時那首贈李白詩：「二年客東都，所歷厭機巧，野人對腥羶，蔬食常不飽……」實在是摹擬李白的風格，不是杜甫晚年自創的沉鬱風貌。而且李白好學仙，杜甫也跟著去尋仙，幸好仙人不曾尋著，道士華蓋君已死，兩人分手，別後再不曾相見，才發展出杜甫自己儒家的風格，放棄了亦步亦趨摹仿李白的惡習。

李白是杜甫心目中的偶像，而杜甫只是李白眼裡的小弟弟，李杜相遇時，李白正值寫作的巔峯時期，而杜甫是在四十歲獻三大禮賦以後，才受人重視些，李白於乾元元年流放夜郎，杜甫四十七歲，次年杜甫聞訊寫「水深波浪濶，無使蛟龍得」的詩，李白不可能看到如此好的作品，從這兩句詩裏看來，恐怕當時已有李白墮水而死的謠言，以致後代有李白撈月而死的不實傳說。

李白贈杜甫詩篇較少，除了寫作巔峯的時間差距外，寫作巔峯的地點也有關係，李白在京師寫作，傳抄容易，傳布容易，當時物質豐沛，經濟寬裕，因此連敦煌偏遠之處，都有李白詩的抄本。但杜甫的好作品，有的寫於成都，有的寫於夔州，地處荒僻，經濟條件又差，杜甫的詩有誰去傳抄？誰去傳布？以致唐代人對唐詩的選本中，都不曾選杜甫的詩，杜甫五十一歲時，李白就過世了，當時杜甫生活艱難，李白也顛沛流離，杜甫的晚年作品不可能傳到李白手中，況且像杜詩〈聞官軍收河南河北〉、〈登樓〉、〈宿府〉、〈丹青行〉、〈諸將〉、〈秋興〉八首、〈詠懷古跡〉、〈登高〉等被後人尊稱爲「精光萬丈」的作品，都寫於李白逝世之後，李白更無從去稱讚這位詩壇的小弟弟了。

因此後代許多文評家認爲天才李白看不起工力鍛鍊的杜甫，這種說法是不正確的，由是而認爲李白高於杜甫，更是一種偏見。我很欣賞明人夏基對兩人的批評，他認爲「李以滑，杜則以整」，李白的粗滑不能學，杜甫的工整才能學。又說：「李以致而見奇，杜以博而見養」，與致見奇不能學，博學素養才能學。最後說：「李是天才，杜是天人俱備」，李白是純天才，杜甫乃是天才加上人工，純天才不能學，天才加上努力，才是可以宗法學習的榜樣。夏基的說法，見於《隱居放言》，說法公允，杜甫當然也是文學的天才，李白如果能看到杜甫作品的全部，也像杜甫看到李白作品那樣，相信李白一樣會爲杜甫而夢寐顚倒的。

李杜的老師

誰是中國最偉大的詩人？一定回答是李白與杜甫。但是有一個讓李白、杜甫都傾心佩服，而暗地裡模仿著的詩人——陰鏗——卻早就默默無聞，幾乎沒人知曉了。

杜甫曾贈給李白一首詩道：「李侯有佳句，往往似陰鏗。」稱讚李白的好詩句，往往寫得像「陰鏗」一般。後人認爲李白如此偉大，陰鏗又算什麼呢？拿李白的好句子去比陰鏗，簡直是侮辱。所以有人竟認為這是杜甫在譏嘲李白，笑他蹈襲了別人的句子，結果把自己矮化，只像陰鏗了。

李白的確有「柳色黃金暖，梨花白雪香」二句（據敦煌卷本），是把陰鏗詩「柳色黃金嫩，梨花白雪香」只改動一個字，將「嫩」的脆薄色澤，變成「暖」的觸覺溫度，這種點化六朝詩句的技巧，是唐人的風氣，公開引用，不算蹈襲。

且看杜甫自己寫的詩：「江流靜猶浪」，還不是學陰鏗的「大江靜猶浪」？「靜」與「浪」是二個相反的意義，把「靜猶浪」密接在一起，帶有一種矛盾逆折的排斥意味，因而產生了張力。杜甫就是學了他的矛盾語法。

杜甫的「雲逐度谿風」，也是學陰鏗的「花逐下山風」。杜甫的「殘生逗江漢」，「遠逗錦江波」，也有點學陰鏗詩「行舟逗遠樹」的痕跡，這「逐」字「逗」字生動的趣味，讓杜甫也採入了詩囊中。這麼看來，李白杜甫都在努力模仿陰鏗，所以杜甫說李白「往往似陰鏗」，絕不是譏諷，而是眞心的讚美。

然而到了今天，李白杜甫名高天下，人人崇拜李杜，有誰知道這個李杜內心私淑的老師呢？陰鏗的詩，大部分已亡佚，二酉堂叢書及丁福保氏把陰鏗詩輯佚成卷，還保存著三十五首詩，的確是「神采新澈，辭精意切」，例如：

寒田穫裡靜，野日燒中昏！

黃昏暮煙的蒼茫景象，畫得眞不亞於西方名畫「拾穗」，收割後的寒田，迷漫在野火的幽靜裏！後來韓愈〈雉帶箭〉一詩的「原頭火燒靜兀兀」，既「靜」又「燒」的矛盾語法，原來也是學陰鏗的！又如：

水隨雲度黑，山帶日歸紅。

將日暮晚泊的江湖境況，寫得山川奇險，色彩斑斕！在陳代就創造了如此音調優美、對仗工穩、景象奇幻的句子，眞是開風氣之先，難怪李白杜甫都把他推爲傾心服善的前輩，然而今天他卻沉埋在歷史的長流中，爲此，從這個事例裡，給人不少省思：

第一是：作品要流傳人口，才有作品的生命。作品的流傳，要仰賴一股時代的熱潮，唐詩流傳者眾，南北朝的詩紛紛散失，不能流傳人口，就不易保存作品的生命。讀者的眼睛，才是作品放射光芒的地方。

第二是：再大的作家，也有他模仿入門的老師。弟子不必不如老師，但誰都是由私淑某些前輩師友，廣採前人的智慧成果，才得以成就一家之言。所以多寫的人，必然需要多讀，閉門自逞其材，很難成爲大作家。

第三是：作家詩人的眞正定位，其高大矮小，是愈到後代才量得愈準的。李白杜甫在當時，未必明白自己的歷史身價，一樣在暗慕著陰鏗，等到名位、恩怨、嫉妒、毀謗都逐漸遠離後，作品才完全裸露出應有的光彩，得到公平的評價。

第四是：成名作家很容易掠奪不成名作家的菁華。陰鏗是前代作家，亦已成名了的，與何遜共同號稱「陰何體」，被人模倣還容易辨認，若是與成名大作家同時的小作家，菁華被掠奪改寫，就難以辨認伸寃了。

第五是：文評家與學者仍然是重要的。許多先驅作家的心血被人蹈襲模倣，許多無名作家的智慧被著名者所抄襲，必須有公正睿智的文評家或學者出來主持公道，還其本來面目，許多像陰鏗這樣在歷史長流中隱沒的作者，應該一一回復他應有的榮譽與光彩。

詩與詞

我愛詩，專門研究詩，特別偏愛抒情的詩。卻並不留心於詞，詞是以抒情爲主的，爲什麼我並不十分迷它？而且常勸年輕的朋友不要先學詞，尤其是年輕的男孩少碰詞，他們問我「爲什麼？」我直覺上認爲詞是軟答刺疲柔無力的東西，像靡靡之音一樣，聽多了在不知不覺中，銷魂蝕骨，折損少男的豪情與壯志。申涵光說過：「常看詩餘，使人骨靡，初學尤甚。」

雖然詞裡也有蘇東坡辛棄疾等豪放的一派，但究竟不是詞的正宗，詞中靡靡者多，許多人一直追問我詩與詞的區別何在？前人對此分析已不少，現在把許多說法歸納成條理：

・詞以隱、婉、輕、小爲特質，詞隱而詩顯，詞婉而詩直，詞蘊藉含蓄而詩敷暢顯豁，詞質地輕小而詩可以雄濶壯偉。

・詞多比興，花花草草裡都是情思，而情思又多以男女私情爲主，不寫情不像詞，寫多寫濫了容易流入淫艷。詩很少字字比興，否則就近於謎語。

・詩莊而詞媚，媚之中必須保持莊的界線，這也是藝術與色情的界線。詩不莊就淪爲打油，另有雅俗的界線。

・詞家要求「句欲敏，字欲捷，長篇須曲折三致意」，才符合輕小蘊藉的本色，與詩家境界開濶的神韻不同。

・詞寫得空疏淺俗就像曲，詞寫得博學有理就像詩，去淺白，舍學問，拿捏這淺深高下才會像詞。

・詞在句法上不像詩那樣疊實，造句時常用轉折的虛字，使語氣柔媚，一字的虛字如「正、但、任、況」，二字的虛字如「莫是、又還」，三字的虛字如「更能消、最無端」等，用在該用的地方，造成纏綿悠長的韻味。

・詞的音樂性，比詩更爲凸顯，音節與韻律所造成聽覺上的神味，比文字字面上的意義，更易波動讀者的情緒，因此詩詞的不同，可說是在「神」不在「貌」，譬如一首詩：「黃河遠上白雲間，一片孤城萬仞山，羌笛何須怨楊柳，春風不度玉門關。」改寫爲「黃河遠上，白雲間一片，孤城萬仞山，羌笛何須怨？楊柳春風，不度玉門關。」詩的語氣簡直，詞的語氣委曲停折，句讀不同，音節變改，就由詩化作詞了。又如「清明時節雨紛紛，路上行人欲斷魂，借問酒家何處有，牧童遙指杏花村。」改寫爲：「清明時節雨，紛紛路上行人，欲斷魂，借問酒家何處，有牧童，遙指杏花村。」不增減文字的面貌，只改變音樂的神味，詩就變成詞，可見詩詞的分界，在神不在貌。

・詞經過裝點陪襯，字句顯得輕倩，詩喜用直說，字句顯得沉重，譬如隋煬帝詩：「寒鴉千萬點，流水遶孤村。」秦觀把它妝點一下，變成「斜陽外，寒鴉萬點，流水遶孤村。」就柔媚俏麗多了。又如劉禹錫詩：「舊時王謝堂前燕，飛入尋常百姓家。」周邦彥把它妝點陪襯一番，變成：「想依稀王謝鄰里，燕子不知何世，向尋常巷陌人家相對，如說興亡斜陽裏。」蛻化成較爲纖巧輕倩，就成詞了。

・詩除抒情詩外，尚有敍事詩、說理詩、劇詩，而詞僅限抒情，即使是詠物詞，亦必自寫寄託。

・詞在音節上是倚聲的，或是塡譜的，音節限制嚴，所以叫做「塡詞」；詩只論平仄，還可以拗救，音節上較爲自由，所以叫做「做詩」。

・把詩句用到詞裡，略爲妝點化解詩的「直」與「簡」，除了太古樸典重的句子不能用外，以詩入詞是常見的。但把詞句用到詩裡，原有的輕靈曼妙就顯得疲軟輕弱，因此翻詩入詞，如同用典，前人不忌諱；翻詞入詩，腔調柔軟，前人列爲禁忌。

・詞中不用典故，最多暗用也不能明用，即使用，也選人人熟悉的用，絕不能用生僻炫耀學問的典故，用了不能唱，唱了沒人懂，所以詞中不用典成爲一種規矩，也與詩不同。

綜上所論，詞所表現的是一種輕小陰柔之美，很少有豪快奔放的壯濶之美，所以我還是奉勸年輕男孩少讀詞，多讀詩，我擔心血氣未定的青年常讀軟綿綿的詞，眞的會「金劍已沉埋，壯氣蒿萊」，明人趙世顯說：「詞曲氣韵格卑，習之使人志意不揚」（《芝園文稿》），有其道理，你聽，這首李白的詩：「一枝紅艷露凝香，雲雨巫山枉斷腸，借問漢宮誰得似？可憐飛燕倚新妝！」唱起來音節嘹亮，氣勢不凡，如果變成詞，音節就幽幽咽咽，柔弱輕巧多了！

一枝紅，
艷露凝香，
雲雨巫山枉斷腸，

借問漢宮誰得？
似可憐，
飛燕倚新妝！

唐詩與宋詩

唐詩太美了，中國人以有唐詩爲傲，「葡萄美酒夜光杯……」誰不陶醉？然而宋詩也很美，「活水還將活火烹……」的〈煎茶〉詩，也是如此怡人。唐詩保存下來約五萬首，宋詩卻是唐詩的四倍多。再往下數，元詩也不少，明詩更是宋詩的數倍，清詩又是明詩的數倍，滾雪球似的，愈到近代保存的數量愈多，這豐碩的詩山詩海，也是中華文化中活力無限的能源所在。

唐詩人人會背幾首，宋詩則較爲陌生，有人以爲宋詩喜議論事理，不如唐詩的風韻動人，其實宋代理學興起，一代的思潮必然反映在一代文學中，詩中議論事理，促使以理性審視萬物，反省自我，也正是宋詩的特色，說這是它的優點，又未嘗不可？

試看宋代李唐的〈題畫〉詩：

雲裡煙村雨裡灘，
看之容易作之難！
早知不入時人眼，
多買臙脂畫牡丹！

霏微迷漫的煙裡夾雜村樹，眞難畫；煙濕雲低的雨景中表現葦岸漁磯，也很難畫，然而流行的「時人」的眼光，非常淺俗，他們那裡能欣賞山水煙雨的趣味？唉，早知如此，多買些臙脂來畫些大紅大綠的富貴牡丹，便滿足時俗的趣味，何必畫這種看來容易卻畫來不易的煙雨呢？詩中將憤世嫉俗的「議論」痛快地直吐出來！

再看王安石的〈北陂杏花〉詩：

一陂春水遶花身，
花影妖嬈各占春，
縱被春風吹作雪，
絕勝南陌碾成塵！

表面是一幅靜景，卻極熱鬧；表面是一幅美景，卻富愁緒。春水花開，上下映得豔麗萬分，但是盛極總是要衰，寧可被春風吹作墜落的雪片，也不要在南陌的輪下碾成世俗的紅塵！這「議論」中間能夠沒有自負的悲傷嗎？

讀這些宋詩，的確與唐詩有所不同，前人對唐詩與宋詩的不同，比較分析得很有趣：

・唐詩像質厚的錦緞，文麗而綵密，是厚重的廟堂禮服；宋詩像質輕的葛紗，疏薄而纖朗，是舒適的田野便服。

・唐詩像個愛文藝的青壯年人，宋詩像個愛哲學的老翁。

・唐人以詩情寫文章，以情爲主；宋人以文理作詩句，以理爲主。

・唐詩是春色，鮮潤欲滴，是春花爛漫，目不暇給；宋詩是秋色，光景絢麗，是寒松蕭疏，水落石出。

・唐詩是水，含蓄而深泓；宋詩是山，嶙峋而孤露。

・唐詩像流雲皓月，可以徘徊賞玩；宋詩像馳電湧泉，片刻全來眼前。

・唐詩注重情韻，語意委婉，取高雅的風花雪月爲題材；宋詩注重評議，立意深入，措辭不問雅俗，選材不擇精粗，題材寬泛而眞實。

・唐詩虛靈，重感觸，有意境；宋詩精實，重生活，有哲理。

・唐詩寄興悠遠，宋詩窮力爭新。

・唐詩重自然與情誼，宋詩重社會意識與生活態度。

・唐詩如酒，容易醉人；宋詩似茶，久乃怡人。唐詩如火中焚，緊湊而激烈，在人生過程中，抓住貴重的瞬間，注入感情，使之凝聚爆發，所以像酒；而宋詩則是在冷靜的基調上，環望四周，對人生的長久作多方面有趣的探討，所以像茶。

這些比喻中，以如酒如茶、如春如秋、如水如山、如緞如紗，最爲簡明剴切，也因此，有了唐詩感性的美，如何能缺少宋詩理性的美？主張「唐以後無詩」的人，太重視風調氣韻與時代的限制。事實上，高山雖美，大海亦寬，春花堪賞，秋月自佳！愛唐詩，也應該愛宋詩！

臺灣詩與臺灣史

這幾年來，大家對鄉土的關懷愈來愈熱心，對臺灣史的研究也就成了熱門。由於大家相信「詩」可以補「史」的不足，「詩」深入生活的細節，深入心靈的內層，有時比「史」更爲眞實。所以有人努力以「詩」來重建「史」，於是在研究臺灣史時，特別重視臺灣詩。

已見到研究這方面的博士論文，如廖雪蘭的〈臺灣詩史〉，施懿琳的〈淸代臺灣詩所反映的漢人社會〉等，至於研究臺灣詩社、淸代臺灣流寓詩人等題材的碩士論文就更多了。這些論文對於臺灣詩歌與中州文化的「血脈相接，心靈交融」，有著動人的敍述，對於詩篇的搜羅查訪，也是十分勞瘁。

這種熱門風氣，當然使我在廣泛地閱讀古典詩歌時，每當讀到「鷄籠」（基隆）「鹿耳門」（臺南），就會加倍被吸引，最近我讀到清代乾隆年間齊召南的詩，光緒年間張涵中的詩，不少描寫臺灣的風土人情，都是上述博士論文或文獻叢刊中不曾提起過的，秘笈遺珍，十分可貴。

張涵中的詩集《鑒悔齋分體詩錄》，藏在中央圖書館善本室中，是著者的手稿，還不曾出版過呢！張涵中的詩集序文是光緒十年寫的，他在同光年間曾帶兵來臺灣，駐守在鳳山，寫過〈登鳳山海口砲臺〉詩，相當雄壯：

海上高山山上臺，登臺周視有餘哀，一身飄泊九州外，獨立蒼茫萬感來！四塞關河緣地盡，百年風土倚人開。舳艫銜尾因何事？孺子當年費霸才！

讀來調高音響，有點模仿杜甫〈登高〉詩的味道，也確有沈雄鬱勃的氣勢。這個海上高臺，給人獨立蒼茫的感受，這個天涯邊塞，乃是爭霸天下所必須的。鳳山作爲軍事基地，原來已有百年以上的歷史了，當時的「鳳山海口」是第二港口還是西子灣？有待史蹟專家去考證了。

他的〈奉和副帥安平道中〉詩，讀來景物宛然在目：

> 海南秋不到，九月氣猶溫。壁虎啼深樹，鹽花積晚暾。鯤身天作塹，鹿耳水爲門！使者安邊計，躬來建戍屯。

初到臺灣，季候暖暖的觸覺感，不同於大陸，深秋九月，還穿著單衣，是詩人最驚奇的。其次是壁虎的鳴聲十分特別，那時是只有彰化以南的壁虎才叫，大陸的守宮也是靜寂無聲，這稀有的聽覺也令詩人驚訝。再其次是海風吹來鹽分的滋味，鹽場上的白花堆積在晚霞與朝陽中，鹽是古代人重要的經濟物品，內陸的人視同珍寶，所以這種味覺視覺上的新鮮感覺，也令詩人驚奇，所以前面四句讀來極有「臨場感」。當時的鯤鯓還像海島一般長條地環立在浪中，像天成的溝塹，而安平港的鹿耳門，水深水淺，竟是十分險要的鬧門呢，副帥親自來這兒建立戍屯的堡壘，這和今天的古蹟「億載金城」有關嗎？

張涵中的詩裡，有「土豆花落地瓜熟」的句子，把花生叫土豆，把番薯叫地瓜，讀來好親切！當然也有「溪流時沒路，海色半吞山」描寫到枋寮去的行路艱難！對當地人缺少文化，也有「胸中墨汁一點無，滿口亂嚼檳榔血」的諷嘲；對渡海者的貪慾高漲，也有「跣足裹頭渡海來，萬夫一心圖發財」的譏刺。我最喜歡的是那些描寫先住民的〈番社雜詠〉詩三首：

僰男笮女自家家，古世無懷度歲華，誰說深山無曆日，夜看圓月曉看花。

蠻歌跳月賀新婚，麻達成仙集一村，琴用嘴吹簫用鼻，大家歡唱老描崙。

卓家愛女臂如猿，慣著衣裳佩錦韃，胡不琵琶彈馬上，玉顏應似漢烏孫。

僰讀音是迫，笮讀音是酢，都是借西南夷族來形容山地同胞的，他們無憂無慮地度日子，往往並不知道自己幾歲了，問他們年齡，有的回答「看過幾百幾十次月圓了！」有的回答「看過幾十次某花開了！」他們耕種不是依據日曆，而是依據某花開了，在臺灣山中，要分四季很難呀！

山地同胞喜歡在月下跳舞唱蠻歌來祝賀新婚，未婚者叫「麻達」，已婚者叫「仙老」，所以結婚是「麻達成仙集一村」的時候，竹片綳了幾根絲的口琴用嘴吹，還有用鼻哼的簫呢！大家一起歡唱新婚進行曲：描崙。

臺灣最南端的琅𤩝十八社，社長的女兒卓氏掌理社事，別的番女不穿衣服，卓女則衣裳楚楚，滿身穿上自織的鮮明圖案，到行轅中來拜訪我呢！要是能在馬上彈一曲琵琶，眞不亞於漢代的烏孫公主。這些詩篇都可以補臺灣史的不足，極爲珍貴的。

六言律詩與同性戀

你見過「六言律詩」嗎？相信誰被問到這個問題都會張口結舌，反問一聲：「有六言律詩嗎？」

我讀過古來上百萬首的古典詩，讀到明朝的馬之駿在《妙遠堂全集》裡保存著一首別開生面的「六言律詩」，有點稀奇。題目是：「野眺」。

掃徑喧防人到，出門閒與客同。
野逕攲斜易誤，村居向背相通。
夕催陣陣山鳥，秋報聲聲草蟲。
獨往陂塘潦後，回看城郭煙中。

詩意寫得很平常，不過是寫舉目遠眺野景。清掃家門前的路，怕有喧鬧的客人要來，自己也等在門外，與可能光臨的客人一樣悠閒。門前的路錯綜攲斜，很怕客人走錯了，村子裡的居住位置，原本是向前走、向後走，都會相通的。夕陽西下，已催歸了陣陣山鳥，秋風初起，亦報響了聲聲草蟲。客人未來，我獨自沿著陂塘的秋水尋去，再回頭看城郭，已迷失在暮煙中了。

詩中只有景，沒有什麼情，看來六言的句法，本身就有點局促，不容易抑揚相稱、鏗鏘宛轉。六言絕句有人寫，六言律詩少人寫，也許是這個緣故。你看他自創的六言律詩的格律：「仄仄仄平平仄，平平仄仄仄平。仄仄平平仄仄，平平仄仄平平。平平仄仄平仄，仄仄平平仄平。仄仄平平仄仄，平平仄仄平平。」基本上是以「仄仄平平仄仄，平平仄仄平平」爲主調，第一字第五字可調節，爲了押韻及黏對，第六句末字作平，第五句末字作仄，變化極少，所以讀起來有點古板單調。後來我在明人梅鼎祚的《鹿裘石室集》、王庭譔的《松門稿》、倪岳的《青谿漫稿》、程可中的《程仲權先生集》等，都讀到六言律詩，大概在明末流行過一陣子吧？

爲什麼中國詩以五言句七言句爲主流，而不能發展六言詩呢？原來這是和美學有關係的，美學家有黃金分割率，卽「短線段與長線段的長度之比，等於長線段與全部線條長度的比例，就最美。」寫成公式爲：

a比b等於（a加b）比a

簡單說，黃金分割就是一比一・六一八，五言句「獨往／陂塘／後——，回看／城郭／中——」都是分成三步讀，三比五或照黃金分割公式算爲五比八，都接近一比一・六一八。

七言句「夕催／陣陣／歸山／鳥——，秋報／聲聲／吟草／蟲——」都是分成四步來讀，四比七或照公式算爲七比十一，都接近一比一・六一八。

但是六言句分成三步讀，三比六不等於公式的六比九，三比六是一比二，不接近一比一・六一八。四言、八言、九言、十言都是與六言句的一比二相近，不接近黃金分割，接近的只有五言與七言，難怪六言詩讀起來感到局促不美了。

在格律上喜歡創奇的馬之駿，在內容上也是喜歡創奇的，大概是一腔「命世之才」無處宣洩吧？他的詩集中新鮮的題材倒不少，其中爲男裝女扮的演劇「歌童」，受范長倩的孌愛，而寫了二十首「同性戀」的詩，實在新鮮。

古人寫同性戀的典故，無非是安陵子都啦，分桃斷袖啦，前車後釣啦，奪筦賜山啦，美孺孌童啦……馬之駿寫同性戀，都不用這些老套，他寫道：

> 貪嬉終是少年心，情字難教辨淺深，偶爲踏青南陌上，錯教人贈路旁金！

范長倩已老，卻迷戀歌童，老年人談戀愛就像老屋子著火，燒得特別快！詩裡笑他道：人在貪玩嬉戲時，常忘記自己老了，心終究還是少年時代的心，尤其牽扯上「情」字以後，每次都自以爲是一往情深，如何能區別哪一次是深情？哪一次是淺情呢？偶然去作一次踏青，在南陌上看到一位麗人，就想捧出所有的黃金，站立路旁，去獻給她了！南陌遇麗人，是用秋胡的典故，秋胡在外面做官五年，積蓄了黃金回家，在快到家門附近的南陌上，望見一位漂亮的採桑婦人，喜歡上了，就想把金子全獻給這邂逅而並不相識的女子，而不將金子獻給苦等五年的妻子了！詩裡不加是非的評論，更尤覺是非皎然明白。

黛蛾也復畫連卷，沙暖鴛鴦學並眠，試揭合歡衾底看，雌雄怎得辨雙纏？

雖是男童，也塗脂抹粉，畫上長長的黛色蛾眉，仿學沙灘上並眠的鴛鴦，陪你睡覺。如果有人試著把你們所蓋的「合歡被」揭開來，哇塞，辨也辨不清呀，誰是雌的？誰是雄的？是怎樣雙雙纏綿在一起的呀！這首詩寫得眞大膽，明朝人竟然如此大膽地揭開這最令人難堪的一景，是屬於緋色X級，今日新聞局仍在禁演的鏡頭，你看他一面拉起棉被，一面依然優游吟唱，把這穢亂低俗的一幕，寫得還算風雅，不覺得嘔心，不能不佩服他手法的高明。更何況一口氣寫了二十首，馬之駿還眞是怪傑啦！

詩與燈謎

燈謎是極爲有趣的益智活動，而猜謎也是人類文明進步的原動力。在古代，大家有共同的詩文基礎，所以用熟悉的唐詩宋詞作爲謎底，猜謎者會津津有味。近年來謎底常改爲電影片名、歌星名字，乃至家庭用品，這也反映出社會文化的基層結構。最糟糕是兒童書籍裡流行的「腦筋急轉彎」，答案令人啼笑皆非，既無益智價值，又索然無趣，這也反映了社會文化的無聊與墮落。

所以用唐詩作爲謎底的優雅文化，是值得懷念的，那種燈謎，才談得上「精緻文化」。謎面是「丟臉」，你猜是哪一句唐詩？哈哈，「人面不知何處去」！謎面是「格林威治標準鐘」，你猜是哪一句唐詩？哈哈，是「天涯共此時」！燈謎有許多「格」，更是巧妙無窮，像「捲簾格」，是將謎底倒過來讀，才能符合謎面的意思。謎面是「終生爲奴」，你猜是哪一句唐詩？是「老至居人下」，把答案像簾子一般倒過來捲起，就變成「下人居至老」，做下人做到老，所以是「終生爲奴」嘛！

像「上樓格」，是將謎底的末一字移放至最前面，便符合謎面的要求。謎面是「相馬」，你猜是哪一句唐詩？是「欲窮千里目」，把答案的末一字「目」移到最前面，成爲「目欲窮千里」，伯樂的目光要窮千里馬，所以是「相馬」。

像「下樓格」，是將謎底第一字移到最末，便符合謎面的要求。謎面是「泣顏回」（剛好是一種詞牌），答案是「還將兩行淚」，把第一字調到最後是「將兩行淚還」，所以叫「泣顏回」，哭著的容顏回來嘛！

像「脫帽格」，是將謎底的第一字刪去，便符合謎面的要求。謎面是「楚人一炬，可憐焦土」，答案是「烽火連三月」，刪去「烽」字，「火連三月」正是燒阿房宮的答案。

像「脫靴格」，是將謎底末字刪去，便符合謎面的要求。謎面是「秘密經營金屋」，答案是「閨中少婦不知愁」，刪去「愁」字，「閨中少婦不知」，多妙！

像「折巾格」，是將謎底第一字，劈折不適用的半邊，便符合謎面的要求。謎面是「鵲橋會」，答案是「醒時同交歡」，把「醒」字折去酉，成爲「星時同交歡」，星時是牛郎織女相會交歡。

像「隻履格」，是將謎底最末一字，劈折不適用的半邊，便符合謎面的要求。謎面是「馬後垂楊馬前雪，教人怎得不回頭」，答案是「總是玉關情」，把「情」字折去心，「成爲「總是玉關青」，關外無楊柳就不青了。

像「繫鈴格」，是將謎底中一字作破音字唸。如謎面是「獨孤複姓」，猜七言唐詩一句，謎底是長恨歌的「不重生男重生女」，把「看重」讀成破音字「重複」，「複姓」拆開來是「複生女」，「獨孤」是「男人單」，子只有獨而女卻複生，所以是「不重生男重生女」。

像「解鈴格」，是將破音讀法回歸原有的讀法。如謎面是「福王渡江，魯王航海」，猜五言唐詩一句，謎底是「明朝掛帆去」，把「明天」的明朝，讀回朝代的朝，福王魯王都是明朝末年渡江渡海逃亡的皇帝，所以說明朝紛紛掛帆去了。

像「紅豆格」，是將謎底一句中用標點斷開，像用朱筆加句讀點，所以又叫做「紅讀格」。如謎面是「自以爲不如，窺鏡而自視」，謎面也出自古書，猜五言唐詩一句，謎底是「猶疑照顏色」，把五字斷開，「猶疑」是「自以爲不如」，「照顏色」是「窺鏡而自視」，謎面謎底彷彿是天然而成，沒加什麼人工，眞是妙絕。

像「展翼格」，是將謎底中一字劈分左右，合起來讀，另生新的意思。如謎面是「大雅云亡」，謎底是「轉覺故人稀」，「故」字劈分成「古文」，轉覺愛寫古文的人稀少了，所以是「大雅云亡」。

用唐詩來做謎底，這文化的層次太高了，再加上各種格法，眞是搜腸鐫肝，費盡心思。在文化日趨大眾化、低俗化的今天，對這些高級的燈謎，只能遠遠地懷著崇敬與追思，因爲那是高層次的心智活動，是文化中值得驕傲的精緻成就之一。

詩鐘比賽

詩鐘是文人們的遊戲，也可以說是一種急智比賽。最早是用一根綿線，綁著一個大金錢，懸在銅盤的上方，綿線中間繫著約一寸長的香，詩鐘的題目出好以後，就開始焚香，香燒光時，便燒斷綿線，於是大金錢墜落，敲響下面承接的銅盤，「噹！」的一聲，大家就必須繳卷，這叫做「詩鐘」，和「刻燭」「擊鉢」等限時完成作品是類似的。

「詩鐘」是以做一副對聯爲主，常見的比賽方法有兩種：

一種是嵌字式的，任意取一平一仄兩個字，若拈出的是「花」「菜」二字，數一數今天是十二月三號，三號就要將花菜兩字各鑲在第三字，做成一副對聯，如果今天是在郊野廟宇中玩詩鐘遊戲，題目定爲「卽景」，內容就得寫眼前的景物，大概七八分鐘，就要完成這「花菜三唱」：

伴飲花無語，
和羹菜有心！

如果是昨天在書齋中做詩鐘遊戲，隨意拈來「筆」「心」兩字，兩字性質隔得愈遠愈有趣，昨天是二號，就得把「筆」「心」鑲在第二字，完成這「筆心二唱」：

晚筆黃花瘦，
秋心皓月圓！

鑲在第一字的叫「鳳頂」，第二字叫「燕頷」，第三字叫「鳶肩」，第四字叫「蜂腰」，第五字叫「鶴膝」，第六字叫「鳧脛」，第七字叫「雁足」，借用一些四聲八病中的名稱作爲美麗的代號，比賽大抵以做五七言聯語爲主。

所拈出的兩字，放在上聯或下聯，可以自由互換，任意拈出兩字時，可以拿一册書來，由一位隨口指定第幾頁第幾行第幾字，如果拈取二字都是平、都是仄，可以重呼一遍，到一平一仄爲止。至於鑲在第幾字，也可以數兩字的筆畫總數，然後除七或除五，取筆畫的餘數來決定鑲在第幾字。日期如超過五號七號，也用除餘之數決定鑲在第幾字。詩聯完成繳集後，由詞宗講評，錄取第一名叫「元」，第二名叫「殿」，第三名叫「眼」，第四名叫「花」，第五名叫「臚」，第六名叫「錄」，第七名叫「監」，第八名叫「斗」。這種嵌字詩鐘做熟了，對於鑲新娘新郎的名字爲嵌聯，便得心應手，十分輕便。

詩鐘的另一種玩法，是取兩個絕不相類的事或物，分詠兩句，做成一副對聯，命題的兩物相去絕遠，做成的兩句卻湊合自然，從絕不相同的事物裡尋出足以相匹配的類似點，才算上乘之作。因此詩鐘也可以說是想像力、創造力的比賽，譬如以「曹操」「蟹」爲命題，一位寫作：

亂世奸雄誰抗手？
橫行公子號無腸。

蟹稱爲「橫行介士」，又稱「無腸公子」，從亂世的豪橫中找出兩者的相似點，而且字字對仗精準。另一位寫作：「魏家太祖漢家賊，九月團臍十月尖。」上句切準是曹操，不可能是第二人，下句切準是螃蟹，不可能是其他動物。九月雌蟹圓臍者好吃，十月雄蟹尖臍者蟹黃多。用以對仗魏家尊崇的太祖，實在是漢家的蟊賊，本聯是以自身相對的句法，也頗見巧思。

又譬如以「楊貴妃」「燕」爲命題，一作爲：

佳期密約長生殿，
野草斜陽百姓家。

楊貴妃與唐明皇在七月七日夜，於長生殿私約「在天願作比翼鳥，在地願爲連理枝」，所以上句是指楊貴妃。而野草是朱雀橋邊的，斜陽是烏衣巷口的，正用劉禹錫的詩，表出「舊時王謝堂前燕，飛入尋常百姓家」，所以下句是指燕，這種詩鐘和燈謎類似，字面上是不用題目字的。

另一位作：「蜀道魂歸酬聖主，漢宮禍起啄王孫。」上句用「血汚遊魂歸不得」等詩意，寫「聖主朝朝暮暮情」，以確定是楊貴妃。下句以趙飛燕的「燕啄王孫」事確定是燕。另一位寫「芙蓉錦帳新承寵，玳瑁雕梁舊寄巢。」因爲〈長恨歌〉有「芙蓉帳暖度春宵」

句，可以確定是楊貴妃，玳瑁梁也是用古詩中的燕。把原本不相關的事物串聯到一起了。

又如以「伍子胥」「雪」命題，寫什麼「劍氣簫聲吳市月，詩情畫意灞橋風。」「死猶張目觀吳主，生且吞毛學漢臣。」句句有來歷典故，切準伍子胥與雪。這種遊戲有時越奇僻越鬪智，像以「牡丹花」「美人足」命題的，以「紅樓夢」「鏡」命題的，更有以「恩科」「杜鵑」命題，而寫作「腐儒應詔期登第，望帝銜哀欲叫閽。」眞是絞盡腦汁，難上加難了。

唐詩鑑賞的方法

「唐詩鑑賞的方法」可分兩方面而言，一、是就唐詩的內在詩境來說；二、是就唐詩的外緣考證來說。我在《中國詩學》中已提出「完全鑑賞」的理念，但舉例似乎還不夠詳盡，不夠淺顯，藉著電視演說的方便，重新再寫一次，希望將「完全鑑賞」再一次的推廣。

1 唐詩的內在詩境

要鑑賞唐詩內在的詩境，可自五個重點而論：

一、從命意上鑑賞

無論從正面、反面、側面下筆，立意方面要能新穎獨到，應是別人沒有想到或未曾說過，你能想得比別人深，說得比別人透，才好。

二、從布局上鑑賞

布局有時空上的遠近久暫，章句上的正反順逆，用意上線索脈理等等，這種詩歌內在的結構，往往很嚴密。

三、從音響上鑑賞

平仄、押韻等機械性的音節，已經很悅耳，再加上重複或拗救的強調，感受很特別，至「聲」與「情」的協合，更是合乎天籟之美，是音響上的勝境。

四、從修辭上鑑賞

字的代換、句的鍛練，整首的協調，在精鍊的詩篇中，最重視修辭的效果。好詩中的修辭可以作爲「修辭格法」的成功例證。

五、從神韻上欣賞

神韻是詩的最高境界，是一種雋永超逸的韻味。它像美人絕代的風華，像君子優雅的氣質，當然神韻必須依附在字句節奏與命意之上。

凡是成功的好詩，都可從以上五方面加以分析鑑賞。

以下試由上述五項鑑賞方法，鑑賞古人推舉爲「唐詩壓卷」的作品。

李攀龍認爲唐人七律的壓卷之作，是王昌齡的〈出塞〉：

秦時明月漢時關，

萬里長征人未還；
但使龍城飛將在，
不教胡馬度陰山。

㈠就「命意」來說：既然是王昌齡去「出塞」，應該感慨唐代的時事，卻偏不說唐代，只就秦代、漢代發感慨；不說吐蕃、契丹爲害在眼前，卻偏說匈奴，不正面明說時事，只暗底影射，使「深深寄慨於當時朝廷無人，又切望能有其人」之意，全在句外，命意含蓄。

㈡就「結構布局」來說：此詩的時空概括性極長極大。自秦、漢、魏、晉、南北朝迄乎唐代，長征的人都是「未還」的，時間有多長？陰山山脈，從河套西北綿延至綏遠、察哈爾、熱河三省而到右北平，空間又有多大？

一位唐代邊城的戍守者，望見塞上的明月與邊關，忽然想到明月照過秦代，照過漢代，現在照著唐代；這邊城曾防守過秦代的強胡、漢代的強胡，直防到唐代的胡敵。把連續數百年的滄桑史實，壓縮成「秦時明月漢時關」七個字。

而秦代長征的人兒未還，漢代長征的人兒也未還，推算到唐代長征的人兒又能有幾人生還呢？這種歸納式的繁複意識，包含了廣大的時空，又壓縮成「萬里長征人未還」七個字。

古今一樣的關月，卻有不同的戍將；不同的戍將，卻有一樣的命運。除非是盧龍城的飛將軍李廣在這裡，胡馬才不敢來度陰山。種種感觸，在當時的從軍者腦海裡只是刹那的浮光掠影，卻擴張成幾個朝代，所以，本詩的布局是以強大的時空壓縮法構成，造成了「壯彩四射」的強度與密度。

㈢就「音響」來說：第一句兩個「時」字的重複節奏，與三、四句的「但使」、「不教」的虛字，都使氣勢順暢而強盛，韻腳「關」、「山」等和全詩廣大時空感協調，造成了「調高響亮」的效果。

㈣就「修辭」來說：秦時明月照著漢時的關，也是漢時的明月照著秦時的關，更是唐人眼裡古時的明月古時的關，現在的明月現在的關。這不僅是「互文」更是十分濃縮的「凝鍊」法。

三、四兩句，用「假設」的筆法，想像過去的事實成爲眼前的事實，其中「寓有惜才愛才」的痛切，與「當今無才」的悲傷，句意含蓄而雄渾，十分成功。

㈤再就「神韻」來說：含蓄的寓意和壓縮的時空，均會造成「言有盡而意無窮」的神韻境界。再加以「秦時明月漢時關」七字，只就眼前所見，細想七字好像通順，又好像不通順；好像明白，好像又不明白，個中別有一番感悟的工巧。王世貞（阮亭）本來不同意這首詩作爲唐詩的「壓卷之作」，後來發現「若以有意無意，可解不可解之詢求之，則此不免爲第一！」就是在「意解」之外，感受到那難以名狀的「神韻」之美。李攀龍與王世貞是明代兩位詩壇的領袖，他們一致同意這首詩是唐詩七絕中最好的。

清代的王漁洋認爲七絕中最好的是另外的四首：

(1)王維的〈渭城曲〉。

(2)李白的〈早發白帝城〉。

(3)王昌齡的〈長信怨〉。

(4)王之渙的〈出塞〉。

這四首詩中，三位「王」姓詩人所作的都是「樂府七絕」，樂府是配合管弦來唱的，所以傳誦起來特別感人。

王維的〈渭城曲〉，由於「渭城」一名「陽關」，所以〈渭城曲〉又有〈陽關三疊〉的唱法，王維的原詩是：

渭城朝雨浥輕塵，
客舍青青柳色新；
勸君更盡一杯酒，
西出陽關無故人。

此詩最傑出的地方，就是音響上的美，在《說郛續編》卷三十二中，有明代田藝衡的〈陽關三疊圖譜〉，把這首詩的和聲疊唱，極盡迴旋搖蕩的能事，使臨歧送別者的繾綣深情，婉轉淒楚，唱得離緒低迴，別魂飛揚！

首先，我們應明瞭王維是一位深通音律的人，天寶年間，有人得到一段音樂殘譜，不知道曲名，一問王維，王維就說「這是〈霓裳曲〉裡第三疊的第一指。」後來，經樂工作研究，果然不錯。《集異記》並記載王維在二十歲以前，就彈得一手妙琵琶，曾在一次化妝宴會中，妝扮成伶人，在九公主面前奏新曲〈鬱綸袍〉，使九公主大爲欣賞，而推薦給試官登第。

由於王維深通音樂，所以這首樂府七絕的音律也很特別，像「渭城朝雨」四字，必須是「仄平平仄」，如改寫成一般詩律的「平平仄仄」或「仄平仄仄」就不諧調子了。而「柳色新」的「柳」字，是仄聲，但必須是「上聲」（國語第三聲）才合，若改用「去聲」（國語第四聲）或「入聲」，雖也是仄聲，調子就不對。再則第三句「勸君更盡一杯酒」應該是「仄平仄仄仄平仄」，一字也不能出入，第四句「西出陽關無故人」是「平仄平平平仄平」，也一字不許更動它的平仄，和一般絕句的格律不同，後來，蘇東坡曾寫過三首〈陽關曲〉，平仄格律大致吻合此一嚴格的要求（參見日人森大來說），可見本詩在音樂性上的特性。而我在《中國詩學・思想篇》一書曾指出本詩的第二句最令人難過，「客舍青青柳色新」七字，句意裡好像看不出有令人難受之處，但讀起來：「舍、青、青、色、新」這五個字都是尖銳的齒音，尖銳的齒音刺痛了離人的心緒。一句中用五個齒音的字，應是經過特別設計。

元人的《陽春白雪集》，有以〈大石調〉而歌的，把前面改寫成：

渭城朝雨
一霎浥輕塵
更灑遍客舍青青
弄柔凝千縷柳色新
更灑遍客舍青青千縷柳色新

字句的節奏愈來愈長，而其中對「舍、青、青、色、新」五個齒音字的特別反覆強調，更說明對這種音響上特殊美的注意。

至於李白的〈早發白帝城〉全詩是：

朝辭白帝彩雲間，
千里江陵一日還；
兩岸猿聲啼不盡，

輕舟已過萬重山。

除王漁洋認爲這是唐詩「壓卷之作」外，胡元瑞也說這是「太白絕中之尤絕者」。我覺得這首詩的好處，在於布局結構的時空設計。

㈠就空間方面說：白帝城只是彩雲間的一個點，由白帝城到江陵，這二個點之間，用長江畫成了一條千里的線，再由兩岸的猿聲，使由線滑下的兩側增加了二個面，而在二岸之外，又安排了萬重山，便構成了一個體，這由雲中一點展開爲萬山龐大的立體空間，這四句詩的空間設計愈來愈大。

㈡就時間方面來說：這是極快的動作，造成了喜劇性的快感，一艘輕舟在那條線上迅捷地劃過去，箭也似的瞬息千里，萬重山一座接一座地幻影樣的向後掠去，在猿聲活潑的音響中一座座山神速地消失，這不停快速變換的場景，也產生了心驚魄動、無比神奇的快感。這種像在九霄中驟降、像在八極裡電馳的快意，眞像天上的「謫仙」，而李白是在流放夜郎時，行至白帝城，忽聞赦令，於是快速地回到家室所在的江陵，這種喜悅歡欣的時刻，帶著歸心似箭的心情，和全詩的快節奏十分協合，十分傳神。

讀〈早發白帝城〉，由於眼觀後退的萬重山，耳聽兩岸高猿長嘯，在目眩耳振的感受間，好像讀者也身在這艘輕舟裡，此一「殊覺自在中流」的臨場感，產生了令人激賞的神韻。

至於王昌齡的〈長信怨〉，抄錄如下：

奉帚平明秋殿開
暫將團扇共徘徊
玉顏不及寒鴉色
猶帶昭陽日影來

〈長信怨〉這首詩的好處，首先是在「命意」方面用「側寫」的方法。是怨不寫怨，卻在寫羨慕。是自己怨，不說向自己，卻說羨慕寒鴉日影，側面命意，十分含蓄，這種「情在詞外」的含蓄性，會造成詩的神韻。

再則，本詩在前後脈理的連屬呼應上極爲靈活：

由第一句的「秋」，引起第二句的「團扇」，「秋扇見捐」的徬徨與憂愁即暗伏於內，同時，這團扇才有「暫將」的不久長之意。

第一句的「平明」與「秋」，又引起第三句的鴉是「寒」的。第四句的「日影」也是從「平明」來的，各句前後貫注緊密。

寒鴉已够可憐，但寒鴉猶帶昭陽的日影，而我連寒鴉都不如，玉顏只能羨慕寒鴉，悲怨至極，但全詩不露怨意，只在羨慕代表天子恩輝的昭陽日影，隱含不吐，更加感人。

再則，本詩的音節也很特別，第三句「玉顏不及寒鴉色」七字中，除了三個平聲字以外，其他的「玉、不、及、色」四個仄聲字全用「入聲」，入聲顯得十分壓抑逼促，使全句充滿著抑鬱委屈不敢吐露的氣氛，可見聲情的配合也很獨到。

至於王之渙的〈出塞〉，也是王漁洋認為「唐詩七絕壓卷」的作品，全詩是：

黃河遠上白雲間
一片孤城萬仞山
羌笛何須怨楊柳
春風不度玉門關

起首兩句，畫出一幅奇突的空間，白雲間的黃河，該橫的卻豎了起來；孤城四周的萬仭山，該豎的卻橫了開來，這奇絕的一豎一橫，無比的遼闊，比「大漠孤煙直」，更有氣魄，更驚心動魄，可見空間布局的成功。

㈠就修辭方面來說：「楊柳」雙關著「楊柳曲」，「春風」比喻大漢天子的恩澤。羌笛呀，你何須吹送別的折楊柳曲，這裡卽使怨，還有楊柳可折，而玉門關外連春風都吹不到，根本無楊柳可折，那才眞正可怨呀！

塞外的羌笛在怨關內的楊柳，而關內的春風卻連玉門關外都懶得去吹，該怨的究竟是

「天心」還是「人事」呢？「人事」與「天心」又鬬合得如此巧妙？眞是不知從何怨起啊！這樣使正意與喻意糾雜不清，使怨之又怨的含意，縹緲無際，成爲一種神韻了。

唐詩七言絕句壓卷的說法，還有王鳳洲推舉王翰的〈涼州詞〉（葡萄美酒夜光杯）一首，王翰詩的鑑賞我在《讀書與賞詩》及《中國詩學》中已經分析過，各位可以參閱。至於七言律詩的「壓卷」之作，宋代的嚴羽認爲是崔顥的〈黃鶴樓〉爲第一，明代何仲默、薛君采認爲是沈佺期的〈盧家少婦〉爲第一，明代王世貞則認爲是杜甫的「風急天高」、「老去悲秋」、「玉露凋傷」、「昆明池水」四首爲第一。

至清代恒仁的《月山詩話》，認爲應該是王維的〈敕百官櫻桃〉，岑參的〈早朝大明宮〉，李白的〈登金陵鳳凰臺〉爲第一。

以上所言的「命意」、「布局結構」、「音響」、「修辭」、「神韻」五方面，讀者可將前人舉的「壓卷」之作，作一番練習分析，試著明瞭爲何有人推舉它爲唐詩中之「第一」？

2 唐詩的外緣考證

唐詩的外緣考證，可從六個重點說明與詩歌鑑賞的關係：

一、作品的眞假

考證這首詩是作者自己作的，還是別人作的，或被弄錯了。是唐代的作品，還是後人附託的？

二、題目對否

題目常被後人改動，有時對詩意的影響很大。

三、字句的校勘

句數的多少，字句的異文，一有出入，影響全詩的鑑賞。

四、版本的探究

要在異文中考證出最接近原作的字，才能明白作者的原意，所以版本愈古，錯誤會愈少。

五、作品的繫年

求出作者在那一年寫這首詩，明白作者當時的際遇與心情，容易了解詩中所指的事物。

六、典故的註釋

詩中的典故應有正確的解釋，如因作者用錯了典故，或是後人注錯了典故的含意，都會誤導鑑賞的方向。

以下即試舉一些詩例說明外緣考證在鑑賞上的重要性。

譬如：淸代的考據家趙甌北，曾寫了一句詩道：「青蓮落落賦飯顆」，青蓮是李白的字，「賦飯顆」是指李白曾做過一首〈飯顆山頭〉的詩，嘲笑杜甫因爲作詩而太瘦了。全詩是：

飯顆山頭逢杜甫，
頭戴笠子日卓午；
借問因何太瘦生，
只爲從來作詩苦。

直到今天《中國文學作家小傳》一書中，仍以〈飯顆山頭〉詩是李白作的。但這首詩不見於李白本集，而李白與杜甫相見，是在杜甫三十三、三十四歲，正是杜甫青壯年時期「氣酣色腴」的年代，正以「天馬龍媒」自負，哪裡是個「太瘦生」的模樣？當我們讀到元人辛文房《唐才子傳》寫：「崔顥苦吟詠，當病起淸虛，友人戲之曰『非子病如此，乃苦吟詩瘦耳。』遂爲口實。」才知道這個開瘦子玩笑的故事，本來是崔顥的事情，被後人移花接木，弄成李白、杜甫間的事。如果採用僞詩來作李、杜間作品的鑑賞，說他們相互嘲謔，就會貽笑大方了。

詩篇有眞僞問題，所以作品出於那位作者也有問題，「白日依山盡，黃河入海流，欲窮千里目，更上一層樓。」〈登鸛雀樓〉一詩，因爲《唐詩三百首》說是「王之渙」所作，一般人就以爲是王作。其實唐人芮挺章編的《國秀集》說這詩是「處士朱斌」所作，《國秀集》編成於西元七四四年，離王之渙去世才二年，《國秀集》也選王之渙的另三首詩，可見編者對朱、王都很熟悉，他說是朱斌作，應該是對的。宋人《萬首唐人絕句》也錄這〈登鸛雀樓〉爲朱作，可見是唐詩三百首誤認爲王之渙的作品。

又譬如元稹的〈行宮〉詩：「寥落古行宮，宮花寂寞紅，白頭宮女在，閒坐說玄宗。」在王建詩集裏也有。王建以「宮詞」出名，所以許多別人的「宮詞」都收進他的集子。宋朝刻的《文苑英華》認爲是王建作，但宋刻本的《元氏長慶集》，卻列在第十五卷，而且宋人洪邁的《萬首唐人絕句》和宋人的《容齋隨筆》都說是元稹作。王建的集子現在只剩明本，在作者「頗難論定」的情況下，我們較傾向於古本的「本集」，元稹的宋本本集中有這首詩，比較可信。因爲《文苑英華》中有許多作者弄錯的例子。

欲探討作者問題與字句異同的問題，當亦卽涉及講究版本與校勘的問題。

詩的題目也是校勘的一環，像元稹的〈行宮〉，《文苑英華》作〈古行宮〉，意思出入不大；但張祜的〈宮詞〉，《唐詩三百首》改爲〈何滿子〉就有些不同了。但像李白的〈送程劉二侍御及獨孤判官赴安西〉詩現在的詩集把「侍御」變成了「侍郎」，「赴安西」變成

「赴安西幕府」，侍郎是四品官職，怎麼會去做幕府的職務？而詩裡送別的「金樽空」也誇張成「金城空」，送侍御去幕府，侍御是六品以下，送行的時候哪裡會萬人空巷「金城空」呢？這都是由於唐代的敦煌寫本出現以後，才知道詩題裡的錯誤已經存在一千多年了。

至於字句的校勘，譬如前面舉過的王昌齡詩「奉帚平明秋殿開」，唐人選的《河嶽英靈集》、四部叢刊縮印的宋本《才調集》，都作「秋殿」，而明本及今本都作「金殿」。作「秋殿」，比「金殿」多了一個季節性的描寫，而「金殿」的意思並不曾因「秋殿」而減少，所以作「秋殿」內容更豐富。

而由「秋殿」的「秋」字，才引出後面「團扇」，由於班婕妤的〈怨歌行〉中早有「團扇秋來見捐」的含意，所以說「暫將團扇共徘徊」，這「暫將」也和「秋」字有關。秋天平明時灑掃完畢的「秋殿」剛開啟，所以鴉也是「寒」的，這「寒」也和「秋」關聯，而「昭陽日影」的暖和才顯出特殊的意義，所以全詩中都和這「秋」字脈絡牽連，「秋」字斷不能被改成「金」字的。

又如前面舉過的王之渙詩「黃河遠上白雲間」唐人所編的《國秀集》裡作「黃河」，而宋人編的《文苑英華》、《樂府詩集》、《唐詩紀事》，卻都作「黃沙」，「沙」和「河」在行草寫來根本很難區別，所以有了兩種不同的描寫。

由於「黃河」不在「玉門關」附近，所以有人認爲作「黃沙」才對，黃沙直上白雲間，是龍捲風使黃沙捲成一根黃色的嚇人天柱。

不過，依據版本而言，唐人的選本作「黃河」爲最古，作者用巨視的眼光，統言「出塞」，「黃河」與「玉門關」雖不在一起，又何嘗不能寫入同一首詩裡？就像朱斌雖不近海，卻可以寫「黃河入海流」一樣。談校勘，總是以最古的原文作爲優先的考量。當然李白詩「黃河之水天上來」，尉遲匡詩「黃河流上天」，把「黃河」豎起來也是雄偉絕倫的。

再則，如前面所舉的李白詩中「兩岸猿聲啼不盡」，只有王漁洋的《唐人萬首絕句選》把「盡」字改爲「住」字，《唐詩三百首》照王漁洋所改，弄得家喻戶曉，其實自古以來的版本都作「盡」字，王漁洋改的也許比李白原作更好，但校勘是求原作「眞不眞」，與改動以後的「美不美」是另一回事。

又如李白的〈靜夜思〉，本來四句是：

床前看月光，
疑是地上霜；
舉頭望山月，
低頭思故鄉。

也是清朝的王漁洋喜歡修改，把「看月」改成「明月」，把「山月」也改成「明月」，改成喜歡重出的歌謠體裁，讀起來琅琅上口，十分順適。不過，「舉頭望山月」的空間比較有層次感，與「地面」的我、較高的山、更高的月，分明有層次高下遠近的比例。所以原作從一點月光寫起，展開成一片霜華，再展開爲高下遠近的地面與山月，再展開成立體空間之外的想像空間——故鄉。這種空間的設計，用「山月」其實比用「明月」更好。當然，「好不好」的爭論是主觀的美感問題。而「眞不眞」才是版本校勘上客觀的眞僞問題。

至於嚴羽所舉七言律詩的「壓卷之作」，崔顥的「昔人已乘黃鶴去，此地空留黃鶴樓」詩，新發現的唐人敦煌寫卷是作「昔人已乘白雲去」，不是乘黃鶴，再看唐人所選的《國秀集》、《河嶽英靈集》，以及宋人所編的《文苑英華》、《唐詩紀事》，都說是「乘白雲」，沒有一本是說「乘黃鶴」。一直到元朝，崔顥已經死了幾百年後，才有人在「乘白雲」下注「一作黃鶴」的字樣，到清代的金聖嘆，依憑他個人的美感欣賞認爲作「乘黃鶴」比較好，後來《唐詩三百首》才改作「乘黃鶴」，到今天積非成是，反過來譏笑「敦煌寫卷不一定是對的」、「古來的版本管他做什麼？作乘黃鶴才好，作乘白雲就死在句下了！」世界上本來就有許多不信科學求眞精神的人，就由他去自我陶醉吧！

至於作品的繫年會對作品鑑賞發生影響，譬如孟浩然的〈洞庭湖作〉詩：

八月湖水平，
涵虛混太清。
氣蒸雲夢澤，
波動岳陽城。

在敦煌所見的唐人寫卷中，這首詩只有四句，現在的版本又多了四句：

欲濟無舟楫，
端居恥聖明。
坐觀垂釣者，
徒有羨魚情。

詩的題目也改爲〈洞庭湖上張丞相〉，張丞相是張說，張丞相拜相時，在開元九年，那時孟浩然是三十三歲左右，詩中盼望張說能提拔他，像渡大川，希望有舟楫的援引；在邦有道時，不應該默守著貧賤，所以坐觀旁人垂釣，自己也生出羨魚結網的心情。詩裡充滿著「用世」的念頭。

孟浩然在四十歲見到皇帝以後，王維對他的推薦也已經絕望，孟浩然就不想再做官而只好歸隱，而張九齡爲相，在開元二十一年，孟浩然已四十五歲，那時不會求人汲引了。所以詩題中的〈上張丞相〉是張說，不是張九齡。

爲什麼原先四句，後來又變成八句呢？因爲張說爲中書令，常與才士在岳陽樓登樓賦詩，那時孟浩然覺得原來寫的四句詩很不錯，一、二兩句渾浩偉大，三、四兩句有「巨刃摩天」的氣概，於是再續四句，在波濤連天的偉觀中，聯上舟楫、垂釣、羨魚等感慨自身際遇的描寫，卻又與洞庭風物融會一氣，完成後呈給張說，以求其提拔。乃知敦煌本的四句，一定寫在三十三歲以前，當時人已經傳鈔開來；所以第一句的「八月湖水平」「仄仄平仄平」的特殊格律，不是律詩該有的，原來它是自一首古絕句所改裝，才留下這特殊的格律痕迹。

至於典故的注釋也會影響詩意欣賞，例如李商隱的〈賈生〉詩：

宣室求賢訪逐臣，
賈生才調更無倫。
可憐夜半虛前席，
不問蒼生問鬼神。

「宣室」是未央宮前殿的正室，這故事原本見於《史記・賈生列傳》：

孝文帝方坐宣室，上因感鬼神事而問鬼神之本，賈生因道所以然之狀，至夜半，文帝前席，既罷曰：「吾久不見賈生，自以爲過之，今不及也。」

孝文帝在和賈生談論鬼神的情狀，因爲對賈誼非常尊重，所以至夜半時，改用「前席」的禮節。因爲《公羊傳》何休注說：「禮，天子爲卿前席，大夫與席。」賈誼只是一位大夫，而天子以卿的「前席」禮來接待大夫，表示榮寵，可惜顏師古不懂公羊家禮說，把「前席」解釋成「漸促近誼，聽說其言」，好像愈聽愈有趣，愈聽愈怕鬼，在坐席方面愈來愈靠近賈誼。

李商隱卽根據顏師古錯誤的注解，加以譏諷，竟說「可憐夜半虛前席，不問蒼生問鬼神」。把文帝優待禮敬學者的一番美意，寫成昏庸迷信的君主醜態了。其實古來科學與迷信本來不分，君王推究鬼神的根本，也是一種好學的表現，《易・繫辭傳》說：「是故知鬼神之情狀，與天地相似。」當時探討鬼神問題，也和探討天地造物的問題相同，能虛心承教尊敬學者，有什麼好譏刺的呢？

作者用錯了典故，造成鑑賞的扭曲，如果箋注詩作的後人，注錯了典故出處，當然會使詩意不明。

以上係就詩歌的外緣考證而言，當然還有作者的生平際遇，朋友遊歷，風物地理等等，也都會影響作品內容的鑑賞。

外緣考證偏重求「眞」，前面內在詩境偏重求「美」，此外，還有詩篇中思想方面的

「求善」，一首詩裡常會表現民族的心靈，其中有民族的哲思與面貌，譬如詠松常常是儒者的風範，詠柏可能是道家的仙藥，梧桐是寂寞的化身，蓮花是愛情的象徵。鳳是儒家的夢，鶴是仙人的鳥，螢有儒家的三達德，蝸牛角上是道家的戰場呢！動物植物，乃至山水玉石，處處寓有民族的哲思，我在《詩香谷》第二集裡已多抉發，這一層的探究是偏重求「善」的，綜合「眞、善、美」三方面的詩歌鑑賞法，我稱之爲「詩的完全鑑賞」。

窗前草不除

春天來了，綠油油的顏色塗滿了窗外。國民中學二年級的學生，又將讀到二句詩：

讀書之樂樂何如？

綠滿窗前草不除。

這是元代翁森寫的〈四時讀書樂〉中，描寫春天讀書快樂的，選在國文第四册裡。國文課本裡對這二句詩，不曾作注釋，我想上百萬的國中學生，對讀書的快樂，和春天窗外雜草不除，有什麼關聯？一定各有各的妙想。有一本總複習參考書裡出了個題目是：「綠滿窗前草不除」用來表示：①綠意盎然②環境雜亂③書趣無窮④生性慵懶。當然是選「書趣無窮」，但是爲什麼這樣選呢？還是似懂非懂。

目前街坊上的參考書，有的說：「這句用來描述春天草木欣欣向榮，顯現蓬勃生意，以象徵讀書樂趣的無窮。」有的說：「春天讀書的樂趣是怎樣呢？就好像滿窗的綠草，不加剪除，充滿著一片生意。」這些說法，大致不差，但是偏有學生要問，在四時樂中，秋天萬籟蕭然，爲什麼又表示讀書樂陶陶呢？兩者之間不是矛盾嗎？

所以這兩句詩，並不簡單，詩裡該有三個問題必須交代，才能把二句的眞意，傳譯出來，第一是這句詩有出典嗎，用意何在？第二是「草不除」和「讀書樂」有什麼關聯？第三是「草不除」之中寓有什麼偉大的理念？

第一個出典的問題，我們如果讀明代陳音的《愧齋集》卷三，有一首〈庭草〉詩，正好在解釋這兩句：

高臥衡門讀古書，
窗前隙地草蕭疏。
三春正值勾萌後，
一氣潛看造化初。
分付東君須愛護，
叮嚀稚子勿耘鋤。
濂溪此意誰能識？
千載嗟君得緒餘。

在窮房子裡讀古書，窗前的隙地上，春草萌生，要請春風多加愛護，更要叮嚀稚子不要去鋤掉，目的是要潛看造化之初的那一股生氣，詩末說「濂溪此意誰能識」，正確地指出了「窗前草不除」是周濂溪敦頤先生的作風。宋代的潘之定在〈濂溪六詠〉中，也有「一窗生意草芊芊」的句子，原來春草不除的主意是周敦頤出的。

程顥是周敦頤的學生，有一天他追憶起周老師的生活起居，就說：「周茂叔窗前草不除去。」程的學生就問：「這是什麼意思呢？」程顥說：「與自家意思一般。」學生不清楚，再問，程顥又說：「是周先生在看天地生物氣象！」（見《周濂溪先生全集》卷九）

這位周老師潛看造化之初，有了「默契道妙」的領悟，所謂「與自家意思一般」，大概是草如我，我也如草，春草的生意與自己的仁愛，化成了萬物一體的仁心吧？從萬物生生而變化無窮之中，都是我們踐履仁道而明白天理的所在呀。

第二個問題是，「草不除」和「讀書樂」有什麼關聯呢？可能是這樣的：

程顥受學於周敦頤的時候，周老師出了一個題目要程顥回答：

「請找出顏回與孔子的快樂處，所快樂的是那件事？」

結果程子沒有答出來，周老師也沒有說出來。程子後來說：「見了周老師以後，讀罷《詩經》，吟風弄月地歸來，灑脫極了！」

一百多年後，甘節就拿這個沒答案的問題去求教於朱熹，朱熹說：

「人所以不快樂，就在有『私意』，能够『克己之私』，就快樂了！」

另一個學生道夫又問朱熹：

「我想孔子顏回的快樂，只在『私意淨盡，天理昭融，自然無一毫繫累吧？』」

朱熹說：「是呀！」

由這些對話看來，孔子、顏回當時的讀書學道，不全在章句課本的誦讀，而在克己復禮、講明天理的力行。克己復禮就是仁，克己去私，仁心天理就會豁露，而窗前草不除，生意盎然，去掉「人爲本位」的功利私意，才能享受萬物一體、各盡天賦的暢快。草是以生生不絕爲樂，孔子是以時時習之爲樂，都是可樂的生活，所以翁森才把讀書明道和窗前草不除聯成二句詩，而明人鹿繼善在〈尋樂大旨〉中說：「總之，天地萬物，皆此生意，生意在我，法象俱靈，吟風弄月，從容自得，孔顏樂處，意在斯乎！」草的不除與讀書的樂趣爲什麼合在一起，原來都在「生意在我」這一點上。

回答第三個問題，是這樣的：「春草不除」之中，除了寓有「默契道妙」、「踐仁知天」的個人修養外，其實還寓有王道實行的理想在裡面。

「王道」實現時，天地間充塞著「和氣」，達到「恩及草木禽獸」的境界，實現了「庶類蕃殖、蒐田以時」的仁政理想。以現代語言來說，就是「保護野生動物」「保護野生植物」的理念，連野生的也保護，畜養的當然更愛惜了。

且看美國加州在蘋果成熟的季節，不准獵熊，因爲熊貪吃大量蘋果，結果一打盹，胃內發酵，熊就帶有醉意，獵殺醉了的熊，嫌不人道。華盛頓州在鮭魚廻游產卵季節，不准捕釣。而各州野鹿很多，悠游自在，獵鹿則政府公告日期，每年僅有一段很短的季節。舊金山天使島上的鹿繁殖過多，政府空投避孕藥，結果效果仍不彰，原來避孕藥都被海鳥捷足先食了，變成可愛的笑話。美國釣蟹嚴格規定蟹的尺寸，不及尺寸的釣到也必須放生。而香港倒提雞鴨要罰款，英國更有「野草保護協會」，呼籲庭外院角，不要把野草趕盡殺絕，說不定將來人類的某種絕症，要靠這瀕臨絕種的野草來救治呢！

這許多文明的法律保護，原來都是中國古來「王道仁政」理想的一部分，「綠滿窗前草不除」，也含有「春生秋殺」，「斧斤以時入山林」的仁政理念，但願國中老師們教到這兩句詩時，能把這個理念闡明一下才好。

發現玄奘詩？

在《全唐詩》中，沒有唐三藏玄奘的詩。就玄奘的傳記中，也沒有玄奘善於作詩的記載。但在敦煌寫卷斯三七三號中，據說有「大唐三藏」玄奘的詩，頗令人好奇，而詩的內容，有一部分又與西天取經相關，更令人刮目相視。這五首詩是：

•題西天捨眼塔

帝釋傾心崇二塔，爲憐捨眼滿千生；
不因行苦過人表，豈得光流法界明。

•題尼蓮河七言

尼蓮河水正東流，曾浴金人體得柔；
自此更誰登彼岸，西看佛樹幾千秋。

•題半偈捨身山

忽聞八字超詩境，不惜丹軀捨此山；
偈句篇留方石上，樂音時奏半空間。

・題童子寺五言

西登童子寺，東望晉陽城；
金川千點綠，汾水一條清。

・題中嶽山

孤峯絕頂萬餘嶒，策杖攀蘿漸漸登；
行到月邊天上寺，白雲相伴兩三僧。

因爲這五首詩的前面，寫卷上有作者「大唐三藏」四字，王重民氏《敦煌遺書總目》標爲「唐玄奘詩五首」，不過在標題下註明：「此顯係後人所作，僞託玄奘。」不相信眞是玄奘所作。

王氏所以不相信是玄奘所作，沒有說明理由，我猜想是因爲玄奘爲隋末唐初的人，當時還沒有人寫下這樣流利的五七言近體絕句吧？近體絕句產生在開元天寶時，而玄奘則逝世於西元六六四年，那時還不應該有這樣的詩體。

最近我對這五首詩發生了很大的好奇，想一探作者的究竟，首先發現第五首〈題中嶽山〉，原來是盧肇的作品，載在《全唐詩》卷五百五十一，文字已略有改動：

祝融絕頂萬餘層，策杖攀蘿步步登，
行到月宮霞外寺，白雲相伴兩三僧。

題目改爲「登祝融寺蘭若」，配合此詩題，所以第一句「孤峯絕頂」變成了「祝融絕頂」，而題下又有小注說：「一作登南嶽月宮蘭若」，也是配合詩題，強把「月邊天上寺」改成「月宮霞外寺」，原來遊的「中嶽」變成遊「南嶽」了。

盧肇是唐末的狀元，考查他任職的情況及地緣關係，登中嶽嵩山及南嶽霍山，都有可能。嵩山有「玉鏡峰」及「月光童子」等月亮傳說，所以有「月邊天上寺」的描寫。但改爲「祝融」「月宮」則是明指南嶽衡山了，衡山有「祝融峰」與「月館」，但盧肇登「霍山」南嶽有可能，那時他出知歙州，又任職於宣城、貴池、吉安，離「霍山」不遠；若登「衡山」南嶽，則似乎是貶謫連州時才有可能，那時的貶謫十分驚心而痛苦，會不會有閒情登衡山，很可疑。因此可知本詩題仍以登中嶽爲可信，敦煌所見，或爲原作。

第四首〈題童子寺五言〉，《全唐詩》中不錄，據詩意可以明白「童子寺」是在「晉陽城」附近，晉陽即山西太原，由於盧肇曾任太原節度盧簡的門吏，由這層地緣關係及二詩抄在一起，因此推想這首詩也可能是盧肇作的，是一首盧肇的佚詩吧？

這二首盧肇的詩，所以被抄在這裡，大概是因爲在「大唐三藏」的詩前面，還抄有後唐莊宗皇帝李存勗等的詩五首，其中有〈題童子寺〉及〈題南嶽山〉等，因此取盧肇詩題相近者一倂附抄在後，李存勗與盧肇相去約六十年，前面〈題南嶽山〉首句稱「融峰」，是否因此影響後人把盧肇詩的「孤峰絕頂」也改爲「祝融絕頂」，把「中嶽」也改成「南嶽」了？

現在再討論「大唐三藏」所題古印度佛教勝跡的詩，這些不是中國境內的吟詠，應該不是盧肇，而是和尚作的。

第一首〈西天捨眼塔〉，並不是《賢愚經》中所載古代富迦羅跋國快目王施眼的因緣故事，而是布色羯邏伐底城北面，釋迦佛的前生故事，這遺跡見於玄奘《大唐西域記》卷二：

是釋迦佛，昔爲國王，修菩薩行，從衆生欲，惠施不倦，喪身若遺，於此國土，千生爲王，卽斯勝地，千生捨眼。自此東不遠，有二石窣堵波，各高百餘尺，右則梵王所立，左乃天帝所建，以妙珍寶而瑩飾之。

所謂「二石窣堵波」就是詩中的二石塔；「天帝」就是詩中的「帝釋」，至於「千生捨眼」的悲願，苦行過人，是釋迦前世事，因此〈題西天捨眼塔〉一詩所詠的勝跡，應該就是玄奘經過的這個地方。

第二首〈題尼蓮河〉，卽尼羅河，《大唐西域記》作「尼連河」，尼連河畔「登彼岸」

成正覺，及「看佛樹」事，其位置在「前正覺山」西南十五里處，玄奘《大唐西域記》卷八記載道：

> 菩提樹周垣……正門東闢，對尼連禪河……菩提樹者，卽畢鉢羅之樹也。昔佛在世，高數百尺，屢經殘伐猶高四五丈，佛坐其下，成正等正覺，因而謂之菩提樹焉……慧日已隱，惟餘佛樹。

這段記載中說「佛樹」已經幾千秋。相傳坐在佛樹下的金剛座上成佛的「賢劫千佛」已不少，但自釋迦成佛後，更有誰再登彼岸呢？詩中所感歎的地理位置，正在鉢羅笈菩提山的西南方，與《西域記》相合。

至於第三首〈題半偈捨身山〉，就是如來前世「施身聞偈」的本生故事。《大唐西域記》卷三，亦提及這勝跡：

> 瞢揭釐城南四百餘里，至醯羅山……或聞音樂之響，方石如榻，宛若工成，連延相屬，接布崖谷，是如來在昔爲聞半偈之法，於此捨身命焉。

這段故事，在《大般涅槃經》第十四卷裡，有更詳細的情節，說釋迦的前生，心中一直爲過去的佛所開示的「諸行無常，是生滅法」這半首偈言而滿心歡喜，一直虔誠地希望能求得其餘的半句偈言，甚至發誓：「爲求出另外的八個字，願意捨棄所愛的身體」，當時釋提桓因要試試他的誠意，就化作羅刹，來對釋迦說：

「你若能眞的肯捨棄身命，那就聽著，我爲你說下半首偈！」

釋迦說：「我只要聽完下半首偈，就願意把身體奉施供養！」

羅刹就說出下半首偈是：

「生滅滅已，寂滅爲樂！」

釋迦聽畢，十分滿足，就在石上壁上樹上路上，都寫著這四句偈，然後就要以捨身來回報這偈言的代價，他爬上高樹去，想跳下來自殺，把身軀供養虎狼梟鵰，當他縱身一躍，還沒著地，便聽見空中樂音飄揚，羅刹已回復釋提桓因的狀貌，在空中接住了釋迦。由這段「朝聞道夕死可矣」的果毅因緣，使釋迦超越十二劫，提前成佛。

這首〈題半偈捨身山〉詩，正指此事，「忽聞八字」，就不惜捨身軀（敦煌抄本惜誤作借），快樂地把偈語留寫在方石上，準備捨身，沒想到在空中有樂音爲他果毅的行動而讚美著。可知所題的捨身山是指醯羅山。

這三首題西域佛跡勝地的詩，既都與玄奘《大唐西域記》吻合，由於詩體不像唐初的作品，不太可能是玄奘所親作。所以究竟是後來的和尚讀《大唐西域記》時想像而作？抑或是後代的高僧也到西域去遊歷所作的呢？還不能確定，不過像第二首寫得時地眞切，方位具在，很像是實地遊覽時寫的卽景詩。

根據《大唐西域求法高僧傳》的紀錄，從陸上、水上赴古印度求法的唐代和尙有五十六人，實際還不止此數，可見到過這些佛教勝地去觀光拜佛的高僧一定很多，而這些高僧，都可以被稱作「大唐三藏」的。

「大唐三藏」原本是指「通經律論」三藏、「達定戒慧」三學的高僧，後來把翻譯經書的高僧，叫做「三藏」，西域高僧叫「西天三藏」或「天竺三藏」，唐代稱玄奘爲「大唐三藏」，其實也稱義淨爲「大唐三藏」（見《佛爲海龍王說法印經》），可見「大唐三藏」本是唐代法師高僧的通稱，自從《西遊記》小說喧騰人口以後，「大唐三藏」給人的印象，就是專指玄奘了。此張敦煌卷子上署名僅稱「大唐三藏」，當時僅指「某法師」而已，並不見得是存心要「僞託玄奘」呀！這樣一說，眞相就大白了！

讀敦煌本李嶠詩

唐代是一個文學才子薈萃的時代，與王室同姓李的才子，我們知道有李白、李商隱、李頎、李端、李益，現代詩興起以後，更走紅了李賀。其實仍有許多詩人，當時紅得發紫，而到今天，反而掩沒不彰的，譬如李嶠，論聰明、才思、出身、地位、作品、知名度，光彩灼爍，照耀當時，現在卻很少有人提及他了。

李嶠，十五歲就讀通了五經，二十歲就中了進士，名震全國，在武則天時代擔任宰相的職務，當時的文册號令多出於其手，爲全國的學者所取法，由於他極富才思，所以一有作品，舉國傳抄，所謂「有所屬綴，人輒傳諷」，正證明了他的知名度與影響力。

後來唐明皇將出奔蜀地，登上花萼樓作最後的巡禮，並且命樓前善於奏歌「水調」的樂工唱詩，樂工唱道：

山川滿目淚霑衣，

富貴榮華能幾時？
不見只今汾水上，
惟有年年秋雁飛！

明皇神色慘愴，問侍者說：「誰做了這首詩？」侍者回答道：「以前的宰相李嶠做的。」明皇脫口而出：「眞才子！眞才子！」讚不絕口。

大概才氣過人的作家，往往有夢中被授彩筆的故事，李嶠也不例外，當時他的作品有五十卷，數量驚人，其中有「單提詩一百二十首」，所謂「單提詩」應該就是現在保存著的「詠物詩」，各詩只有一個單字爲題目，如詠〈布〉、詠〈羊〉、詠〈錢〉等等。

由於敦煌石室中，發現部分李嶠的詠物詩篇，在敦煌斯五五五號及伯三七三八號，顯然是李嶠詩注的殘卷，這證明了李嶠詩的知名度廣大，在邊陲敦煌也留存著抄本，另一方面也引起了我對李嶠的注意，唐代是敦煌最燦爛的時代，也是詩歌最燦爛的時代，殘存的李嶠詩篇，對研究詩歌的學者而言，有著無窮的吸引魅力。

敦煌留存的十一首李嶠詩，是詠銀、錢、錦、羅、綾、素、布、羊、兔、鳳、鶴等等，各首雖無詩題，卻句句都在詠此物，每句一個典故，像謎語一樣把謎底的事物加以形容描繪。我相信，這種一句一典的形式內容，是詩中極爲特殊的體裁，它和一般詩歌用以抒情記事者不同，它不僅是炫耀學問，最重要是兼有字典類書的教育功能，幫助詩人類比典故，記憶故事，在科舉的年代，背誦在心，能裕如地應付考試用的，難怪當時人紛紛傳抄，而現代人卻早已漠視它了。

敦煌所見的李嶠詩，和現今保存的版本來對照，發現許多字不同，有的整句不一樣，在對照中，發現許多有趣的事。

第一是：有些字錯了，後人弄不懂，乾脆一改再改：

譬如在〈詠布〉這首詩裡，敦煌本有「幸因春斗粟，來穆棘華芳」二句，現在的本子作「佇因春斗粟，來曉棣華芳」，上句改得還少，下句改了許多。

一定是後人對「來穆棘華芳」不懂得出典與含意，遍尋不著原意，就改「棘華」爲「棣華」，「棣華」是兄弟的意思，而上句「春斗粟」正是兄弟的意思，大家還知道是用漢文帝徙淮南王死事的典故，當時有民謠說：

一斗粟，尚可舂；一尺布，尚可縫，兄弟二人不相容！

描寫窮人家只剩一斗粟，也還懂得舂米來分享兄弟，只餘一尺布，也還懂得供兄弟二人縫補破綻，而皇帝的兄弟富有天下，反而不能相互容納！因此「春斗粟」裡暗藏著「尺布」，和題目「詠布」有關係。下面「棘華」的出典找不到，就改成「棣華」代表兄弟，與上面用同一個典故，可是「來穆」是什麼意思，更加不懂，乾脆再改作「來曉」，「來曉」和「來日」一樣，說是「明天兄弟二人情感轉好」，像蘭桂聯芳、玉樹競秀吧！

其實這樣的任意改竄古人的詩句，是很不負責任的做法，改得再好，原作者也未必同意的，沒有敦煌本的出現，這種亂改的句子，將永遠使作者沉寃莫白了！

經我的研究，「棘華」原來是「棗華」的俗寫，「來穆棗華芳」中包含著另一個有趣的故事，這個故事見於《晏子春秋外編》卷八：

有一次齊景公與晏子討論東海間的事，景公問：「東海之中，有些海水特別紅，而海島上的棗樹，聽說只開花，不結果實，這是什麼原因呢？」

晏子一本正經地回答道：「因爲古代秦穆公乘著龍舟去治理天下，他拿一塊黃帝布來包裹棗子，然後蒸煮紅棗來吃，一到東海上面，他吃著棗子，就把蒸棗的布投在海裏，因此海水特別紅，而棗核經過蒸煮，所以只能開花，不結果實了！」

齊景公聽罷，很不高興，責問晏子說：「我故意亂問你問題，你爲什麼回答得好像眞有其事？」

晏子馬上回敬道：「我知道你亂問，所以我也亂答！」

由於上述典故的查明，才知道「來穆棗華芳」也是扣緊著題目「布」字的，是一塊蒸棗布。「來穆」是「來了秦穆公」，而「棗華芳」是指棗子只開花不結果，古人寫「棗」和「棘」有時互用，《詩經》的〈園有桃〉毛傳就說：「棘，棗也。」《說文解字》也說：「棘，小棗叢生者。」唐人寫棗爲棘更爲常見，後人解不出「棘華」的含意，就把詩句全改了意思，多麼可惜！

第二是：有些典故失傳了，後人弄不懂，乾脆二句全改換啦：

譬如在詠錢這首詩的結尾，敦煌本的原文是：「不聞盧鵲吠，貪吏絕來求。」但現在的本子已改成「金門應入論，玉井冀來求。」因爲後人不懂犬吠與貪吏的關係。

「盧鵲」是古代的名犬，聽不到盧鵲的吠聲，再見不到貪吏的身影，這是什麼典故？現在的辭典類書中都找不出來了，所以後人認爲「費解」，就乾脆改寫二句，冒充李嶠作的，若沒有敦煌卷本的出現，根本就分不出何者是贋作啦。

幸好敦煌所出現的殘卷上，附有張庭芳的注文，這注文寫於唐代天寶六年，當時的人還懂得「盧鵲」與「貪吏」是什麼意思，張注說：

> 仲和爲華陽太守，性貪，使吏巡門索，門人歌曰：「盧鵲何喧喧，有吏來在門，披衣欲出門，門吏欲得錢。」

原來是諷刺一位華陽太守，他居然大膽得派人巡門來索討紅包，聽到狗叫，知道有貪吏在門口等著要錢！那麼詩裡「不聞盧鵲吠，貪吏絕來求」，就是弊絕風淸的政治了，幸好張庭芳的注文一倂在敦煌出現，不然這典故就永遠失傳了。

又好像另一首詠兔的詩裡，有二句「方知感純孝，郛郭引兵威」，兔子的出現，與「純孝」有關，我們還可以在古書裡查到，像蔡邕、方儲等，母親死後，築廬於墳側，結果孝心感動了上蒼，都有「白兔」出現，成爲嘉兆的記載。但是「郛郭引兵威」是什麼典故？卻已經失傳，在古代的典籍中，只有《遼史・太祖本紀》神册六年冬十二月，記載包圍涿州事，有「白兔緣壘而上，是日破其郛」的傳說，可見寫《遼史》的作者，還懂得「白兔」與「破壘郛」的關係，當時是兵家勝利的預兆？而張庭芳的舊注僅有：「謝方儲，至孝，感白兔，馴其廬，有賊入，避之不入壘。」語焉不詳，但片語隻字，已是價值連城！

第三是：有些今存的本子，已經殘缺的部分，敦煌裡卻出現了：

譬如詠素這首詩，第一句有了殘缺，《全唐詩》以及明銅字本《唐五十家詩集》，第一句只剩下「女」字而已，其餘四字都殘缺了，見到敦煌本，原來這句也殘破，但留下「擢手□□女」，但張庭芳注文引古詩「迢迢牽牛星，皎皎河漢女」，則原文或許是「擢手河漢女」，唐初律詩的平仄格律還不嚴整，嚴整一些或許是「擢手天津女」，「天津」和下句「洛浦」對仗更準，而流傳在日本的李嶠詩，正作「濯手天津女」，不過日本的版本把「擢」

寫成「濯」，古詩「纖纖擢素手」，可見敦煌本作「擢」才正確。

第四是：有些句子，平仄的格律本不嚴格，而後人所改，反使平仄都嚴格，但並不是初唐的格律。

譬如詠素的那首詩中，末尾兩句：「行看婕妤扇，空叨故人衣」，如果照五律的平仄，「好」字應用仄聲，卻用了平聲；「叨」字應用仄聲，又用了平聲。初唐詩不顧慮黏對，律古各句，可以閒雜，董文渙所謂「律體本寬，往往雜以古體」，那麼李嶠這首詠素詩正是一個好例子。這是全賴保存在敦煌石室中的原貌，未曾經後人塗改的，若取現今傳流的李嶠詩來看，這二句已被塗改成「非君下山路，誰賞故人機」，平仄與中晚唐的律詩完全一樣了。

再則如詠素的三四句：「遠方魚漸躍，上花雁初飛」，在第四句上「花」「初」都是平聲，是不合律詩格調的，但是傳流的本子，早將這不合律的地方改動了，變成「雁足上林飛」，平仄是對啦，但是初唐詩人的古貞面目卻不易看到了，王了一寫《漢語詩律學》，花了許多時間，將唐詩的格律加以歸納分析，如果他知道現存的材料，早被後人修改，那麼這些歸納分析，是否眞能說明唐代各時期的規則，就大有疑問了。

以上是在讀李嶠詩時想到的趣事，這些趣事，在一般人看來，只是在故紙堆裡咬文嚼字，但在一個治學者的心頭，卻時時鍥而不捨，讀得津津有味，那怕是微細的一點一滴，都在解開千餘年來久已失傳的謎團，都覺得是替「往聖」繼了「絕學」，內心的寬慰歡悅，不是局外人所能領會的。

敦煌中的李嶠詩，只是二片不算大的殘塊而已，給人的魅力已是如此大，敦煌中還有陳子昂、高適、李白、白居易、王昌齡、孟浩然、王梵志、岑參等的詩，散在許多殘卷之間，我已寫過一本《敦煌的唐詩》（洪範版）與《敦煌的唐詩續編》（文史哲版），但二本書是容納不了如許燦爛輝煌的唐詩，我仍須再寫第三本、第四本……

「錯、錯、錯」「莫、莫、莫」新解

陸游與表妹唐琬是一對恩愛夫妻，被活活拆散，後來男已另娶，女亦改嫁，卻偏在沈園重逢，傷心橋下，驚鴻照影，觸痛了久埋在陸游心底的壘塊，使他寫下那首傳誦千古的〈釵頭鳳〉：

紅酥手，黃藤酒，
滿城春色宮牆柳，
東風惡，歡情薄，
一懷愁緒，幾年離索，
錯、錯、錯！

春如舊，人空瘦，

淚痕紅浥鮫綃透，
桃花落，閒池閣，
山盟雖在，錦書難託，
莫、莫、莫！

這份「鍾情前室」的眞摯心意，不知感動了多少世間的癡情男女！而全詞的最高潮，就在結尾的三疊字，眞是一字一淚，而在「錯、錯、錯」「莫、莫、莫」之中，眞覺得命運像斷雲幽夢，教人捉拿不定，空留無窮悔恨與無奈。

因爲「錯、錯、錯」「莫、莫、莫」三疊字，好像簡明易解，所以很少有人去追思索解，到胡雲翼編《宋詞選》，才把「莫、莫、莫」三字解釋作「表示絕望，只好作罷」，後來疾風編選陸放翁詩詞，就乾脆引申胡的意思，把「莫、莫、莫」直譯作「罷了、罷了」，臺灣研究詩詞的朋友們，對這三疊字，或是略而不註，或是兼用大陸注本的意思，注「莫」字說：「猶口語『罷了、罷了』之意，表示絕望，只好作罷。」其實單就這「莫」字，在本詞中不應直譯作自認甘休的消極「罷了」，應該是表示對無奈的命運的痛心抗拒，直譯作拒絕語氣的「不要」，或許更神似一些。

最近，我有一個新的想法，「莫、莫、莫」加上前面的「錯、錯、錯」，應該別有含意，考求追索起來，很有趣味。

且看五代時韋縠編的《才調集》卷六，有一首相傳是李白作的〈寒女吟〉（這詩不見於《李太白集》），結尾是：

憶昔嫁君時，曾無一夜樂，
不是妾無堪，君家婦難作，
起來強歌舞，縱好君嫌惡，
下堂辭君去，去後悔遮莫！

末句「遮莫」二字中是有消息的，清代的王琦注《李太白全集》，把這首詩輯入卷三十，並且注解道：「遮莫，俚語儘教也，見六卷注。」

王琦以爲這裡的「遮莫」和《李太白全集》卷六〈少年行〉中的「遮莫」同意，而《鶴林玉露》、《漁隱叢話》、《藝苑雌黃》都說「遮莫」是儘教，但我們看一看諸書所舉的例子：

遮莫枝根長百丈，不如當代多還往；
遮莫親姻連帝城，不如當身自簪纓。（唐・李白〈少年行〉）

遮莫你古時五帝，何如我今日三郎。（唐明皇時劉朝〈霞溫泉宮賦〉）

遮莫千試萬試。（晉《搜神記》語）

這些「遮莫」都是用在句首，作「儘教」解，自然合適，但「去後悔遮莫」，「遮莫」用在句尾，也當「儘教」解就十分勉強，「去後悔遮莫」變成「去後悔儘教」，中國少有如此文法，可見這裡的「遮莫」不會作「儘教」解，那麼究竟該作何解呢？

且再看敦煌出土的伯希和三八一二號卷子裡，有一首〈高適在哥舒大夫幕下請辭退，託興奉詩〉

自從嫁與君，不省一日樂，
遣妾作歌舞，好時還道惡，
不是妾無堪，君家婦難作，
下堂辭君去，去後君莫錯！

值得注意的是結尾「去後君莫錯」和前面討論的「去後君遮莫」，中間有微妙的相通消息！敦煌抄本說這詩是高適作的，和韋縠說是李白作的〈寒女吟〉下半首幾乎雷同。這詩究竟是誰作？不是本文討論的範圍，但「遮莫」變成「莫錯」卻引起了我的注意。四川大學的項楚先生，在他的《全唐詩二種續校》中認爲：「去後悔遮莫的句子略欠通順，而去後君莫錯則有溫柔敦厚之恉」，大概他認爲「君莫錯」是下堂妻「勸君不要再犯錯」吧？當然，項楚先生的想法是猜錯了的。其實〈寒女吟〉的「遮莫」，乃是「錯莫」的音近誤寫，而託名高適詩的「莫錯」，乃是「錯莫」的顛倒誤寫。「遮莫」「莫錯」眞正的本字都是「錯莫」二字，用意不是「儘教」，更不是勸君「不要再犯錯」，「錯莫」是「落寞」的意思。

試看李白的〈贈別從甥高五〉詩：「三朝空錯莫」，正用「錯莫」！而李白的〈寄遠〉詩第十一首：「使人莫錯亂愁心」，這「莫錯」二字就是「錯莫」的顛倒，顛倒以後，根本不通，就像「去後君莫錯」，顛倒以後，誤以爲是別再犯錯。

再看李白的〈從駕溫泉宮醉後贈楊山人〉詩：「自言管葛竟誰許，長吁莫錯還閉關」，這「莫錯」二字，無法解釋，後代注釋家都不懂得注解，等到敦煌抄本出現，伯二五六七號中正抄著這首詩，作「長吁錯漠還閉關」，才知道宋本今本中的「莫錯」，實在是「錯漠」的顛倒，錯漠是落寞的意思，自比管葛，無人相信，禁不住壯懷落寞！

「錯莫」寫成「錯漠」，在唐代以前已有，如范靜妻沈氏〈晨風行〉：「神往形返情錯漠」，正作「錯漠」；但飽照的〈行路難〉：「今日見我顏色好，眼花錯莫與先異」，則飽詩正寫作「錯莫」！抽象的形容狀詞，往往有不同的寫法。而「錯莫」二字，李白常喜用，杜甫也用過，如杜詩〈瘦馬行〉：「失主錯莫無晶光」，正用「錯莫」，仇兆鰲作注道：「錯莫猶云落寞」，十分正確。

當我們明白「錯莫」是「落寞」的意思，才知道〈寒女吟〉的「下堂辭君去，去後悔遮莫」，及託名高適詩中「下堂辭君去，去後君莫錯」，其中「遮莫」「莫錯」原來都是「錯莫」的誤寫，都是「落寞」的意思。於是可以想到陸游用「錯、錯、錯」「莫、莫、莫」，不是隨便拈出三疊字，這中間還隱含著聯綿字「錯莫」的意思，況且「不是妾無堪，君家婦難作」及「下堂辭君去，去後悔錯莫」這「難爲」「下堂」的語意，與陸游和唐氏的遭遇相關，可能陸游就取李白詩結尾的「錯莫」二字，分寫成「錯、錯、錯」「莫、莫、莫」，乃是雙關著「去後」無窮落寞的意思！

我說上下片的三疊字，暗寓著「錯莫」的意思，又可以舉相傳是唐氏相和的詞來作旁證，唐氏的〈釵頭鳳〉詞（又名〈摘紅英〉）：

世情薄，人情惡，
雨送黃昏花易落，
曉風乾、淚痕殘，
欲箋心事，獨語斜闌，
難、難、難！

人成各，今非昨，
病魂長似秋千索，
角聲寒，夜闌珊，
怕人尋問，咽淚裝歡，
瞞、瞞、瞞！

上片結尾用「難、難、難」三疊字，下片用「瞞、瞞、瞞」三疊字，也暗寓著「難瞞」的苦衷，唐氏的怕人尋問，「心事『難瞞』」與陸游的錦書難託，「愁緒『錯莫』」正好珠聯璧合，原來都暗寓著才子佳人巧妙的匠心！

新發現兩首敦煌曲

敦煌寶藏裡，發現不少唐、五代人詞曲的寫卷，對於詞的起源，與佛曲的音樂關係等，提供了許多明確的答案。新材料的出現，是研究中國文學史上驚人的突破點，所以從敦煌寫卷問世以來，羅振玉、唐圭璋、王重民、任二北及饒宗頤、潘重規諸先生，均對敦煌曲子校釋訂補，有極大的興趣，也各有其貢獻。

但是由於分藏倫敦、巴黎、列寧格勒的敦煌卷子，一直沒有詳盡的編目，所以諸家對敦煌曲子的採錄，也不容易有完備的本子。如倫敦的漢文寫卷，自來只編到斯坦因第六九八〇號爲止，諸家所錄曲子，眼界也限於此號。可是近年我已將斯六九八一號至七五九九號的六百多幀無名斷片，一一重新編目，發現斯七一一一號背面也載有敦煌曲子三首，是諸家研究時所不曾發現過的。

我在〈敦煌六百無名斷片的新標目〉一文裡，特別提及這張曲子詞寫卷是新發現的，後來有人已應用這斯七一一一號中的第一首〈別仙子〉，用來與斯四三三二號中的〈別仙子〉作校勘用，但不知道爲什麼，這張卷子上另有兩首曲子詞，是諸家所用寫卷中所從未見過，完全是一項新發現，價值甚大，而學者竟失之交臂，未曾蒐輯，頗爲可惜。我現在把它寫下來，使諸家所採錄的敦煌曲子能更趨完備。

斯七一一一號寫卷的最後面一首，有「同前」二字，細察這曲子詞的斷句、形式，很像第一首〈別仙子〉。

敦煌曲子研究的困難，在於抄本中錯別字假借字既多，唐人俚句口語也較難懂，常常沒有曲牌名，而即使同一曲牌，句字多少的形式仍很自由，再加上韻腳攙雜方音，通用甚寬，或作者出於邊疆樂工之手，用韻與文人的韻書也常有不協的，因此，研究時常常連如何斷句都發生困難。

這首新發現的〈別仙子〉，可能是這樣讀的：

曾來不信，人說道，相思苦。
如今現，嗔交我，勞情與！
攢眉立，欹枕臥！
日夜懸腸割肚，隨玉柱！

直待倚門朱戶！
憶君直得，如癡醉，容言語？
胸裙上，紅羅帶，帶上啼痕污！
果然得，重相見，依舊還同一處。
歸羅帳，特地再論心甦！

以上是我根據韻腳試作的分行，這首曲子，韻腳「苦」「與」「柱」「戶」「語」「污」「處」「甦」都在後代戈氏《詞林正韻》魚部第五部，「臥」在歌部第九部，魚部、歌部在敦煌曲中很少有例子通用，但「臥」與「戶」「甦」等在今日方音中還有不少是音近的，這可能就是樂工攙雜方言而不合韻書的地方。

這首曲子詞，當然是在寫閨怨的相思之情，這原本是曲子詞的當行本色，女主角或起或臥，懸腸哭泣，只在等待重新相見，同在羅帳中尋回心甦情暢的時分。

曲子詞的文字以民間的口語爲主，很活潑，但和今天的口語變化很大。「如今現」，可能是後人「如現今」的意思。

「嗔交我」三字，應該是「眞教我」的誤書，但參看前首寫了一半的句子，「交嗔孥」三字，則「交」在唐人變文中往往是「平復、病好」的意思，「交孥嗔」是「總算平復了我的怒嗔」的意思嗎？「嗔交我」是否也是這個意思？但不如「眞教我」口語簡單。

「勞情與」的「與」字，可能和敦煌曲〈拋毬樂〉中的「莫把眞心過與他」的「與」字同義，是「給」的意思。

「隨玉柱」的「柱」，與唐詩「玉筯應啼別離後」的「筯」字同義，是成串的眼淚。

「憶君直得」，這「直得」在唐代變文中是當作「只有」「必須」的意思，一想起你，只有如癡如醉呀！

「容言語」大概是「豈容言語形容」的意思，第一句「曾來不信」也可能就是「從來不信」吧？除了這些，含意還算明白。

不過，這幾行詞中，有些原文並不如此，是我改的。如「攢眉立」，「攢」原文作「贊」，周續之〈廬山記〉：「淵明攢眉而去」，攢眉是指心裡不快、眉頭緊聚的意思，而周紹良從莊嚴堪所藏《維摩經》背後增補的曲子詞中也有「自今已後把槍攢」的句子，「攢」也被寫作「贊」。

「日夜懸腸割肚」，「割」字原抄作「各」，「肚」字原文作「肱」。「待倚」誤作「代寄」。「紅羅帶，帶上啼痕汚」，我添了一個「帶」字。「痕」字原抄作「恨」；「果然得」，「果」字原抄作「過」；「依」誤作「於」，「重相見」，「重」字原抄作「從」，都可能是寫錯了的。

至於這首曲子詞與第一首〈別仙子〉的用韻與句式不全相同，那是唐末詞型尚未固定，同一曲子牌名可以自由增刪的緣故，這一點，不能用後代的「詞律」去規範的。

在這首〈別仙子〉的前面，有抄剩的幾行，「昨來僥倖，人說道，心思苦。交孥嗔，含惆悵，扶顋泣，燈穿牖。」看其句式，像是另一首〈別仙子〉的開頭，未曾抄完，又去錄下一首。這「僥倖」二字的意思，或許是說昨夜夢見了你，像天子駕臨，引以爲寵幸？還是說冀求本分以外的獲得，想得到不可能得到的東西，多少帶著戀愛者自卑的意味在裡面？「心思苦」也可能是「相思苦」的誤書。

再前面，還有一首曲子詞，句式用韻與〈別仙子〉完全不同，與其他的敦煌曲子詞也沒一首相同，應該是「失調名」的佚曲，茲依韻腳將其分行如下：

欲將酒泉田襴衣，下曹朝，
君王催奏樂，方響逐雲霄！
鴛鴦帳地笙歌舞，
善勸王子歸本路。
天同榮，白金暎，
人串鉀，馬懸鈴，

樹雀兒，近刀兵，
海晏河清罷征戰，三邊煙火滅妖精！

它的韻腳，先押蕭豪八部，再押上去聲語五部，再押庚清十一部，這不應該是韻音通押，而是曲子詞裡有轉韻二次的規則吧？

這首曲子詞中有「酒泉」的地名，與「曹朝」的邊疆政權，可見是出於敦煌邊疆文士之手的。五代時敦煌由曹議金祖孫統治，宋初由曹元忠父子統轄，本曲有「曹朝」二字，寫作的年代不會早於五代。

敦煌的《雲謠集》抄卷前有「金山聖文神武天子」的名號，姜亮夫以爲《雲謠集》寫於西元九二二年，當時「金山白衣天子」是張承奉佔據西陲時的稱號，曹議金是張承奉的部將，本曲子云：「欲將酒泉田襴衣，下曹朝」，顯然是曹議金取代白衣天子稱托西大王、瓜沙州大王、敦煌王等等以後的事。軍人解甲歸田，田襴衣是上衣下裳連着的工作服。

本曲子又說：「善勸王子歸本路」，那就像是曹議金放棄「西漢金山國」，恢復節度使檢校司空，後又兼中書令，和他的兒子元德等向中原的後唐進貢馬與玉，所以本曲子所寫的內容，當是西元九三〇年左右的史實。

「天同榮，白金暎」，大概是說：中原的天子也同感榮幸，而賞賜的金銀絹帛，光采奪目。

當時一方偏安，歌舞昇平，「人串鉀，馬懸鈴」大概是說盔甲串疊不用，馬也解鞍休息，「鉀」是「盔甲」的俗寫。「樹雀兒，近刀兵」，大概說鳥雀馴順，不畏軍人，因爲在戰爭的年代，軍無現糧，羅掘具窮，樹雀也成了最佳的食物，白居易的〈放旅雁〉詩道：「雁雁汝飛向何處？第一莫飛西北去！淮西有賊討未平，百萬甲兵久屯聚，官軍賊軍相守老，食盡兵窮將及汝，健兒飢餓射吃汝，拔汝翅翎爲箭羽！」可見戰亂之時，樹雀也以遠離刀兵爲吉，現在海晏河清，所以鳥雀近人，也不畏刀兵了。

曹議金時，因爲禦侮有力，人民多歌頌他，在敦煌伯三一二八號寫卷中，正有〈望江南〉詞稱讚「曹公」議金的偉大說：「靖難論兵扶社稷，恆將籌略定妖氛。」正與本曲子詞的歌頌對象相同。

本曲子詞中，也有一些字是我改動的。第一句「欲將酒泉田襴衣」，「欲」原本作「玉」，不易解釋；「方響逐雲霄」，「霄」原本作「簫」，顯然是寫錯了的。「近刀兵」，「兵」原本作「岳」，旁邊曾重複寫二次「近刀兵」又被槓去，都是「兵」字，這裡作「兵」才對。

敦煌曲子詞，號稱五百首，剔除重複以後，累計還不到二百首，這兒又新增兩首，一定是同好們所樂意聽到的好消息。

虞美人怨

每次我讀《史記》，就爲二件美人的心事而耿耿於懷，引以爲憾。一件是太史公全書中不肯提一筆西施，使西施是不是姓施？「西」是什麼意思？何以稱爲「西子」？留下一大堆疑問，無法弄懂，更不要說西施的事業與結局了。另一件就是太史公不肯替一代英雄項羽的愛人——虞姬，多寫幾筆，使虞姬的生平事蹟，湮沒無考，不然，壯士慷慨，美人宛轉，〈項羽本紀〉就會益發出色生動了。

《史記》裡的虞美人，只在項羽將失敗的時候露了一下臉：

> 項王軍壁垓下，兵少食盡，漢軍及諸侯兵圍之數重，夜聞漢軍四面皆楚歌，項王乃大驚曰：漢皆已得楚乎？是何楚人之多也？項王則夜起飲帳中，有美人名虞，常幸從，駿馬名騅，常騎之。於是項王乃悲歌忼慨，自爲詩曰：力拔山兮氣蓋世，時不利兮騅不逝，騅不逝兮可奈何，虞兮虞兮奈若何！歌數闋，美人和之。項王泣數行下，左右

皆泣，莫能仰視。

「虞」是美人的名字，但《漢書》說「虞」是她的姓，連姓名也弄不清。這位奇女子，應該在項羽一生中產生很大的影響，而不只是作爲英雄失路時一段美人柔情的幽細點綴而已。可是太史公對這些美人的心事，往往忽略，吝其筆墨，空令後人嘆息！

漢代陸賈的《楚漢春秋》中，可能記載得詳細些，唐代的張守節正義中引了該書所載虞美人唱和的詩：「漢兵已略地，四方楚歌聲，大王意氣盡，賤妾何聊生！」《楚漢春秋》在〈隋志〉、〈唐志〉中均存九卷，則張守節理應親見這本漢人的書，那麼這首美人唱和的詩，照理是漢代已有。王應麟《困學記聞》承認這首詩是眞的，並認爲漢初已有五言詩。虞美人不是楚人，所以不作「兮」類的楚調吧？

但是由於這首五言詩黏對雖不合，平仄卻與後代的五言絕句相似，所以學者往往不信漢初有這種句法，認爲不出於虞美人之口，如王駿圖的《史記舊注平義》，就說「此歌直似五言絕句，恐是後人僞作。」但這詩既出《楚漢春秋》，其傳流不應晚於漢代。

《楚漢春秋》，後代已經失傳，清人茆泮林曾作輯佚，所得僅寥寥數條，不足以增加對虞美人生平的了解。近年我試著從後代人的詩裡，去蒐集一些虞美人的遺存資料，我見到《樂府詩集》把項羽的歌編爲〈力拔山操〉，並說：「近世又有虞美人曲，亦出於此。」樂府所唱的「虞美人曲」，就是這首五言詩嗎？可惜語焉不詳。後代詞裏面有很多「虞美人」，這詞牌起於唐代教坊的曲名，但早已斷了與虞姬的關聯。

這種探索並沒有完全絕望，因爲在敦煌伯希和三一九五號及三四八○號中，都抄著一首唐人馮待徵的〈虞美人怨〉詩，可以稍補史書描繪的不足，詩是：

妾本江南採蓮女，君是江東學劍人。
逢君遊俠英雄日，値妾容華桃李春。
年華灼灼艷桃李，結帶簪花配君子。
行逢楚漢正相持，辭家上馬從君起。
歲歲年年征戰間，侍君帷幕損紅顏。
不惜羅襦襃馬汗，寧辭香粉著刀鐶。
相期相許王關中，鳴鑾鳴珮入秦宮。
誰悟四面楚歌起，果知五星漢道雄。
天時人事有興滅，致（智）窮勢屈心摧折。
澤中馬力先戰疲，帳下蛾眉隨李結。
君王死時遺神彩，賤妾此時容色改。

虞美人怨　　馮待徵

妾本江南採蓮女君是江東學劍人逢君遊俠英雄日
值妾容華桃李春年華灼灼艷桃李結髮簪花
配君子行逢楚漢正相持辭家上馬從君起歲歲年年
征戰間侍君帷幕損紅顏不惜羅衣霑馬汗寧
辭香粉著刀環相期相許定關中鳴鑾鳴珮入秦宮
誰悟四面楚歌起果知五星漢道雄天時人事有興滅
智窮勢屈心摧折澤中馬力先戰疲帳下蛾眉
哀怨結君王死時遺神彩賤妾此時容色改拔山
意氣都已無渡江面目今何在終天隔地與君辭恨
似流波無息時使妾本來不相識豈見中途懷
苦悲

拔山意氣都已無，渡江面目今何在？
終天隔地與君辭，恨似流波無息時。
使妾元來不相識，豈見中途懷苦悲。

一句妾，一句君，一句你、一句我，你你我我，情似膠漆，很能表現帳幕裡難捨難分的情景。也許這首詩是樂府所說「近世」的虞美人曲？從這首詩裡，我們可以獲知一些新的資料：

一、「妾本江南采蓮女」，說明虞美人是江南人，出生於江南的水鄉，曾是采蓮女，所以唱的歌不是「兮」的楚腔。

二、「逢君遊俠英雄日」，說明虞美人與項羽結合，是在項羽與叔父項梁避仇吳中的時候，所以娶的是吳女，當時還沒起兵亡秦。

三、虞美人死的地點，是在項羽至陰陵，迷失道路，受田父的欺騙，陷入大澤以後，所以說「澤中馬力先戰疲」，這一點與虞美人墓在鳳陽府陰陵城相符合。《九域志》說：「陰陵城，項羽迷失道於此，蓋虞姬死所。」虞姬墓又名「嗟虞墩」，在陰陵縣南六十里，近東城，相傳虞美人的頭，葬在靈壁，陰陵所葬的是身體，虞美人是身首異處的，以死況慘烈，報答了英雄的知遇。

敦煌伯三四八〇號中稱馮待徵爲「蒲州進士」，相信他當時不但能見到《楚漢春秋》的全貌，還可能見到不少尚未逸失的書，所以他的詩中保留了可貴的史料。馮詩見錄於《玉臺後集》，所以《全唐詩》中亦曾錄入，拿來比對，在文字上略有出入。《全唐詩》中有闕文，因敦煌寫卷的出現而可以補足。

異文如「容華」作「年華」，「結帶」作「結髮」，伯三四八〇號作「結佩」。「從君起」，《全唐詩》相同，伯三四八〇號作「從軍去」；「征戰間」作「事征戰」，「羅襦裛馬汗」作「羅衣沾馬汗」；「王關中」作「定關中」，伯三四八〇號作「臥關中」，「死時遺神彩」作「是日無神彩」，「容色」作「容貌」，「元來」作「本來」，「豈見」，《全唐詩》相同，伯三四八〇號作「豈傷」，這些異文，文義都很接近。

異文中校勘價值較大的是：

「誰悟」作「誰誤」，《全唐詩》不對。

「致窮」，三四八〇號殘缺，《全唐詩》作「智窮」才對。

「勢屈」作「計屈」，項羽既認爲「天之亡我，非戰之罪」，則應爲勢屈，不是計屈。

「娥眉」作「蛾眉」，敦煌寫本「娥眉」字多從女旁，《詩經・碩人篇》也應作「娥眉」，說自唐人顏師古注《漢書》有「形若蠶」之說，才改爲虫旁。詳拙著《珍珠船》。

《全唐詩》注「第二十句缺三字」，即缺伯三一九五號「隨李結」三字，這三字用意費解，大概是指捐棄生命的意思，其中在唐時可能已經有誤字，所以空爲闕文，可惜伯三四八○號這句殘破，無法校正。

除馮待徵的詩以外，詠虞姬的詩，遠不如詠王昭君、班婕妤爲夥，究其原因，相傳王昭君的受讒蒙寃，淚滴胡沙，班婕妤的紈扇見捐，退居冷宮，正是許多才人哀嘆「明主不悟」的好題材，詩人借昭君婕妤的艷色，悲傷讒枉的無情，骨子裡是可憐著自身的才華與不遇，爲麗姝抱屈，只是在自傷失意落寞罷了。

而虞美人，非但沒有「君恩斷絕」的憂傷，而乃是英雄美人，際會及時，血性相向，死生不渝，那就不是失意的文人墨客所能借題發揮、自抒懷抱的了，題詠不多，這是最大的原因吧？

宋代的蘇軾曾過濠州，作〈虞姬墓〉詩：

帳下佳人拭淚痕，
門前壯士氣如雲，
倉黃不負君王意，
只有虞姬與鄭君！

只有英雄才懂得珍惜英雄，項羽死了，鄭君寧願被放逐，也不奉高祖的詔，而虞姬則以生命來報答了項王。但蘇詩中，已沒有新的資料可採了。宋代另有魏夫人（一作曾鞏）曾作〈虞美人〉詩，大抵寫虞姬的香魂散後，青血化成了「虞姬草」，傳說這種罌粟科的虞姬草，一聽有人唱虞美人曲，枝葉就會舞動。這詩往神話方面描寫，並沒有可作佐證的史料價值。

至於明代的高啟寫「向劍慼青娥，效命自無恨」，謝肅寫「寶劍臨危妾自裁，素心不二君應諒」，吳鼎芳寫「啼痕盡染征袍紫，請從劍下化香魂」，都說虞姬是用劍自刎的，這有史料根據嗎？還是全憑想像的呢？

在寫虞美人的詩裡，傳誦最廣的該是明末吳偉業的〈虞兮〉詩：

千夫辟易楚重瞳，
仁敬居然百戰中，
博得美人心肯死，
項王此處是英雄！

能博得美人全心的愛，生命也就達到了圓滿飽和的境地，英雄眞正的成敗，是在做人上面，至於壽命的長短、事業的得失，都是微不足道，就這一點看，項羽與虞美人都可以無恨無怨了。

敦煌曲〈鬭百草詞〉試釋

1 緣起

敦煌曲子詞中，有〈鬭百草詞〉四首，出現於斯六五三七號及伯三二七一號。王重民、任二北、饒宗頤諸先生均曾校錄訂補，任二北認爲〈鬭百草詞〉文詞扞格不通，研讀起來，頗覺困難，他說：

> 此套辭雖簡，而不可通處特多！王集已參兩卷所見，猶扞格如此，若無新資料參考，殆難有進。（《敦煌曲校錄》頁一八五）

文詞不通，解讀困難，正逗起我研探的興趣，每逢學問難處，或正是趣味多時，因此我想裒集可能的資料，提出新的假設與求證，作進一步的試釋。

2 鬬百草曲的創始

有關〈鬬百草曲〉，創始自隋煬帝時樂正白明達所作，至唐代曲猶盛行。考《隋書・音樂志》下：

> 煬帝不解音律，略不關懷，後大製豔篇，辭極淫綺，令樂正白明達造新聲，創萬歲樂、藏鉤樂……玉女行觴、神仙留客……鬬百草……及十二時等曲。（卷十五）

明人胡震亨作《唐音癸籤》，詳考唐各朝樂，在「年代題義均可考者」之中，列有〈鬬百草〉曲。（世界版頁一一三）而考《唐會要》卷三十三，正載有〈鬬百草樂〉，相信這〈鬬百草〉曲，爲隋代所創的「新聲」，到唐代乃屬「古曲而行用於唐」者，敦煌寫卷中出現了〈鬬百草詞〉四首，正是唐代仍流行著這舞曲的最佳存證。

至於鬬草遊戲的起源，必在隋代製曲以前。由於劉禹錫有〈白舍人曹長寄新詩有遊宴之盛因以戲酬〉詩云：

> 若共吳王鬬百草，不知惟是欠西施。（據季振宜《全唐詩》稿本册四十四、頁一五四五八校文）

而蘇軾又用劉禹錫與白居易這首酬答詩爲內容，斷章取義作詩道：

曾把四絃娛白傅，敢將百草鬬吳王？（〈蘇州閭邱江君二家雨中飲酒詩〉第二首）

南宋的王十朋，沒弄清楚蘇詩的來歷，便注蘇詩道：「吳王與西施作鬬百草之戲。」等於把鬬草的遊戲上推至春秋時代，而據蘇詩竟斷定吳王與西施曾玩鬬草的遊戲。明代郎瑛的《七修續稿》卷四，也沿襲此說。其實細察劉禹錫全首的詩意，是「假若和吳王夫差玩鬬百草的遊戲，鬬來鬬去，不知不覺卻忘了拿出最美麗的一朶王牌花——西施呀！」劉詩用來戲弄白居易，說他只知道「開道路、引旌旗、隨劍戟、去笙歌」，問他在城橋寺馬之間，是否與吳王鬬草時忘了西施一樣，忘了帶美麗的女伴呢？這只是劉禹錫假設的玩笑，而東坡也只是就劉白間的玩笑話拿來作幽默的典故，決不能單憑劉蘇的詩句便認定吳王與西施曾玩過鬬草的遊戲。

清人翟灝在《通俗編》卷三十二裡，已經不相信據劉禹錫詩便可以證明鬬草起於春秋時代，但他卻異想天開地引申公詩說，以《詩經・芣苢》爲兒童鬬草歌謠之辭，認爲周代實有此種遊戲，任二北也相信了這種說法。其實申培的〈魯詩故〉裡，是這樣說的：

采采芣苡之草，雖其臭惡，猶始於捋采之，終於懷擷之，浸以日親，況於夫婦之道乎！（《列女傳》卷四引）

說臭草尚且日久生情，不忍拋棄，何況夫婦？丈夫有了惡疾，妻子不忍心去之而改嫁，這和鬬草有什麼關係？〈芣苡〉全詩，始終只采同一種草，鬬百草則須以「色數多、對仗巧」爲勝負的，〈芣苡〉一詩，不足爲憑，不能只據此便證明鬬草起於周代。

有關「鬬百草」最早的記載，應是梁元帝時宗懍寫的《荆楚歲時記》：

> 五月五日，四民並蹋百草，又有鬬百草之戲，採艾以爲人，懸門戶上，以禳毒氣……是日採雜藥，〈夏小正〉此月蓄藥以蠲除毒氣。

相信是民俗中的「採雜藥」，因而引出「鬬百草」的遊戲，兩者互有關聯，在踏青、採藥、鬬草之中，自然也附有「多識草木之名」的教育意義的。這麼說來，民俗中鬬百草的遊戲，至遲出現於梁元帝時。

3 「鬬百草」的情狀

鬬草是怎樣鬬法的？鬬草的內容情狀究竟如何？這與解讀敦煌〈鬬百草詞〉的關係甚大，隋唐五代及宋人的詩文中，雖常提及鬬草，情狀方式不甚詳細，現摘舉部分如下，可供參證：

隋煬帝詩：「踏青鬬草事青春。」（見《古今圖書集成・草木典》第四卷草部選句引）

唐崔顥〈王家少婦〉詩：「閑來鬬百草，度日不成妝。」

李白〈清平樂〉：「百草巧求花下鬪。」

白居易〈觀兒戲〉詩：「齠齔七八歲，綺紈三四兒，弄塵復鬪草，盡日樂嬉嬉。」

杜牧〈代人作〉詩：「鬪草憐香蕙，簪花間雪梅。」

李商隱〈代應〉詩：「昨夜雙鉤敗，今朝百草輸，關西狂小吏，惟喝遶牀盧。」

鄭谷〈採桑〉詩：「曉陌攜籠去，桑林路隔淮，何如鬪百草，賭取鳳皇釵！」

貫休〈春野〉詩：「牛兒小，牛女少，抛牛沙上鬪百草。」

五代韓鄂《歲華記麗》：「端午：結廬、蓄藥、鬪百草、纏五絲。」

宋蘇軾詩：「尋芳空茂木，鬪草得幽蘭。」

章得象詩：「五日看花憐並蒂，今朝鬪草正宜男。」又：「五蓂開瑞莢，百草鬪香茗。」

陸游詩：「身入兒童鬪草社。」

此外，尚有韓愈、鮑防、韓偓、吳融、司空圖、和凝、花蕊夫人等，均有詩提及鬪草，從這些資料中，可知鬪草遊戲，自隋唐而宋，相沿不衰，而鬪草的人物，有婦女，有兒童，有牛兒牛女，知識水平並不是很高的，至於唐韋絢《嘉話錄》記安樂公主鬪草，亦在端午日，知識水平一高，所鬪更屬好奇過甚，可能兒童婦女所鬪草，與教育水平較高者所鬪草，規則的繁簡也許不完全相同。

筆者幼年時，在浙江農村中，兒童仍有鬪草遊戲，限時雙方尋採眾草，然後先比同類的花草，隨鬪隨丟棄，同類鬪完，再比異類的花草，我有你無，你有我無，總計花草色數多寡決勝負，鬪草時不講究花草名稱上的「對仗」，這可能就是牛兒牛女的兒童鬪草法。

記載鬪草情狀頗完備的一篇文章，乃是明人鮑在齊的〈蒲團上語〉，記敘他在黃山坐蒲團時所聞所見：

一日余攜花籃，去尋藥苗，過香水溪，見二童子各採花草，掩藏之狀。余問其故，答曰：「我們鬪花賽草頑耍！道人無事，與我們作證見何如？」余曰：「也可也可。」一少時，二童子各各一兜兩袖，共來石上坐下，一童子云：「要花對花，草對草。」一童子云：「要對得工，天然巧。凡花草每出鬪賽，卽丟去，如有好名目者，花對草，草對花俱可。只要名目相對，平仄相當，自然工巧，方妙。如對不著，打三披。」一童子答云：「說得好。」已鬪賽數百回，彼出繩陰草，此以壯陽花對之；出龍頭花，以虎尾草對之；出七姐妹花，以九弟兄草對之。彼童子大叫，未聞此草，巧立名目，證之於余，余曰：「卽九頭草是也。」彼出耐驚花，此以瀟灑草對之；出透骨草，以無心花對之；出忘憂花，以接引草對之。花草將盡矣，今鬪賽一空，此云尚有醉花一朶，彼答亦有夢草數莖；此云你有夢草，我有回迷花解之；彼云你有醉花，我亦有醒酒草解之。二童跳耍，欣然大叫，一曰：「我還有靈子草隨身。」一云：「我還有嬰兒花在腹。」忽然間溪邊又跳來一童子，手持一枝花云：「你們靈子嬰兒，到不得月月紅。」三童拍掌大笑，跳耍而散，余將所丟下花頭，撿拾籃中。

記載鬬草最詳盡的一首詩，也是明代人所寫，是吳兆的〈秦淮鬬草篇〉：

樂遊苑內花初開，結綺樓前春早來，春色染山還染水，春光銜柳又銜梅。此時芳草萋萋長，秦淮兒女多閒想，閒想玉閨間，羅衣正試單，芳飈入戶吹帷動，巧鳥當窗攪夢殘，因嬌麗日長安道，相戲相耍鬬芳草。芳草匝初齊，茸茸沒馬蹄，芳草遠如暮，望遠迷人步。將綠將黃不辨名，和煙和霧那知數？鳳凰臺上舊時基，燕雀湖邊當日路。結伴踏春春可憐，花氣衣香渾作煙，誰分遲遲獨落後，誰能采采不爭前？嫋嫋桑間路，佳期何暇顧？悠悠淮水湄，遠道不違思，空生謝客西堂夢，徒怨湘娥南浦離，未鳴鶗鴂先愁歇，乍囀倉庚正及時，正及時，先愁歇，竊取畏人窺，疾行防鮮滑，入深翠濕衣，緣高香襲襪，搴若將何爲？束芻欲待誰？茜紅猶勝頰，荑白卻慚肌。薜荔裁衣安可被？菖蒲結帶豈堪垂？盈掬盈襜羅眾芳，蛾飛蝶遶滿衣裳。蘭皋藉作爭衡地，蕙畹翻爲角敵場，分行花隊逐，對壘葉旗張，花花非一色，葉葉兩相當，君有麻與枲，妾有葛與藟；君有蕭與艾，妾有蘭與芷；君有合歡枝，妾有相思子；君有拔心生，妾有斷腸死；贏歸若個中，輸落阿誰裡？相向無言轉自愁，芳坰過客忽疑秋，別本辭柯何倚託，傾青委綠滿郊丘，雖殘已受妍心惜，縱賤曾經纖手摘！芍藥多情且自留，蘼蕪有恨從教擲！人生寵愛幾能終，人心安得采時同？縈愁結念尋歸徑，接珮連裙趁晚風，情知朽腐隨泥滓，會化流螢入幕中！（見《古今圖書集成・草木典》所引，在第五三一册之十九頁）

鮑文以採藥引起鬪草，吳詩以踏青引起鬪草，這兩段資料中，始末具備，得知鬪草的詳細情狀如下：

㈠開鬪前，雙方採花草時，限定同樣時間，故須「疾行防蘚滑」的快速採集。

㈡採集何種花草，乃屬鬪賽的機密，故有「密取畏人窺」的「掩藏之狀」，收羅眾芳，盈掬盈襜。

㈢鬪賽時有「花對花」「草對草」者，若求對仗工巧，名目相對，平仄相當，則花往往對草，草亦可對花。「花花非一色」是指異類的花相鬪，「葉葉兩相當」是指同樣的草相鬪。

㈣鬪賽中的高手，對花草的名稱及「一草多名」都記得很熟，隨機應對，以名稱的巧妙對仗，爲鬪草中的「好名目」，如：

「合歡枝」鬭「相思子」
「拔心生」鬭「斷腸死」
「繩陰草」鬭「壯陽花」
「龍頭花」鬭「虎尾草」
「耐驚花」鬭「瀟灑草」
「透骨草」鬭「無心花」
「忘憂花」鬭「接引草」
「醉花」鬭「夢草」
「夢草」鬭「回迷花」
「醒酒草」鬭「醉花」（偶有字數不相當者）
「靈子草」鬭「嬰兒花」

㈤雙方鬭草賽花，有時須第三者作見證裁判，如甲出「七姐妹花」，乙卽以「九弟兄草」來鬭，甲如認爲對方的草名係杜撰可疑，可請裁判裁決，驗證乃「九頭草」，「九弟兄草」或係臨時杜撰的名稱，對不著卽輸一回。

㈥有以每輸一回卽罰者，有以輸贏回數累計總和以定勝負者。據前鄭谷詩，則鬭百草時亦有以金釵來賭輸贏的，據《酌中志略》，則採百草有「相鬪賭飲」者，一般兒童均以「打三下」爲罰。

(七)花草兩兩鬪畢，均擲委於地。

4 〈鬪百草詞〉的校釋

敦煌〈鬪百草詞〉的難解，主要在錯字別字不少，且花草名目，往往一草有多名，而俗知其名，又往往知音而不知字，大率「以意爲之」，因此考查較爲困難，再加唐時曲韻很寬，韻腳是否有誤字，也難定奪。幸好這四首詞曲，句子上下文義往往呼應，可以協助詞義的探索，下面試著將校正後的字句先列出，而敦煌原文及被校改的理由，證明於各句之下。

第一

伯三二七一號（以下簡稱伯本）「第一」省略，僅有殘存「三」字，斯六五三七號（以下簡稱斯本）亦省略「第一」，任二北氏《敦煌曲初探》以爲有此「第一」「第二」「第三」「第四」字樣，分標於各遍以前，爲「唐大曲」的條件，與多首聯章的雜曲作分別。

達士祈長生

伯本斯本「達士」原作「建士」，王重民《敦煌曲子詞集》照錄，又校「建士」爲「健士」。任二北《敦煌曲校錄》改「建士」爲「建寺」，無證，待考。又在《敦煌詩歌總編》中引用音標，證明「士」「寺」聲母相近，韻母又同，故得相代。今考「建寺祈長生」，單句文意雖通順，但與下句毫不相涉，寺從「之」聲，並不從「士」爲聲符，改「士」爲「寺」，全屬猜測，上下文義又不協。今改爲「達士祈長生」，「達」「建」形近而譌。全句與下遍「佳麗重明臣」句型句義均相應，一指男士，一指婦女，《酌中志略》所謂「男女於郊原採百草。且「達士」與下句「花林摘浮浪」亦相貫通，「達士」即「浮浪」之士的溢美之辭，達士脫略名利，優游閒暇，鬪草採藥，所以祈長生。且一二兩句之文義相貫，一如下遍一二兩句之文義相貫，復考敦煌伯二四四〇號《靈寶眞一五稱經》，屢稱「令人通神致福」之「長生草」，疑本曲所祈長生，是祈長生之草，故下文的「離合花」，久服可輕生，嵇康以合歡蠲忿可以養生；下文的「獨搖草」，據《本草經》「久服輕身耐老」，雷斅謂「用免煩人心」，係四神丹中的一藥，皆與「達士」所祈長生藥效有關。

花林摘浮浪

伯本「浮浪」作「浮朗」，斯本作「浮郎」，任二北以爲「不得其字，待訂」，而饒宗頤《敦煌曲》以爲「伯作朗，是。」不曾舉證。今考浮朗浮郎，義均不通，當是「浮浪」之誤。「浮浪」謂輕浮流蕩，謂人終日遊蕩不務正業，正形容鬪草的人羣，亦即指上句「達士」而言。「浮浪」一詞，唐宋人常用，《宋史・食貨志》載司馬光奏文：「今皆浮浪之人應募」，又梅堯臣〈聞進士販茶〉詩：「浮浪書生亦貪利」，可見本句實指花林中浮浪之人閒遊覓草。浪郎朗並從「良」聲，音近易混。

有情離合花

「離合花」卽「合歡花」，以調平仄故稱離合花。合歡之葉，至暮卽合，晝離暮合，故

展開之花冠

合歡圖

亦可稱離合花。合歡又稱夜合花，考伊世珍《瑯嬛記》：「晝開夜合，故又以『夜合』爲名，又謂之『有情樹』。」合歡又名有情樹，因此本句「有情離合花」的「有情」二字，乃是切準樹名作含義上的雙關，與下句「無風獨搖草」的「無風」，都就花草名目的特性而言，並非泛設的形容詞。相傳合歡樹雌雄異株，須並種乃生花（亦見伊世珍《瑯嬛記》），因此才名爲有情樹。實則合歡花有兩性，淡紅色，萼漏斗形，雄蕊多數挺出花絲，雌蕊與萼基部合生。（參見人文出版社《植物大辭典》頁一一九三）又考嵇康〈養生論〉：「合歡蠲忿」，合歡能使人不忿，蠲憂忿亦即長生的意思。梁吳筠〈採藥大布山〉詩：「三葉長生花，可用蠲憂疾。」可證蠲憂與長生的關係。本草經又謂合歡能「合心志，令人歡笑無憂，久服輕身，明目，得所欲。」可見合歡的藥用效能並與首句「達士祈長生」應合。

又考《遼史·禮志》：「五月重五日午時，以五綵絲爲索，纏臂，謂之『合歡結』，又以綵絲宛轉爲人形，簪之，謂之『長命縷』。」則遼俗端午以「合歡」祈「長生」，可謂確證無疑。

又任二北以爲「離合花」卽段成式《酉陽雜俎》所見之「合離草」，不確。《酉陽雜俎》中武攸緒所服赤箭，又名獨搖芝、合離草。食之晚年肌肉始盡，目有紫光，雖《抱朴子》謂服獨搖芝可「延年」，但與本曲特指「有情」二字不甚切合。

無風獨搖草

獨搖草，《本草經》稱爲「獨活」，陶弘景曰：「一莖直上，不爲風搖，故曰獨活。」《別錄》曰：「獨活……土脈中生此草，得風不搖，無風自動，故一名獨搖草。」可見「無風」兩字與獨搖草的特性有關。任二北引《埤雅》云：「獨搖草見人自動，佩之令夫婦相愛。」又引唐段公路《北戶錄》引《靈芝圖說》：「無風獨搖草，男女戴之相媚。」所引之意，與證「合歡有情」相類。今考《本草經》，獨搖草久服可「輕身耐老」，而獨搖草又有「長生草」之別名（見人文出版社《植物大辭典》頁四二八九）。這些說法，都與達士所祈「長生」相應。

獨活圖

喜去喜去覓草

覓百草時，秘密掩藏，自己所發現採集的，惟恐他人亦發現採集，收羅眾芳，爭衡角敵，充滿覓寶擅勝的喜悅，正如前引白居易詩所謂「盡日樂嬉嬉」。

色數莫令少

鬭百草，以花草色數多者爲勝，其中以名目對仗逞智鬭巧，尤稱勝事，如「離合花」對「獨搖草」，則未必是「牛兒牛女」所能鬭。至於「浪」與「草」「少」押韻，浪在《廣韻》去聲四十二宕，草爲上聲三十二皓，少爲上聲三十小，饒宗頤先生歸納爲二部八部通用。

第二

伯本、斯本均有「第二」兩字。

佳麗重明臣

斯本「明臣」二字，伯本作「門臣」，明門形近而譌。王重民誤以伯本作「阿臣」，後改作「明臣」，仍覺不通，又校作「明辰」。任二北校改作「名城」，據字音相近混叶，以爲卽李白「三吳佳麗城」的意思。高國藩《敦煌民俗學》則仍據王氏誤字作「阿臣」。饒宗頤作「明臣」，不改字。

今考斯本「明臣」或不誤，無須改字，《本草經》曰：「上藥爲君，中藥爲臣，下藥爲佐。」故「明臣」或指藥草而言，古人呼藥草爲臣，簡稱爲「藥臣」，如宋周必大詩：「多病惟思對藥臣」，是以草藥爲臣之證。稱「明臣」者，《漢書・王褒傳》所謂「賢明之臣」，下文「西山白」「東海平」，疑皆爲仙草，均屬「明臣」。

爭花競鬬新

任二北改「爭花」爲「簪花」，鬬草爭花，句本通順，何必改？前引杜牧詩：「鬬草憐香蕙，簪花間雪梅」，「簪花」或是以「戴揷」花色多者爲勝的「鬬花」（見五代王仁裕所作《開元天寶遺事》的「鬬花」條），與本曲中「爭花」以鬬百草的遊戲規則不同，前引吳兆詩中「密取畏人窺，疾行防蘚滑」及「蘭皐藉作爭衡地，蕙畹翻爲角敵場」，卽鬬草遊戲時「爭花」的意思。

不怕西山白

遍查中國植物書，無論同名異名，均無「西山白」草，恐是指仙人的靈藥草。考「西山」一辭，常帶仙氣，齊謝朓〈和紀參軍服散得益〉詩：「金液稱九轉，西山歌五色」，則「西山五色」是製散的名藥。謝詩本魏文帝〈折楊柳行〉：「西山一何高，高高殊無極，上有兩仙童，不飲亦不食，與我一丸藥，光曜有五色。」則丸藥有五色，中或有白色，而謝詩

「九轉」是「西王母九轉霜雪之丹」，乃是白色的。李商隱〈寄太原盧司空三十韻〉：「西山童子藥，南極老人星」，即用此典故，唐人以西山藥入詩者頗多。至《五代史・王鎔傳》：「鎔好左道，鍊丹藥，求長生，與道士王若訥留遊西山，登王母祠。」是西山與神藥往往有關。再考《藝文類聚》卷七十五「疾部」引梁簡文帝〈答湘東王書〉：「吾春初臥疾，極成委弊，雖西山白鹿，懼不能愈。子預赤丸，尚憂未振。」白鹿本爲祥瑞獸，西山白鹿似爲神藥名，均可作「西山白」爲仙藥靈物名的旁證。

惟須東海平

鬭百草一事，本導因於採雜藥，而採靈藥又與覓仙草事相近，因此「東海平」與「西山白」都可能與仙草有關，名稱不見於植物典籍，這六個字兩相對仗甚準，也不像有錯別字。但考「東海」與「西山」一樣，都是容易與「仙鄉」作聯想的地方。《十洲記》云：「東海有瓊田芝草」，而《藝文類聚》卷七十八引梁庾肩吾〈道館〉詩：「仙人白鹿上，隱士潛溪邊，試取西山藥，來觀東海田。」則東海自爲神仙藥草田的所在，西山藥，東海田，用以取對，皆指仙人隱士的靈藥。「東海平」若非草名，則取「海水屢成田」以產芝草的意思。《藝文類聚》卷七十八引梁簡文帝〈招眞館碑文〉云：「夫東瀛滌水，三變成田，西岳靈桃，千載未子。」則西山白、東海平亦或與此意相近，謂東海芝草與西山白桃，皆仙人草木。

又漢張衡〈西京賦〉：「東海黃公，赤刀粵祝，冀厭白虎，卒不能救。」寫東海黃公善平蛇妖，但年老力衰，欲魘平白虎之患，反被白虎所吃。漢時的角抵戲，常演這故事，張衡正是在寫角抵戲中的情節。這傳說不一定與本曲的「東海平」有關，但可證「東海平」總與仙鄉有關，附述於此。

「不怕」「惟須」，謂不怕仙草罕見難覓，惟須有以相當，花隊草旗，靈草仙藥，各出絕招的意思。

喜去喜去覓草

伯本斯本均漏「覓草」二字，諸家均依首末兩遍曲辭補足。

覺走鬪花仙

伯本斯本「仙」並作「先」，「鬪花先」語意不明，疑爲「鬪花仙」。上文「西山白」「東海平」似與仙草有關，考伯二五六〇號《太上洞玄靈寶昇玄內教經》卷第六有「玉童奉仙草，神女進雲瑛，一服享億年，成眞永無彊」句，唐代道教特盛，道經中「仙草」「長生草」的傳說一定極盛，仙人正以仙草相鬪，故出「西山白」「東海平」等靈藥，覓草的達士或佳麗，探入雲深處，恐將覺走此鬪花仙，遺下遍地鬪罷的仙草，歌以爲樂。有關鬪草仙人事，亦可參見明人陳子龍所寫〈爲安樂公主五月五日鬪草檄〉，文中：「語恨則美人之貽，徵奇則神仙所拾，降帝子於北渚，沅蕙澧蘭；攬玉女於西華，秦葭晉杜。」（《陳忠裕全集》卷二十四）是帝子玉女羣仙鬪草，野有神仙奇草可拾，或亦古時遺說尚存者。

任二北說：「末句待校，『先』失韻。」又說：「平，庚韻，先，先韻，雖在方音，亦與上二字不叶，宜另有說，俟考。」今改作「仙」字，《廣韻》雖有一先二仙之別，敦煌曲韻則在同部。與「平」「新」押韻，饒宗頤先生列爲六部七部與第十一部通用。

第三

望春希長樂

斯本「希」字甚淸晰，伯本「希」字不明，潘重規先生《敦煌詞話》謂伯本「希」作「爭」。任二北《敦煌歌辭總編》引《舊唐書・郭子儀傳》：「敕百僚班迎於長樂驛，帝御望春樓待之。」則自望春樓希見「期待之人」出現於長樂驛，固是唐人常語。任氏又云：「望春，宮名、亭名、樓名；長樂，坂名、驛名，俱臨滻水。王維〈奉和聖製上巳於望春亭觀禊飲〉詩：『長樂靑門外，宜春小苑東，樓開萬戶上，輦過百花中。』」據此則自望春亭觀望長樂靑門外，正百花盛開處，亦卽鬪草者以短時間採集最多種類花草處。望春釋爲樓名或亭名，長樂釋爲坂名或驛名，意均可通。

南樓對北華

斯本「北華」字跡甚明，伯本「北」字寫法特別，近於「化」，下「華」字饒宗頤先生以爲是「芊」，任二北未細審原卷，將伯本「化芊」誤爲「北化」，他並主張：「『北化』或『北華』，應改爲『百花』，惟嫌韻複，且『百花』二字還原後，辭之現實性乃加強，爲盛唐作品益可信。」又說：「《新唐書・三七・地理志》云：『京兆府萬年縣有南望春宮，臨滻水，西岸有北望春宮，宮東有廣運潭。』據此，南樓應指南望春宮。」《敦煌歌辭總編》按任氏以南樓爲南望春宮，頗有價值，但將「北華」改爲「百花」則不必，因上句「望春」若爲宮名，而「希長樂」，「長樂」若爲驛名，乃取二地遙望的意思，因此「南樓」若指南望春宮，則「北華」亦當爲一建築物的簡稱，也取二地相對的意思。今考東華西華爲城門名，南華北華，都與道教事跡有關，宋張君房《雲笈七籤》云：「高皇齊龍輪，遂造北華堂。」則「北華」可能爲道觀的舊名，唐時或有。又據下文「結縷草」「連及花」，這「結縷」「連及」都有將兩地連結相及的意思，暗寓著與「連理」「合歡」相類似的趣味，若作「辭之現實性」的「百花」解釋，則大損南北遙對希望的妙處。本詞曲四首中，凡所採花草名稱的含義，均與上下文義呼應雙關，這一點，是解讀本詞曲時不容忽略的。

且看結縷草

伯本作「且看」，斯本則作「但看」，且看此草，何時成花，與下句語意爲「流水對」，

「且看」較佳。末句雖重出「且」字，在質樸民歌中不相忌，如「第一」「第二」「第四」均重出「花」字亦無忌，可證。「結縷草」伯本斯本均作「結李草」，遍考中國植物典籍，並無結李草。任二北以爲即結物編製，如「衣結草」爲「結草爲衣」的意思，嫌迂曲。今考「結李草」疑爲庭園坡地常見之「結縷草」，匍匐地面，節節生根，如線相結，故名爲結縷草，由此樓望彼樓，且看一片皆結縷草。《爾雅・釋草》：「傅、横目」下郭注：「一名結

結縷草圖

縷，俗謂之鼓箏草。」疏：「傳一名橫目草，蔓延生。」《漢書・司馬相如傳》注：「師古曰：結縷蔓生，著地之處，皆生細根，如線相結，故名結縷，今俗呼鼓箏草，兩幼童對銜之，手鼓中央，則聲如箏也，因以名云。」結縷草名用之於文章者，如漢司馬相如〈上林賦〉：「布結縷，攢戾莎」，可見結縷草名，實爲唐人所熟知。縷，《廣韻》力主切；李，良士切。均屬來母，係雙聲字，縷在上聲麌韻，李在上聲止韻，同屬上聲來母字，同屬細音，縷(ljuo)、李(lji)北方方音相近，凡植物名流行民間，往往得音不得字，故借字必多。

白及圖

何時連及花

「連及」伯本斯本均作「憐頡」，遍考中國植物典籍，無「憐頡花」之名。王重民校「頡」爲「纈」，任二北以爲：「是，纈謂染印花紋。」並有意要改「憐」字爲「染」字。饒宗頤校作「擷」，未作說明，可能將「憐擷」作「憐愛採摘」的意思，不作花名解釋了。諸家苦思可佩，其實「憐頡花」可能卽是「連及花」的借音。考《本草經》：連及草卽「白及」，李時珍《本草綱目》：「其根白色，連及而生，故曰白及。」連及草別稱蓮及草（見《植物大辭典》），而「蓮」與「憐」並爲落賢切，字音雙關，爲古詩樂府所常用，蓮連音同，故知「連」「憐」實爲借用字。連及草農曆五月抽花莖，長六七公寸，著花五六枚，白色或紫色，是爲連及花（參見人文出版社《植物大辭典》頁一〇〇六）。「連及」與「憐頡」在字音方面，連在《廣韻》二仙，憐在《廣韻》一先，唐時先仙同用，連爲力延切，來母字；憐爲落賢切，亦來母字，二字聲韻並同。至於及、其立切，入聲二十六緝；頡、古黠切，入聲十四黠，其屬羣紐，古屬見紐，牙音雙聲，兼爲入聲，及（g'jep）頡又唸胡結切（γiɛt），北方方音相近。民俗間對植物名往往得音不得字，故所書多爲借音字。

結縷、連及，都以兩地兩樓相望相對，興起何時方能「連結」的男女感慨，一時連結不得，故下文有「鬬罷且歸家」的結尾，全曲含意本自貫注。

喜去喜去覓草

伯本、斯本並少「覓草」二字，據「第一」「第四」遍補。

鬬罷且歸家

第一遍主題在祈長生，第二遍主題在求名藥草，此遍主題則爲男女之情。如此兩地相望，問何時可「結縷連及」？一時尚不得知，情無所託，暫勿荒嬉失路，鬬罷且歸家去。

第四

庭前一株花
芬芳獨自好
欲摘問旁人
兩兩相捻取

以上四句辭意清順，謂庭前有栽培之一株花，名花奇種，正芬芳獨自妍放，但鬬草之人爲求花草色數獨多，欲往摘取，甲恐主人呵責，欲問主人，所問實爲旁人，未置可否，卽捻取一朶；乙亦恐主人呵責，欲問主人，所問亦是旁人，未置可否，隨卽亦捻一朶。考五代王仁裕《開元天寶遺事》卷三「鬬花」條：「長安士女，於春時鬬花，戴插以奇花多者爲勝，皆用千金市名花，植於庭苑中，以備春時之鬬也。」這裡的「鬬花」與本曲的「鬬草」不是一回事，但由此可見民間以高價買名花植於庭苑者甚多，因此本曲中的庭前之花，可能是用千金買來，經過苦心培植的，若不問主人，不得任意盜摘，而甲乙兩人假裝欲問主人，却故意問旁人，裝一個徵得同意的樣子，以掩藏他們貪求盜摘的動作，把盜花之心太切的情狀，躍現紙上，寫得很傳神。

句末「取」字，任二北認爲「失韻」，校改爲「笑」字。王重民不改字，饒宗頤以爲「取」與「報」押韻，列爲五部八部通用之例，亦不改字。此字若必須改，或改作「盜」字較妥，與「好」「報」均在《廣韻》三十七號韻，此句實不適合改作拈花笑狀，考全曲韻腳甚寬，間或可押可不押，且存原貌作「取」不改爲宜。

喜去喜去覓草

灼灼其花報

斯本「其花」書作「花其」，旁有倒文號，則「灼灼其華」本用《詩經・桃夭》原句。報、回報，取《莊子・列禦寇》「造物者之報人」句，注謂「積習之功爲報」，取造物回報的意思，積勞覓草，花所以回報它「灼灼」之美。

「圖象批評」與明代文評

「圖象批評」是一個新創的名詞，意謂取一幅圖象作爲批評他人詩文的方法，將他人詩文的抽象風格、特色、素質、優劣等等，全部品評於一幅具體的圖象中。例如鍾嶸《詩品》裡引湯惠休的話：「謝詩如芙蓉出水。」又引謝混的話：「陸文如披沙簡金，往往見寶。」濃縮謝靈運、陸機一生詩文的風貌，比喻成一幅極爲簡化的圖象。

「圖象」二字，「圖」是指實物的、具體的、可見的圖形，「象」可以兼指精神的、抽象的、未可見的象徵。所以「圖象批評」是希望將詩文的風貌在實物實事中概括其難以形容的格調品味。所用的素材是「圖象」，所以我稱之爲「圖象批評」，前人已有稱之爲「形象批評」的。其所用的方法是「譬喻」，所以有人亦稱之爲「譬喻品評」「比喻品題」或「象徵批評」。此種批評完全仰賴品評者會心的直覺，因此也有稱之爲「直覺批評」「印象批評」。

「圖象批評」在《詩經・蒸民篇》「吉甫作誦，穆如清風」，已經開端，到了魏晉六朝，將人物才性品鑒的美學原理，運用於文學作品的藝術境界，用圖象來摹繪風神型態，便成了常用的品評方法，自後這種偏重整體印象式、直覺式的批評，一直成爲中國文學批評的主流，有時專論一人，有時合論數人，到了明代，圖象批評的風氣發展到極盛點，常有將整個朝代的詩文作手全部羅列詮次，評述其優劣的。所以本篇論文，就選明人對明代文評爲例，將有明一代文章家個別的神采才情，一一以圖象展示，圖象雖簡，要能周全其風貌，不產生歧義，點出特徵，最接近作家的氣質，令神態浮現，高下判然，這種批評工作難度是很高的。諸家論評人物，大抵以年代先後銓次，因此本文順次討論，甚盼能從而認識明代文學興衰的全貌。

「圖象批評」充分展示出中國人的哲學思維，中國人的哲學思維重視綜合，而不重視分析；喜歡含混而不喜歡明確；喜歡直覺而不喜歡剖解；喜歡簡要而不喜歡冗沓。故圖象批評只喜作畫龍點睛式的「一筆」。也因爲如此，圖象批評的妙處及難度，也就全靠批評者的高深素養，有能力融會被批評者作品的全部，簡化爲一幅涵融優缺點的圖象，務期一語中的，境界全出，才是圖象批評家的「絕活」。

圖象的取材，或取自然景觀，或取動物植物，或取寶器食品，或取裝備貧富，或取人事雅俗，取譬多方，聯想無窮，琳瑯滿目，各具神姿。本文的重點就在觀察此類圖象或評文采、或評文思、或評文才、或評文體，觀察圖象與作家人格、作品風格之間如何關聯？可信度如何？間及圖象本身的美感等等。

下面就依明代王世貞《弇州山人集》的〈國朝文評〉及明末張朱佐《醉綠齋雜著》的〈國朝文評〉所評諸家為次序，一一檢視：

> 宋景濂如酒池肉林，直是豐饒，而寡勺藥之和。（王世貞，以下簡稱王）
>
> 宋景濂如華岫濆流，天地同壽。（張朱佐，以下簡稱張）

宋濂，字景濂，謚文憲（一三一〇——一三八一），為明代開國文臣之首，有《宋學士全集》。《明史》本傳謂濂文「醇深演迤」，宋濂與王褘同修元史，明太祖曾說：「才思之雄，褘不如卿；學問之博，卿不及褘。」可見濂極有才思，且甚雄偉。顧起綸《國朝品》（以下簡稱顧曰）：「文既綜緯，詩稍平易」，而俞汝成也說濂「文勝於詩」，《四庫全書總目提要》（以下簡稱四庫曰）評其文：「雍容渾穆，如天閑良驥，魚魚雅雅，自中節度」，濂文風貌雍容富麗，王比作酒池肉林，豐饒無比，但「寡勺藥之和」，說調味稍有不足。王世貞於《讀書後》卷四說：「於文體裁無所不曉，顧其概以典實易宏麗，以詳明易遒簡，發之而欲意之必罄，言之而欲人之必曉。」說他富贍而少餘味。張不同意王的批評，認為「如景濂亦與在貶中，則天下可無文章之士」，對宋濂極爲推崇，所以比作華山高峙，眾瀆奔流，與天地同壽。大概與朱朗詣所說：「太史之文，評者以本朝第一。」看法相近，尊爲明代第一而源流所自，才比作「華峙瀆流」。

王子充、胡仲申二公如官廚內醞，差有風法，而不堪清絕。（王）

王子充如製錦善工，絲理不恨。（張）

王褘，字子充，謚忠文（一三二一——一三七二）。著有《元史》、《王忠文公集》等。胡行簡作序，說「溫潤典雅」，宋濂序說他「精醇」，並說：「人見其若離披而不屬也，細而察之，雖一脈縷之微，皆有所附麗而無自外至者」，又說其文凡三變，初年所作，幅程廣而運化宏，壯年出遊之後，氣象益以沈雄，暨四十以後，「爲文渾然天成，條理弗爽。平日華綺豪放之習，至是刊落殆盡，造夫精醇之域。」鄭瑗《井觀瑣言》說褘文「精密而氣弱」，《四庫提要》不同意「氣弱」說，認爲「醇樸宏肆，有宋人軌範」，朱彝尊《靜志居詩話》（以下簡稱朱曰）則以爲「文脫去元人冗沓之病，體製明潔」，明潔而條理弗爽，張才評作「製錦善工」，絲理精密不爽，才叫做「不恨」吧。王比作官廚豐饒而有法度，意思也接近，官廚宏廣奢肆，不比貧家清絕。

胡翰，字仲子，一字仲申（一三〇七——一三七五），有《胡仲子集》。宋濂作序說他

「出言簡奧不煩，而動中繩墨，如夏圭商敦，望而知其非今世物」，劉剛作《胡仲子集》後序說：「先生所得也精，其言之皆確而弘者」，又說：「若明堂之朝，嚴階陛，盛冠裳，而侯伯華戎之分截如也，若泰壇之祀，列陶匏、燔牲玉，而龍袞璪冕之容恪如也。」正以官家典禮隆盛有秩為比喻，王亦比為官廚的「風法」，或許是就繩墨法度著眼的。

劉伯溫如叢臺少年人說社，便辟流利，小見口才。（王）

劉伯溫如一樹一石，粧綴有致。（張）

劉基，字伯溫，諡文成（一三一一——一三七五）。所著各集合為《誠意伯文集》。史傳稱基文「氣昌而奇，與宋濂並為一代之宗」，顧曰：「駿才鴻調，工為綺麗」，胡應麟〈題劉青田集後〉說：「青田之子郁離也，奇氣瑰藻，青田之為他文，體格卑卑，元末無纖殊。」蔣仲舒說他「如河朔少年，充悅伉健」，陳臥子說他「雅辭微傷婉弱，令人思留侯之貌」，王比劉基為口才便捷的少年人，正像「伉健」與「婉弱」的綜合，缺少「蒼老」的格調。張比作粧綴樹石，與王另評「工力深重，風調諧美」相近，《四庫》評為「閎深肅括」，顧評為「駿才鴻調，工為綺麗」，肅括有禮與綺麗之工，都指文章布置有法，可比喻作「粧綴有致」。

高季廸如拍張擔幢，急迅眩眼。（王）

高季廸如短兵相接，趫捷可觀。（張）

高啟，字季廸，自號青邱子（一三三六——一三七四）。有《缶鳴集》、《大全集》等。王世貞在《國朝詩評》也說「高如射鵰手，伉健急利，往往命中」，王褘作序亦說他「雋逸清麗如秋空飛隼，盤旋百折，招之不下」。胡翰序《缶鳴集》說：「其辭鏗鏘振發而曲折窅如也」。謝徽作序，說他「吟思俊發，湧若源泉，捷如風雨，頃刻數百言，落筆勿能休。……才氣逸俊，如泰岳秋隼之孤騫，崑崙八駿追風躡電而馳也。」都有迅捷眩眼的形容。王形容爲張幢急迅眩眼，張形容短兵趫捷可觀，都從激烈雄邁的才力聲調上著眼，有一種銳不可當的速度與氣勢，所以也可以形容爲健絕的霜隼或可愛的神駿。

蘇伯衡如十室之邑，粗有街市，而乏委曲。（王）

蘇伯衡如喃喃小兒，欲達所言。（張）

蘇伯衡，字平仲（約一三六〇年前後在世）。有《蘇平仲集》。宋濂作《蘇平仲文集》序，說他「肆力於文辭，精博而不麤澀，敷腴而不苛縟。」後方孝孺作《蘇太史文集》序，說他「頓挫闔闢，而不至於肆，馳驟反復，而不至於繁。」劉伯溫作序說他的詩文，「語粹而辭達，識不凡而意不詭，蓋明於理而昌於氣也。」鄭瑗《井觀瑣言》則病其「用意太苦，遣詞太繁縟，不可爲法則。」這些評語也許與王張所評不盡相合，王評十室之邑，粗有街市，而乏委曲，指粗具結構，缺乏內容深度。張評喃喃小兒所言，有所不達，或指意太直而「不詭」，詞繁縟而不切。

方希古如奔流滔滔，一瀉千里，而瀠洄浻瀁之狀頗少。（王）

方希古如胡賈鬻金，稱量今古。（張）

方孝孺，字希直，一字希古，號正學（一三五七——一四〇二）。有《遜志齋集》。王世貞《讀書後》卷四說：「其文則不盡出宋文憲，所自托在昌黎氏，而不能脫蘇氏窠臼，大較飛湍瀑流之勢多，而煙波縈洄之意少，持論則甚正而微涉迂。」所說更爲詳盡。鄭瑗《井觀瑣言》稱其「志高氣銳，而詞鋒浩然。」李時遠則謂「渾朴淳正，大率如其人」，朱彝尊謂「文昌明博大，開闔自如」。《四庫》評其文章：「乃縱橫豪放，蓋志在於駕軼漢唐，銳復三代，故其毅然自命之氣，發揚蹈厲，時露於筆墨之間。」王評爲奔流千里，正謂豪壯渾樸有餘，而縈洄細曲不足。張評爲胡賈嗅金以稱量今古，或謂其銳意追古摹古，志在「駕漢軼唐」。

解大紳如遞夾快馬，急速而少步驟。（王）

解大紳如春水平流，洋洋灑灑。（張）

解縉，字大紳（一三六九——一四一五）。有《文毅集》。相傳少年夙慧事跡不少，黃諫序他的文集說：「先生之於文，有求輒應，下筆滔滔，不待思索，雖千萬言頃刻立就。」王比作快馬，張比作水流，或許與「口占操筆立就」有關，清初張尚瑗作序說「公之作文，揮灑出沒，風雨驟至，文無留思，思無乏藻，視夫酌雅稟經、句櫛字比、與先民爭毫釐之出入，固自不同。」正可作王張的印證。蔡朔評其詩「豪縱放逸，一自胸中流出，譬之長江大河，一瀉千里，覽者爲之心驚目駭。」李時遠謂其「天質甚美，詞鋒甚銳，但少溫厚和平之氣。」廖玄素謂「學士興會所到，肆意成章，水搏蛟虯，陸劌犀象，淵乎其不窮，浩乎其有餘。學士以一少年，萬言批鱗，靡所忌諱。」《四庫》謂其：「才氣放逸，下筆不能自休，當時有才子之目。」朱曰：「學士詩敏捷不大推敲，其言曰：『寧爲有瑕玉，莫作無瑕石』，其立意固如是。」王形容爲快馬傳信，急速或謂詞鋒甚銳，撰述太快，少步驟正謂不大推敲，且少溫厚和平之氣，直言批鱗，放逸無忌。張形容爲洋洋灑灑，正謂豪縱千里，但形容爲春水平流，不同於長江大河的心驚目駭，只能形容出「浩乎淵乎」不能自休的豪宕才情。

楊士奇如措大作官人雅步，徐言詳和，中時露寒儉。又如新廷尉牘，有法而簡。（王）

楊東里如東海揚風，一帆無恙。（張）

楊士奇，名寓，以字行，號東里（一三六五——一四四四）。有《東里全集》。明仁宗雅好歐陽脩文，士奇文亦平正紆餘，得其髣髴。黃淮序《東里文集》，說他「本之以忠貞亮直，持之以和厚謙愼。吐辭賦詠，沖澹和平，渢渢乎大雅之音。」所謂徐言雅步，所見相近。而李時勉作〈東里續文稿序〉，說他「公平廣大，寬和而有則。眾皆爭論紛紜，先生獨無言，久之徐爲一言，眾莫不懾服。發爲文辭，渾涵溫潤，謹嚴而靜密。」人品亦可證見其文品，李夢陽詩云：「宣德文體多渾淪，偉哉東里廊廟珍」，讚其文有館閣氣，《四庫》云：「其文雖乏新裁，而不失古格前輩典型。」這二家評語可替王氏「官人雅步」作注腳。蔣仲舒說他「韻語妥協，聲度和平，如潦倒書生，雖酬酢雅馴，無復生氣。」正替王氏「措大時露寒儉」作注腳。大抵只求發乎性情，而不求詞章工巧，只求清純平正，而乏藻辭麗句，只得箇「平穩」而已。鄭瑗《井觀瑣言》稱其文「典則無浮泛之病，雜錄敍事極平穩不費力。」錢謙益說他「辭氣安閒，首尾停穩」，可以想見他的風度，平穩不浮泛，也算是「有法而簡」了。平穩也可以如張氏所形容的「東海揚風，一帆無恙」，王氏評其詩「如流水平橋，粗成小致」，都把握住「平穩」「安閒」「不費力」「不成大局面」等特點而言的。

丘仲深如太倉米，陳陳相因，不甚可食。（王）

丘仲深如揚州大宴，間餘宿物。（張）

丘濬，字仲深，號瓊臺（一四二〇——一四九五）。有《瓊臺會稿》、《丘海二公文集》等。程敏政〈丘先生文集序〉說他的文章：「閎肆而精醇，明潤而雅潔，究本之論，扶世立教之意，郁乎粲然。」何喬新作〈瓊臺類稿序〉評他的文章「粹然純正，若弘璧琬琰，陳于周室，漾然泓深，雄瑋縟麗。」序文大抵讚揚有加。《四庫》云：「其好論天下事，亦不過恃其博辯，非有實濟，然記誦淹洽，冠絕一時，故其文章爾雅，終勝於遊讀無根。」文章像周廟古器，而記誦引用特多，因此王比作太倉陳粟，張比作大宴宿物，縟麗古典之中，缺乏新味。其詩則隨口而出，不事鍛鍊，與文章爾雅不同。

李賓之如開講法師，上堂敷裕可聽，而實寡精義。（王）

李賓之如法師開講，琅琅可聽。（張）

李東陽，字賓之，號西涯（一四四七——一五一六）。有《懷麓堂集》。王世貞於〈國朝詩評〉中謂其「如陂塘秋潦，汪洋澹沲，而易見底裡。」又於《藝苑卮言》謂其「模楷不足」，《讀書後》則「病其太涉議論」，故比作開講法師，實寡精義者深度不足，易於見底；模楷不足，但開風氣不爲師。楊一清作〈懷麓堂集序〉，說他「詩文深厚渾雄，不爲倔奇可駭之辭，而法度森嚴。……譬之大人君子，冠冕佩玉，雍容委蛇於廟堂之上，指麾百執事各任其職，未嘗有叱咤怒罵之威，而望之者起敬，即之者傾心。」也有操文柄、指麾爲師的景象。因此穆敬甫說：「東陽倡始之功，甚似唐之燕許。」王亦云：「東陽之於李何，猶陳涉之啟漢高。」張評爲「琅琅可聽」，正如顧評「頗善比興」的緣故。黃宗羲〈明文案序〉說他「雄長於北」，正雄辯滔滔稱雄北方的意思。

> 陸鼎儀如何敬容好整潔，夏月熨衣焦背。（王）

陸釴，字鼎儀，號靜逸（一四四一——一四九〇）。有《少石集》，今藏故宮博物院。其姪孫陸懋龍跋《陸太史公文集》，說他的詩「溫麗沉雅」，文「淵源左氏，務顯理道，切事情」，則文以明白爲主，鼎儀在〈東巢雜著序〉說自己論文章，反對「靡麗淫佻」，而以實用爲主，又有《陸鼎儀春雨堂稿》，今藏漢學中心。李東陽在序文中評曰：「先生儉德雅操，清心寡欲，端居靜守，終其身而不少易。」又曰：「刊落華靡，澡雪鉛黛，深造遠詣，超然有獨得之妙。」王比作「何敬容好整潔」可從雅操端居的人品，以及澡雪粉黛的詞彙中想見。李東陽又評說：「鼎儀意識超詣，凌空徑趨，擺落塵俗，雖或矯枉過正，弗恤也。」王比作夏月熨衣焦背，可能卽「矯枉過正」的意思。何敬容事，見《南史》卷三十：「敬容衣冠鮮麗，衣裳不整，伏床熨之，或暑月背爲之焦。」是矜莊好潔過分的意思。

> 程克勤如借面弔喪，緩步嚴服，動止舉舉，而乏至情。（王）
>
> 程克勤如青裙節婦，全少光豔。（張）

程敏政，字克勤（一四五五——？）。有《篁墩集》等。李東陽作〈篁墩文集序〉，說他「文亦未竟其所欲爲，其所自見，不過進講經幄、校正綱目之類」，李汎作〈篁墩文集後序〉，也說「文翰雖其餘事」，重在「考訂先師之大禮，深探理學之大原」，可見他的文章以載道爲主。李時遠謂其「著述甚富，體格不高。」丘濬說「篁墩晚年進學，其爲文，才富氣銳，可嘉也。」也只在稱讚學問進步。朱云：「存詩數千，究乏警策。」《四庫》謂其詩乏警策，大抵率易，文則恃其淹博，多徵引故實，且評曰：「文格亦頹唐，不出當時風氣。」引故實而缺至情，不能形成自己的面目，所以王比作「借面弔喪」，只具表面的哀傷動作。詩文少見警策，所以張比作節婦全少光豔。

吳原博如茅舍竹籬，粗堪坐起，別無偉麗之觀。（王）

吳原博如輕縑短幅，差堪卷納。（張）

吳寬，字原博，號匏庵，諡文定（一四三五——一五〇四）。有《平吳錄》、《家藏集》等。王評其詩：「吳匏庵如學究出身人，雖復閑雅，不脫酸習。」從這裡也可知王比作茅舍竹籬，是酸陋不登大雅之堂。李東陽作〈匏翁家藏集序〉說：「其爲詩，深厚醲郁，脫去凡近，而古意獨存，其爲文典而不俗，邕而不汎，約諸理義，以成一家之言。」又說「公少以經學爲程試，既而欲盡棄其舊業」，稱譽之中，也有不脫制舉舊習及文不如詩的意思。王鏊作序，也說：「嘗評公之文矣，擺脫尖新，力追古作，豐之千言，不見其有餘，約之數語，不見其不足，其爲詩寄興閒遠，不爲浮豔之語。」缺少新豔而簡短自足，與二家所評有類似點。錢謙益說他「學有根柢，言無枝葉，其詩深醇醲郁，自成一家。」《四庫》謂其學有根柢，爲當時館閣鉅手，且評曰：「詩文和平恬雅，有鳴鸞佩玉之風。」《四庫》所評鳴鸞佩玉，有富貴氣息，與王比恰相反，張比爲輕縑短幅，與「館閣鉅手」亦相反，張評謂其簡要而格局不大。

王濟之如長武城五千兵，閑整堪戰，而傷於寡。（王）

王濟之如吳兒粧束，簡要有體。（張）

王鏊，字濟之。諡文恪，人稱守溪先生（一四五〇——一五二四），有《震澤集》。霍韜作〈王文恪公集序〉，謂鏊「早學於蘇軾，晚學於韓愈，而折衷於程朱。」又說他「人品、學力、才格三善俱備，早年詞氣如風檣駕濤，如逸驥馳野，如銀河注溟，如長虹橫漢，如電走列缺，如駛飇之嘯六合，可謂雄矣。晚年脫枝落英，尙淡崇質，蓋雄而古者也。」張說他「簡要有體」，可能是就晚年質實而言的。《四庫》評爲：「古文亦湛深經術，典雅遒潔，有唐宋遺風。」錢謙益謂其不專法於唐，於北宋南宋均有所法，故能「峭直疏放，先正格律之外，自成一家。」師法有自，頗重格法，所以王評爲「閑整堪戰」，張評爲「簡要有體」。但鏊精於經義，詩文非所特長，作品有令人「遜席」者，可惜不多，所以說「傷於寡」。

羅景鳴如藥鑄鼎，雖古色驚人，原非三代之器。（王）

羅玘，字景鳴，謚文肅（?——一五一九）。有《羅圭峯文集》。崔銑於〈刪圭峯集題後〉說：「羅景鳴者，振奇人也，故其言捷於異聞，而嗇於典，其見昭於細故，而闇於大，然能自治偉詞，不亂於頹習。」錢謙益亦謂其「爲詩文振奇則古，必自己出，在金陵每有撰述，必棲喬樹之巔，霞思天想，或閉坐一室，客有竊窺者，見其容色枯槁，有死人氣。」《四庫》云：「其文規橅韓愈，戞戞獨造，多抑掩其意，迂折其詞，使人思之於言外。」其謂玘「不憚數易其稿，宜其幽渺奧折，性躭孤僻，不能如韓文之渾噩。」幽渺迂折，學韓愈的奇古，所以比作古色的贋鼎。

桑民懌如社劇夷歌，亦自滿眼充耳。（王）

桑民懌如塾師訓詁，說得落耳。（張）

桑悅，字民懌，號思玄居士（一四四七——一五一三）。有《桑子庸言》、《思玄集》等。《明史》稱悅「爲人怪妄，敢爲大言。」顧曰：「狂士也，少有辯才，嘗以孟軻自任，目韓愈文爲小兒號，自稱曰江南才子，頗不羈慢世。其文詞多寡味。《卮言》曰：『桑如洛陽博徒，家無擔石，一擲萬錢』譏其俠而淺也。」胡元瑞曰：「民懌高自矜詡，其詩體格卑弱，可謂大言無當。」朱亦云：「其才識平平，乃敢大言，喜拾人陳言餘唾。」夜郎容易自大，塾師容易以爲絕學在身，所以張比爲塾師，塾師訓詁均爲他人陳說，說得落耳亦不過

「陳言餘唾」而已。寡味而格卑，所以王比作「社劇夷歌」。

楊君謙如夜郎王，小具君臣，不知漢大。（王）

楊君謙如瀰望千里，黃茅白葦。（張）

楊循吉，字君謙，以南峯自命（一四五六——一五四四）。有《松籌堂集》、《南峯逸稿》等。年三十餘，自劾致仕，踪跡詭怪寡合，出僘冠，服羸馬，俞弁《逸老堂詩話》謂其「古文甚有時名，其詩亦閒雅。」錢謙益則云：「君謙爲詩多闌入盧仝任華諸家，不屑屑規摹三唐。」錢府作《合刻楊南峯先生全集序》，說他「於書無所不好，無所不窺，博覽冥搜，咀菁獵華，漱芳浥潤，貫串融通，故其文簡潔嚴整，意盡而止，詩清婉爽亮，自成一家。」所說「簡潔嚴整」，似與後人所評相反。《四庫》則云：「其平生詩文雜著幾及千卷，蕪累頗甚，雖經別裁，尚多俗體。循吉任誕不羈，故其詞往往近俳。」又曰：「所作古文，頗宕逸有奇氣，而縱橫曼衍，亦多不入格。」張比作一望黃茅白葦，正說出千卷蕪累的樣子。王比作不知漢大的夜郎王，正說出「博雅」「俗體」「近俳」「不入格」及盧仝的「險怪」。

羅彝正如姜斌道士升講壇，語不離道，而玄趣自少。（王）

羅彝正如風湧泉發，議論自喜。（張）

羅倫，字彝正，別號一峯（一四三一——一四七八）。有《一峯集》。明儒本傳謂其「篤守宋儒之途轍」，邵寶於〈重訂一峯先生集序〉中，說他「下筆肆然，各極其意，而閎闊奇偉，嚴正端雅，讀之令人起敬起畏，信哉，公之昌於辭也。然公志道德而尚名節，於文章顧若後焉，是以若是其少也。」張評作「議論風發泉湧」，正與「辭昌」「肆然」相合，唯文重載道實用，不重文辭，所以《四庫》評道：「其文剛毅之氣，形於楮墨，詩亦磊砢不凡。雖執意過堅，時或失之迂濶。又喜排疊先儒傳註成語，少淘汰之功，或失之繁冗，然亦多心得之言。」執意篤守宋儒，所以「語不離道」，排疊傳註，雖「議論自喜」，而「玄趣自少」。朱曰：「一峯專心理學，詩不與韻士爭長，而集中紀夢詩多至三百餘首，難乎免於癖矣。」喜歡說夢卜兆，所以王比爲「道士」。

陳公甫如坐禪僧，聖諦一語，東塗西抹，亦自動人。（王）

陳公甫如守法頭陀，晨昏如約。（張）

陳獻章，字公甫，學者稱白沙先生（一四二八——一五〇〇）。有《白沙集》。其學以靜爲主，端坐澄心，於靜中養出端倪，頗近於禪。王於《藝苑卮言》云：「陳公甫如學禪家，偶得一自然語，謂爲遊戲三昧。」又書〈白沙集後一則〉：「公甫詩不入法，文不入體，又皆不入題，而其妙處有超出法與體題之外者。」對其短處長處均已說出，與此比作坐禪僧東塗西抹，亦正相應。《四庫》謂其詩文「如宗門老衲，空諸障翳，心境虛明，隨處圓通，辯才無礙，有時俚詞鄙語，衝口而談，有時妙義微言，應機而發。」清全祖望撰〈陸桴亭先生傳〉引陸世儀語，謂「白沙之意，一主於灑脫曠閒，以爲受用，不屑苦思力索，常與禪思相近。」所說都與「坐禪僧」「守法頭陀」的境界相同。

祝希哲如吃人氣迫，期期艾艾。又如拙工製錦，絲理多恨。（王）

祝希哲如羣兒一餅，爭獲自矜。（張）

祝允明，字希哲（一四六〇——一五二六）。有《懷星堂集》、《祝氏集略》等。顧璘《國寶新編》稱其「希哲玩世自放，憚近禮法之儒，學務師古，吐辭命意，迥絕俗界，效齊梁月露之體，高者凌徐庾，下亦不失皮陸。」《四庫》謂顧推挹過當，謂「其文瀟灑自如，不甚倚門傍戶，雖無江山萬里之鉅觀，而一丘一壑，時復有致。」王張所比喻與前述二家相較，顯然甚爲低抑允明，而陸子餘云：「先生貫綜羣籍，稗官雜家，幽遐嵬瑰之言，皆入記覽，發爲詩文，橫縱開闔，茹含古今，無所不有。」亦與王張二家所貶不同，王世貞於《藝苑卮言》又云：「祝希哲如盲賈人張肆，頗有珍玩，位置總雜不堪。」喻爲口吃者，喻爲拙工粗錦，又喻爲盲賈人，大概因祝與唐寅並以任誕爲世所指目，王曾評唐寅爲「如乞兒唱蓮花落」，過分誇大人品，而影響藝術評價，張比作羣兒爭餅，豈是「貫綜羣籍」「瀟灑自如」的樣子？

王伯安如食哀家梨，吻咽快爽不可言。又如飛瀑布巖，一瀉千尺，無淵渟沉冥之致。

（王）

王陽明如日月經天，萬象相見。（張）

王守仁，字伯安，又字新建，謚文成，嘗築書屋於陽明洞，世稱陽明先生（一四七二——一五二八）。有《王文成全書》等。嘗曰：「學如韓柳，不過文人；辭如李杜，不過詩人」，志於心性良知之學。王於《讀書後》卷四說：「其文則少不必道，而往往有精思，晚不必法，而匆匆無深味，其自負若兩得，而幾所謂兩墮者也。」所謂一瀉千尺、無淵渟之致，正說他匆匆無深味。穆敬甫云：「王公功業學術，振耀千古，固不必論其詩，而詩亦秀拔不可掩。」又曰：「王詩如披雲對月，清輝自流。」顧玄言云：「先生經國大手，博學通達，詩非所優，然有幽思逸致。」朱云：「新建勳業、氣節、文章，皆可甲世。」《四庫》亦謂其文「博大昌達」，黃宗羲〈明文案序〉稱其「醇正」，明孫調元序《吳時行兩洲集》云：「陽明之文，必非浮淺之謂，亦古亦典，亦奧亦衍，理如日月經天，聲如黃鐘大呂，眞令夢者覺而瞶者醒也。」張比作日月經天，正取孫氏評語爲說，夢覺瞶醒，與「萬物相見」意接近。王論其詩：「王新建如長爪梵志，彼法中錚錚動人。」，於《卮言》中舉其詩句，評爲「何嘗不極其致」「時有警策」，故有食梨快爽的比喻，又比作瀑布千尺，「無淵渟之致」，正就「快爽」的缺點而言。王世貞另有評語說：「伯安詩少年有意求工，而爲才所使，不能深造。晚年歸於道學，尙爲少年意象所牽，不能渾融而出於自然。」正說他缺少含蓄與深度，比作瀑布，實在有褒有貶。

崔子鍾如古法錦，文理黯然，雅色可愛，惜窘邊幅。（王）

崔子鍾如李篆程隸，動見古法。（張）

崔銑，字仲鳧，一字子鍾，謚文敏（一四七八——一五四一）。著有《洹詞》、《元城行錄》等。穆敬甫云：「文敏著《洹詞》，人知工文，而不知工詩，近體豪雋奇古，足與李何方駕。」《四庫》謂其「持論行己，一歸篤實」，故爲文「準今酌古，無儒生迂濶之習。」奇古而不迂濶，所以王比作古錦有雅色，張比作篆隸有古法。王指「惜窘邊幅」，查王世貞《讀書後》卷四，有「書《洹詞》後」一則，說他「文務翦裁，而無沛然之氣，蹊徑斧鑿，靡所不有。」又說：「每讀崔子文，句句可了，若線斷珠落。」正是「惜窘邊幅」的詳細說明。

湛源明如乞食道人，記經唄數語，沿門唱誦。（王）

湛若水，字玄明（避諱改源明）（一四六六——一五六〇）。有《甘泉集》等書。顧曰：

「其爲文章平易質實，詩詞頗醞藉逸秀，頗得唐人古澹處。」顧爲若水弟子，語或虛譽，邵寶容《春堂續集》有〈爲劉鴻臚跋湛司成文卷〉，說：「甘泉謂致多之難，予謂致多非難也，致其所難致者是謂難耳。」則甘泉文實不多，考《甘泉集》中語錄居十之九，《四庫》評云：「詩文，其餘贅耳」，語錄爲主，所以王比作唱誦經唄，顧所說「平易質實」「古澹」，而王比作乞食道人，也可能受評論人品的影響，若水爲嚴嵩同年，嵩權極盛時，若水已垂耄，爲嵩作〈鈐山堂集序〉，反覆推頌，爲士林所恥。

李獻吉如尊彝錦綺，天下環瑤，而不無追蝕絲理之病。（王）

李獻吉如囊沙背水，精奇出人。（張）

李夢陽，字天賜，更字獻吉（一四七二——一五二九）。有《空同集》等。夢陽才思雄鷙，爲明前七子之冠，崔子鍾云：「空同慨然興復古之思，自唐以後無師焉。」黃勉之譽爲「黃鐘特奏，白雪孤揚」，陳約之譽爲「力振古風，盡削凡調」，王亦云：「李獻吉如金翅擘天，神龍戲海。又如韓信用兵，多寡如意，排蕩莫測。」王極爲推崇，「金翅擘海」原爲嚴羽形容杜甫李白的。其文章王比作銅器玉器錦綺等，但也批評銅玉有蝕、錦綺有絲理之病。夢陽詩文的毛病，前人評者有「矯枉之偏」（顧說）、有「麤豪」（皇甫子循說）、有「掠古市美，比之剽掠」（見王允寧引），王於《藝苑卮言》亦云：「不能諱其滓」，「滓」

大概如《四庫》所說：「其文則故作聱牙以艱深，文其淺易」，不免「割剝秦漢」，「割剝字句，描摹面貌」，有失其眞性情的地方。張評爲精奇出人，與前人所評相近，比作囊沙背水，囊沙指韓信壅濰水大敗楚將龍且，背水指項羽鉅鹿之戰，則與王云韓信用兵相似。

何仲默如雉翬五彩，飛不百步，而能鑠人目精。（王）

何仲默如追琢玉器，新貴有痕。（張）

何景明，字仲默（一四八三——一五二一）。有《大復集》等。景明志操耿介，鄙榮利，有國士風。薛君采云：「俊逸終憐何大復，粗豪不解李空同。」是景明以俊逸爲特色，所以王比爲雉翬，張比爲玉器。王世貞於〈何大復集序〉，比李、何二子，或逆風橫舉，或順颷肆翔，同爲「九萬里」雄飛的鳥，這裡又貶爲不過百步的雉鳥，大概是說他「材質瑰麗有餘」而格調不高吧？徐子容說他「微乏雄渾」，王廷相〈何氏集序〉說他「溫醇典雅，色澤丰容，妙緒鴻裁，靡不備舉」，正可作「雉翬五彩，飛不百步」的注腳。又穆敬甫說他「清淑典麗，鑑然瑩然」，徐子元說他「大匠揮斤，羣工斂手」，景明又主創造，不同於夢陽主摹倣，景明秀逸穩稱，瑩然而「不露才美」（崔銑評），所以張比作「玉器」，彭子殷云：「仲默朗音亮節，惜年弗遐，美而未至。」張形容的「新貴有痕」，說他尚未老到，與新創及「美而未至」相似。

徐昌穀如風流少年，顧景自愛。（王）

徐昌穀如剪綵琱花，根株不存。（張）

徐禎卿，字昌穀，一字昌國（一四七九——一五一一）。有《迪功集》、《談藝錄》等書。禎卿「少即摛詞」，年三十選刊文集《迪功集》，忽而早殞，所以王比作「少年」，張比作「根株不存」也有短促意。顧以獻吉氣雄、仲默才逸、昌穀情深爲三家所長，「情深正少年顧景自愛意。王又云：「如飛天仙人，偶游下界，不染塵俗。」錢謙益云：「昌穀年少沈酣六朝，散華流豔，『文章江左家家玉，煙月揚州樹樹花』之句，至今令人口吻猶香。登第之後，與北地遊，悔其少作，改而趨漢魏盛唐，吳中名士頗有邯鄲學步之誚，然而標格清妍，摛詞婉約，絕不染中原傖父槎牙奡兀之習，江左風流固自在也。」所說清妍婉約、散華流豔，均與張比作「剪綵琱花」相似，至於邯鄲學步，失其本來，亦與張評「根株不存」相似。皇甫涍作〈徐迪功外集序〉，說他「華郁其思，天然特稟，尤長賦頌之文」，又說他「韻度鮮朗，情言超瑩」，也與兩人所評相近。

鄭繼之如孔北海言事，志大才短。（王）

鄭善夫，字繼之，號少谷（一四八五——一五二三）。有《鄭少谷集》等。顧華玉曰：「繼之氣秀巖谷，雖才韻勿充，而古言精思，霞映天表。」說「才韻勿充」正與王所說「才短」相合。穆敬甫云：「風骨稜然，不深不俗」，王亦云：「鄭繼之如冰稜石骨，質勁不華」，孫昌裔〈鄭少谷先生集序〉，說「先生於文尤蒼潔，取法嚴而持論正。」而邱齊雲〈少谷先生序〉說他「肆力于詩文，從今觀之，渾乎若璞，澹乎若太羹之味，森乎若發武庫而莫可窮狀也。」指出文氣森寒嚴正，但味甚淡。俞汝成云：「少谷才調有餘，婉麗不足，然奇氣具在，雄思鬱然。」所說「不深」「不華」「婉麗不足」都與「才短」有關。善夫的另一缺點是「過爲摹倣，幾喪其眞」（黃淸甫評），謝在杭也說：「鄭繼之一洗鉛華，力追大雅，然掊擊百家，獨宗少陵，呻吟枯寂之語多，而風人比興之義絕，譬之時無春而遽秋，人未少而先老，才情未肆，氣格變衰，樂事未陳，聲淚俱下，此在少陵爲之，已非得意之筆，況效顰學步哉！」力追大雅，獨追少陵，都是志大。才情未肆，枯寂而乏比興，都是才短。

王子衡如絲笮旄牛，珍貴能負，而不曉步驟。（王）

王廷相，字子衡（一四七四——一五四四）。有《王氏家藏集》、《內臺集》等。康海作〈浚川文集序〉，稱讚他「詣理極變，發精殫微，博而能簡，麗而能則」，沒有貶辭，只提出「厚而毋淆，純而毋駁」作爲勉勵，門人薛君采謂其「豪氣大露」，黃淸甫謂其「不避險直」，錢謙益謂其「才情可觀而摹擬失眞」，《四庫》亦云：「其說頗乖僻」，可見詩文能豪氣但法度不工，所以被比作旄牛不曉步驟。王評其詩爲「如外國人投唐、武將坐禪，威儀解悟中，不免露抗浪本色。」可供參照。

康德涵如聽齊人唱霓裳散序，格高音卑。（王）

康德涵如逢場演戲，不事矜莊。（張）

康海，字德涵（一四七五——一五四〇）有。《對山集》及《武功縣志》等，今藏中圖善本室。張治道作〈對山先生集序〉，說「何仲默、李獻吉、王敬夫，號爲海內三才，而公尤爲獨步，雖三君亦讓其雄。當時語曰：李倡其詩，康振其文。」文章自有雄直高格處。張孟獨謂其詩「以興致爲先，格高詞俊。」王世懋〈康對山集序〉謂其文：「先生間以絲竹麴蘗之暇應之，而門生子弟時爲代筆，不無蕪諡。」又謂其詩「間多率意之作，直攄胸臆，或韻至便押，不必麗於雅故。」陳臥子則云：「對山粗率，殊無足觀。」以上可證諸家對格高音卑的看法大致相似，康海雖「文勝於詩」（俞汝成語），但風格相去不遠。王比作齊人游唱，張比作逢場演戲，均與「音卑」有關，海坐廢後，放浪自恣，於文章不復精思，詩亦頗縱，劉儲秀刻〈對山先生集序〉說他「垂老山林，非笑傲乾坤，則平章風月，彼筆墨蹊徑，恐未能拘耳。」則音卑在所不拘。《四庫》謂其「逸氣往來，翛然自異」，尚可見其「格高」的本質，王於〈國朝詩品〉比作「靖康中宰相，非不處貴，恇擾粗率，無大處分。」比作流亡宰相，也是格高音卑的意思。

王敬夫如狐禪鹿仙，亦自縱橫。（王）

王九思，字敬夫（一四六八——一五五一）。有《渼陂集》，今藏中圖善本室。王又評其詩「如漢武求仙，欲根正染，時復遇之，終非實境」，頗有仙遇而非實境，與狐禪鹿仙相似。王獻跋《渼陂先生集》，說「渼陂先生輩，彬彬濟濟，爭鳴競翔，鳳噦鸞吟，蟬蛙息響。」又張宗孟序重刻《渼陂王太史先生集》，也說：「余受而讀之，琅琅仙韶一派，不似從人間來，以是名冠詞林不虛耳。」都比作鳳鸞仙樂，顧云：「敬夫才雋思逸，銳於綺麗，譬之湖外碧草，海東紅雲，流彩奪目。」碧草紅雲，也染有仙氣。缺點方面，錢謙益說他「粗有才情，沓拖淺率」，《四庫》說他文格與李夢陽、康海相似，而「文之粗率尤甚於海」，淺率不雅，所以禪爲狐禪，仙爲鹿仙。亦自縱橫正說他「才雋思逸」。

高子業如玉盤露屑，故是清貴，如寒淡何。（王）

高叔嗣，字子業，號蘇門山人（一五〇一——一五三七）。有《蘇門集》。王世貞又評其詩文：「如高山鼓琴，沉思忽往，木葉盡脫，石氣自青。」又說：「如衛司馬言愁，憔悴婉篤，令人心折。」又說：「空谷之幽蘭，崇庭之鼎彝。」又說：「刻羽雕葉，舍陳而新，吾推子業，然不能諱其促。」都能與「玉盤清貴，寒淡味促」相參照。吳國倫作〈蘇門集序〉說：「獻吉仲默，並策上駟而馳中原，高子業雖驂駕，第綏轡後至耳，且皆中州名產。」以爲可與李何並駕。王世懋《藝圃擷餘》評其詩以深情勝，有「深閨愁婦之態」。顧曰：「參政詩若磊磊喬松，凌風迥秀，響振巖谷。」馬仲良云：「羊孚有言：資清以化，乘氣以霏，遇象能鮮，卽潔成輝，四語可畫一子業也。」均與玉盤中清露的寒淡相似。李舒章評爲「如疏林清磬，聽者振衣」，陳臥子評爲「詞存清曠，意存淒楚」，則所見「清寒」的境界一致。

夏文愍如登小丘，展足見平野，然是疏議耳。（王）

夏文愍如馳騁康莊，僅不蹉跌。（張）

夏言，字公謹，追謚文愍（一四八二——一五五八）。有《夏桂洲先生文集》、《南宮奏稿》、《桂洲奏議》等，今藏中圖善本室。顧曰：「相君優於詞，自成別調，頗多豔藻。」穆敬甫曰：「夏公律法精嚴，間出逸趣。」李舒章云：「文愍詩頗長應制，第有形模，而少氣色。」《四庫》則評爲：「詩文宏整而平易，猶明中葉之舊格。」又謂「學問淹博，於故事夙所留意，奏牘多有可採。」詩多應制，文多牘議，所以王說他稍佳者多是「疏議」，比作登小丘見平野，正說他「間出逸趣」而少大氣魄，張比作「馳騁康莊，僅不蹉跌」，正說他「宏整平易」不出錯而已。林日瑞題《夏桂洲文集》，說他「條列論著，矢口泚筆，無不芒寒色正……奇偉洞達，……生平尤可概見。」可作爲馳騁康莊的注腳。

王稚欽書牘如麗人訴情，他文則改鼠爲璞，呼驢作衛。（王）

王廷陳，字稚欽，號夢澤（一五一七年進士，約一五三一年尚在世）。有《夢澤集》。皇甫汸作〈夢澤集序〉，說他「尺牘雄視崔蔡，書信類東京，文效左氏《國語》而兼騁班馬。」正說他尺牘最佳，文則多模擬仿效。宋轅文說他「才情麗逸」，王世貞評他的詩為「如浪馬走坂，美女舞竿」，朱曰：「逸藻波騰，雕文霞蔚，音高秋竹，色豔春蘭。」藻采麗豔大概是諸家一致的認識，王比作「麗人訴情」，麗豔外還有「可愛」的含義，俞汝成評為「清切不凡，榮潤可愛」，顧評為「調高趣新，頗多奇句」，含義稍為接近。至於「改鼠為璞」「呼驢作衞」，可能是指嫌「鼠」「驢」字俗，改用另一方言雅稱叫做「璞」「衞」，有求雅過分的意思。《四庫》評為「意警語圓，軒然出俗，不得不稱為一時之秀。……若雜文則藻采太多，華掩其實。」正說他過分追求「出俗」而藻采失實。

> 江景孚如入鴻臚館，鳥語侏儷，一字不曉。（王）
>
> 江暉如效顰學步，舉止由人。（張）

江暉，字景孚（正德十二年進士）。有《亶爰子集》，《四庫》不載其書。陳臥子曰：「景孚好怪」，皇甫汸在〈夢澤集序〉中說及江暉，說「江子為文，鉤玄獵秘，雜以古人奇字，指既閟眇，語復聱牙，令讀者謬根眩霓，至莫能句，隱口汗顏而罷。」朱曰：「景孚穿文鑿句，辭必自鑄，其文若神經怪牒……讀未終篇，覺殷仲堪之眸子，裴叔則之頰毛。」文章中全是借來的眸子頰毛，別人的神情，而缺乏自我面目，專獵古人的奇秘，說不清自己的意思，所以王比作鸚鵡學語，一字不曉，張比作效顰學步，是別人的姿勢。

廖鳴吾如屠沽小肆，作富人紛紜，殊增厭賤。（王）

廖鳴吾如暴富子弟，不禁炫耀。（張）

廖道南，字鳴吾（正德十六年進士）。有《玄素子集》四十冊及《殿閣詞林記》等著作，今藏中圖善本室。道南當時頗負文名，作《楚記》，隱然以《楚記》比於《史記》，但《四庫》評為「體例蕪雜，援引附會，殊不足觀。」前輩評者，王曰：「如新決渠，浮楚濁泥，一瞬皆下」，錢謙益曰：「廖才名甚著，詩蕪淺不足錄。」朱則曰：「望之若精選體，然甚質鈍，轄句束字，易於滯澀。」以蕪雜滯澀的文字，漂梗濁泥的垃圾，要想比於《史記》。所以王比作屠沽作富人狀，給人「厭賤」的印象。道南的《殿閣詞林記》，以在禁垣最久，嫻習掌故，記載諸臣舊事，仿列傳的體式，詳載官階恩遇，適巧居於高位，廣載恩遇諸掌故，所以張比作暴富子弟的炫耀。黃省曾為《玄素子詩集》作序說：「公遘會雲龍，弼諧魚水，罄彰學蘊，襄翼珍休，啟緣牒以綴辭，山川煥綺；坐黃閣而論道，惟殿休和」，詩文四十冊，中多承恩霑光的記敘，正寫出暴富暴貴炫耀的情狀。

郭价夫如鄉老敘事，粗見疊疊。（王）

郭維藩，字价夫（一四七五——一五三七）。有《杏東集》，今臺灣未見此書。《四庫》評其詩文「皆乏深湛之思」，列爲存目，鄉老敍事，剛見面時顯得亹亹不倦的樣子，不一會話就說光，當然也沒有「深湛之思」。

豐道生如骨董肆，眞贋雜陳，而不堪僞詐。（王）

豐坊，字存禮，改名道生，字人翁，後人稱南禺公（嘉靖二年進士）。有《古易世說》、《書訣》、《南禺集》等著作。王又評其詩說：「如沙苑馬，駑駿相半，恣情馳騁，中多敗蹶。」駑駿相半正與眞贋雜陳同意，中多敗蹶正與不堪僞詐同意。王於《藝苑卮言》又說：「坊高材博學，精書法，其於十三經自爲訓詁，多所發明，稍誕而僻者，則托名古注疏，或創稱外國本，於搆詩文，下筆數千言立就，則多刻它名士大夫印章，僞撰字稍怪拙，則假曰此某碑某碑體也。又爲人撰定法書，以眞易贋，不可窮詰。」張時徹作〈豐南禺摘集小引〉，說他「論事則談鋒橫出，摛詞則藻撰立成，旁若無人，罕所顧忌，知者以爲激詭，而不知者以爲誕罔也，由是雌黃間作，轉相詆諆。」傲慢爭勝，見之於論學與文章。朱也批評他「狂誕，恃才傲物，作僞欺人」，平生喜作僞書，如僞造春秋世學托之宋代祖先等，所以文品亦如人品，王比作眞贋雜陳的骨董店。但其「高才」也不容泯滅，張又云：「存禮質稟靈奇，才彰卓詭，士林擬之鳳毛，藝苑方之逸駟。」鳳毛正如骨董肆中的眞品，逸駟正是沙苑馬中的良駿。

李舜臣如盆池中金魚，政使足翫江湖空闊，便自渺然。（王）

李舜臣，字茂欽、懋欽、懋卿，一字夢虞，號愚谷，又號未村居士（一四九九—一五五九）。有《愚谷集》。孔汝錫謂其「優柔涵泳，粹然一出於正。」但王評其詩，爲「體製纖小」，又序《李愚谷先生集》爲「少且巧」，「巧用其少者」，「簡靜自好，如其文」，《四庫》則評爲「文皆古質而稍覺有意謹嚴，或劖削太過，詩亦雅飭而頗窘於邊幅。」優柔小巧、簡靜自好，劖削太過、窘於邊幅，比作盆池中金魚，與空闊江湖渺然相隔，很妥切。

陳約之如小徑落花，衰悴之中，微有委豔。（王）

陳東如野蠶吐繭，絢采奪目。（張）

陳束，字約之（嘉靖八年進士，約一五〇一—一五四三年左右在世）。有《后岡集》，列爲四庫存目。束與唐順之爲同年，共倡爲初唐六朝之作，以矯李何的風習。性格悲觀，常忽忽不樂，年僅三十三而卒，文章亦未成就。皇甫汸爲〈陳約之集序〉，也以唐初四傑比喻他，奈何「湛思勞於吏牒，迅翮摧於嶮路，雄才頓於促景，榮名乖於中壽」，可惜他遭遇阻礙而短於壽命。王允寧說：「后岡誠穎秀，第語淺氣促，寡詩人之致。」顧說：「篇篇都秀潤，句句少警拔，亦就色象中自然寫出，如波擎菡萏，浮麗天茁，尚未舒笑。」王又評其詩

「如青樓小女，月下箜篌，初取閒適，終成淒楚。又如過雨殘荷，雖爾衰落，嫣然有態。」語淺氣促、秀潤而少警拔、菡萏初苞未舒放、小女淒楚、殘荷衰落等景象均可與王所比「落花委豔」相合。黃淸甫說：「陳詩巧構新思，善詠故跡，華而不靡，舊而彌鮮，益以筋力，美篇豈少哉。」張比作野蠶吐繭，個別均有佳作，美篇錦緞，還不易有所成就。

黃德兆如山徭彊作漢語，不免缺舌。（王）

黃禎，字德兆，號北海野人（嘉靖二年進士）。有《北海野人稿》，今臺灣未見此書。宋弼山《左明詩鈔》說禎尚有《北上集》、《戶部符臺集》，皆未見。《安邱府志》謂其「爲文力追古作者，與李舜臣齊名，海內謂之李黃。」《四庫》疑爲「夸飾之詞」，將《北海野人稿》列爲存目。自稱野人，力追古文而未見精采，所以王比作山蠻強作缺舌的漢語。

黃勉之如新安大商，錢帛米穀，金銀俱足，獨法書名畫不眞。（王）

黃省曾，字勉之，號五嶽（一四九〇——一五四〇）。有《五嶽山人集》。皇甫汸作〈五嶽山人集序〉說他「璠璵並麗而世覯其寶」也形容其富，並說「塵瑣之態，亦緣以華辭」，有富而侈之意。王又評其詩：「詩如假山，雖爾華整，大費人力。」費力作假山與富商藏贋品相似。王尙認爲其「金銀俱足」，朱則認爲其「詩品太庸，沙礫盈前，無金可採。」但「庸」字正如富商藏贋品。《四庫》謂其文「多臆揣之說」，各種擬作，「未免優孟衣冠」，亦與富商藏賈品同義。

陸浚明如投麈尾人，從容對談，名理不乏。（王）

陸粲，字子餘，一字浚明，號貞山（一四九四—一五五一）。有《貞山稿》。黃宗羲《明文海》云：「貞山文秀美，平順不起波瀾。」彭年序文以爲「專法馬班，雄深雅健，東漢諸家所不及。」徐時行序文以爲「出入左氏司馬遷，無論魏晉。」魏學禮〈陸子餘集序〉說「觀辭則閎麗肆逸，載事之辭，則師司馬子長，而直鯁毋所詘，時時兼用韓生諸子。」顧則云：「亦李唐四傑之流」，朱則謂「貞山困抑終身，然晚極田廬文酒之樂。」綜上所評，粲文秀美雄深兼備，馬班高古與四傑華麗兼備，又平順雅健，閎麗肆逸，所以比作魏晉名士，揮麈對談，司馬說史，滔滔不絕，而晚年生活亦正如此。

江于順如試風雛鷹，矯健自肆。（王）

江以達，字于順，號午坡（嘉靖五年進士）。有《午坡集》，今藏中圖善本室（又名《南塘先生文集》、《明善齋集》）。紀振東作〈明善齋後序〉，說他「力倡高軌，一洗頹波。」李義壯序《南塘先生文集》說：「初誦如入武庫，萬象森然，觀者凜凜，徐而繹之，有典有則，源源乎深沈之思也。」大抵與鷹揚矯健相合。朱云：「午坡嘗謂昌黎詩不逮文，尚沿習氣。」足見「自肆」的神情。以達曾說：「模形者神遺，斲句者氣索，景會者意脫，蕊繁者亥衰。譬諸畫地爲餅，以餤則難；刻木爲人，束之衣冠，與之酬色笑，而施揖讓則不可。」當時剽竊摹擬的風尚正熾，以達深知其病，主張創造，但力有不逮，所作仍依摹擬的趨向。所以王比作試風雛鷹，雛鷹欲逆風，仍被風吹走，自己有方向卻力有所不逮，無法達目的地。

袁永之如王武子擇有才，兵家兒，命相不厚。（王）

袁袠，字永之，號胥臺（一五〇二—一五四七）。有《胥臺稿》等。王格於〈袁永之集序〉云：「永之耿介有直節，在兵曹不能媚權貴人，故緩急無左右之者，以至得罪。」朱曰藩〈袁永之集序〉更詳說其事跡：「弱冠中南京解元，連舉進士高第，被選爲庶吉士……改兵部，上官之日，適兵部火，上怒，下之獄。」又說：「先生不解俯仰，維時一二新貴人方在要路，稔知先生之名，欲招致先生以爲羽翼，先生謝不往，因擠先生出，而武庫之酷焰乘之，謂之氣數之阨，非耶？」王比作「兵家兒，命相不厚」，文品一如其命運。王又云：「袁永之如王謝門中貴介子弟，動止可觀。」說他有高貴氣。朱云：「聲旣淸會，辭亦藻拔」，可見絕不庸俗。《四庫》說他「詩不失體格而時乏堅蒼，文亦俊爽而醞釀未免少薄。」俊爽公子，可惜薄命，文品亦一如命運。

呂仲木如夢中囈語不休，偶然而止。（王）

呂仲木如妄演雜劇，關目不似。（張）

呂柟，初字大棟，更字仲木，號涇野（一四七九—一五四二）。有《涇野子內篇》、《涇野集》等。馬理序《涇野先生文集》，說他「多純實之語」，文章醇而確，徐階作〈涇野先生集序〉，引當時人的評語：「先生資稟樸茂，故其文不喜爲奇怪，不欲自立於峻，故恂恂然與人語而不倦。」囈語不休大概指此。《四庫》評其「大旨不失醇正，然頗刻意於字句，好以詰屈奧澀爲高古，往往離奇不常，掩抑不盡，貌似周秦間子書，其亦漸漬於空同之說者。」呂書列入四庫存目。高古而離奇，掩抑不盡，正如「囈語不休，偶然而止」，貌似而形非，正如「關目不似」的雜劇。

馬伯循如河朔餐羊酪漢，羶肥逆鼻。（王）

馬理，字伯循，號谿田（一四七四—一五五五）。有《周易贊義》，《谿田文集》等書，今藏中圖善本室。雒遵作〈谿田先生文集序〉，引呂柟詩：「馬理文章景明詩，當代斯文可讓之」，推崇過當，馬理九世孫馬輝甲說他：「學接橫渠，功著六經，其於聲律對偶之技，率不經意。」偏於闡道的作品，文章未必所長，較爲近實。《四庫》均列入存目，提要評其文「喜摹《尚書》，似夏侯湛昆弟，誥之體，遺詞宅句，塗飾琱刻，其爲贗古，視李夢陽又甚焉。」王比作吃多了羊酪的漢子，滿身羊羶撲鼻，正說他摹擬的習氣太濃，失掉了本來的人味。

顏維喬如暴顯措大，不堪造作。（王）

顏木，字維喬（正德十二年進士）。有《隨志》，《四庫》說他「體例不合」，列入存目。史稱嘉靖十八年詔修承天大志，巡撫顧璘以王廷陳、顏木等撰成薦上，不稱旨，賜銀幣而已。著書經過顯貴薦上，不能稱旨，正如措大暴顯，不堪造作。另有《淮漢燼餘稿》等，今藏故宮博物院。中有〈病中自題畫像贊〉說：「志本大而才頗，行思檢而過夥，言傷直而取禍，粗豪毅果，虛譽如輠，至受毀致辱，亡命而還，復與里豪構怨，連年顛挫。」所述甚眞切，文品亦正如人品。

楊用修如繒綵作花，無種種生氣。（王）

楊用修如一大染局，當代著手。（張）

楊愼，字用修，號升庵（一四八八—一五五九）。有《升庵集》、《丹鉛總錄》等。李贄作〈楊升庵文集序〉說：「發之於文，無一體不備，亦無備不造。」周復俊作〈楊升庵集序〉及〈刻南中集鈔序〉，說他「著書五、六十種，扶疏浩蕩，考訂精密」，又說「映色瑤珪，騰輝虹漢，鴻辭麗藻，登載實繁」，都說他格局大、學問博。薛君采云：「用修窮極詞章之綺麗，牢籠載籍之菁華，其卓絕之才、弘博之學，直欲追軌古人。」陳玉叔云：「用修采摭既富，蹊徑終存，著書百種。崑山周太僕謂其『權衡操縱，含英茹實』，太倉王廷尉謂其『才情蓋代，使事最工。』」張比作一大染局，大概指他有「牢籠」「蓋代」的磅礴才學。胡元瑞說他「才情學問在弘正後嘉隆前挺出偪起，無復依傍，自是一時之傑，格不甚高，而清新綺縟。」所以張譽爲「當代著手」。胡元瑞又說：「楊用修以六朝語作初唐調，而雕繪滿前，故知詩有別才，學貴善用。」正說學問大，辭藻富，只能雕繪滿前，不一定就生動，正如王所比的「繒綵作花」，是緞帶花，豔麗而沒有生氣。這項缺點，黃清甫也指出來：「楊詩喜用僻事，多着浮彩，搜羅刻削，無出其右，而駢繪既繁，性情多盡。」宋轅文也說：「用修病在貪博，故使事處，往往求巧得拙。」以典故麗辭表現博學，卻沒有性情。

屠文升如小家子充烏衣諸郎，終不甚似。（王）

屠應埈，字文升，號漸山（一五〇二—一五四六）。有《蘭暉堂文集》，《四庫》列爲存目，今藏中圖善本室。李舒章云：「文升風姿閒麗，如玉樹風前，是戶庭佳物。」李說他玉樹風前，正該是六朝烏衣諸郎的風姿，但王卻偏說只是「小家子」終不甚似。穆敬甫說：「屠詩深重不浮，得唐人應制體。」深重不浮也不像小家子。朱曰：「諭德（官名）取材六代，具體初唐，爛若春葩，將以秋實，是衆作之有滋味者。」陳臥子也說：「屠公典麗流暢，亦足名家。」俞汝成也說：「漸山詩明爽俊偉。」對文升都沒有貶詞，也許王所說是嫌他格局不宏，秋實嫌少，不如春葩之麗。《四庫》所評，正指出其缺點：「應埈爲文，善比事屬辭，詩法汎濫諸家，時有獨造，一時名出其父右，然率於華藻，蘊蓄未深。」他的兒子屠仲律序《屠太史蘭暉堂集》，說他「英穎天出，凡奧渫之編，聱牙之牘，一經其目，悉自得之，故學不待閉門距躍而自專攻，文不待蒐羅綴緝而自充遠，語曰：勤揭厲以涉大川，不如輕舟之逸也，披砂礫以求簡珠，不如武庫之富也，何則？成之不勞，由蓄之有素也。」從這段稱讚中，也側面了解他不下苦工，全憑小智，只能寫一些「華藻」，而不可能有深刻的作品。

王允寧如下邑工琢玉器，非不奇貴，痕迹宛然。又如王子師學畫相國，在形迹間，所以愈遠。（王）

王允寧如高隼橫空，奇矯獨出。（張）

王維楨，字允寧，號槐野（一五〇七—一五五五）。有《槐野存笥集》，《四庫》列爲存目。孫志高云：「槐野詩宗少陵，多深沉之思，務引於繩墨，必結構中度，而後出之。」文章自以爲有法度，所以王又評其詩：「王允寧如馬服子陳師，自作奇正，不得兵法。」大概王以爲太重法度又不得法，所以比作畫相國者，只在形迹間度量，結果離相國神采愈遠，就像在布陣的奇正間度量，並不合乎兵法。李攀龍在〈王氏存笥稿跋〉中，正譏諷他「法自己立」的說法，「徒以子長所逡巡不爲者，彼方且得意爲之，若是其自異耳。」文如此，詩亦如此。朱曰：「王允寧學杜而不得其門，自詡七律，然尤懦鈍，五言有句無篇。」錢謙益更說：「允寧論詩，服膺少陵，自謂獨得神解，尤深于七言，近體以爲有照應、開闔、關鍵、頓挫，其意主興主比，其法有正插有倒插……及其自運，則麤笨棘澀，滓穢滿紙，如潦倒措大，經書講義，塡塞腹笥，拈題豎義，十指便如懸錐。」都笑他像個泥於法而並不能眞創作的。號稱學杜，像奇貴的玉器，但學不像，所以說：「痕迹宛然」。但俞汝成卻說他「雖非純雅之辭，不失雄渾之氣。」穆敬甫更說他「負氣不泄，沈鬱有調，大是少陵之遺」，張比作高隼奇矯，大概是欣賞他學像了杜甫的那一面。胡應麟說他「文矯健勝於詩」，則評其文像隼鷹也是有據的。

羅達夫如講師參禪，兩處著腳，俱不堪高坐。（王）

羅洪先，字達夫，號念庵（一五〇四—一五六四）。有《念庵集》、《冬遊記》等書。門人胡直序文稱其學凡三變，文亦因之：「初效李夢陽，既而厭之，乃從唐順之等相講磨，晚乃自行己意。」可見他各期風格不一，面目有別。穆敬甫說：「贊善（官名）多講學，詩間有唐調。」朱曰：「達夫遠師擊壤，近仿白沙定山，然爽氣尚存，未墮塵霧。」《四庫》亦云：「惟靜觀本體，亦究不免於入禪，然人品高潔。」講學多、仿白沙、入於禪等等，反映於文中，所以王比作「講師參禪」，說他「不堪高坐」，大概是只在「學仿」，尚未大成。

王道思如金市中甲第，堂構華煥，巷徑宛轉，第匠師手不讀木經，中多可憾。（王）

王道思如風檣陣馬，快馳無前。（張）

王愼中，字道思（一五〇九—一五五九）。有《遵巖家居集》。《明史・文苑傳》稱其爲文，初亦高談秦漢，已而悟歐曾作文之法，一意師仿，尤得力於曾鞏。且評其文爲「演迤詳瞻，卓然成家」，蔣德璟在〈讀遵巖先生集〉中，說他「沈酣經術，湛深史漢，力厚氣釀，獨立間架」，正與「堂構華煥」意相近。錢謙益說他「詩體初宗豔麗，工力深厚，歸田以後，攙雜講學，信筆自放。」朱亦說他「文理精密」，則王比作「金市中甲第」輝煌華煥，是有道理的。又說他「匠師不讀木經」或許是指「信筆自放」的一面。王又評他的詩：「如鷙弋宿鳥，撲刺遒迅，殊愧幽閒之狀。」，張比作「風檣陣馬」，正是「快馳」時的迅迫驚悚的一面。皇甫汸〈遵義先生文集後序〉說：「其爲文也，長於持論而不尚雕繪，下筆特創新意，罕襲陳言，雲蒸霞鬱，變幻百端，河決川流，一瀉千里。」所謂快馳無前，原來如此。

許伯誠如通津郵，資用本少，供億不虛。（王）

許宗魯，字伯誠，一字東侯（一四九〇—一五三九）。有《少華集》、《陵下集》、《歸田集》等，《四庫》皆未見，今藏中圖善本室。王世貞評其詩：「許伯誠如賈胡子作狎游，隨事揮散，無論中節。」評詩如揮霍客，也有「資用不多」的意思，但「通津郵」可以陸續寄達，所以「供億不虛」，可能表示創作年齡長，後繼有力。喬世寧序《少華先生續集》時說：「往少華先生以詩文集示余，其文氣雄語質，明實可據，……頃又覽其續集，其文益閎博典厚，詩益雄渾清遠，乃深歎作者之難也。夫古今脩辭之士，詩與文未易兼也，至晚年之作，又多衰落難振，先生獨兼二長，且晚年者益精工倍於前時。」可作「供億不虛」的注腳。蔣仲舒評其詩：「中丞五七言位置勻穩，首尾妥潔，氣格粗備，可當作手，使更推思入玄，取材進古，得不渢渢其言哉！」正說他只粗備了氣格，若在「推思」與「取材」上能源源不絕而來，則必有可觀。

薛君采如嚼白蠟、杖青蘆，不勝淡弱。（王）

薛蕙，字君采（一四八九—一五四一）。有《考功集》及《西原遺書》等。蔡羽作〈西原集序〉，說他「天姿貞秀，意旨優閒，故善感善述」，所作「言葩而思溫，意圓而氣暢。」李宗樞序《參功集》，說他「詞賦數帙，尚則玄風。」文徵仲說：「西原先生詩，溫雅麗密，有王孟之風。」唐應德說：「薛詩得虛靜語。」虛靜沖澹，所以有「淡弱」的印象。蔣仲舒評他的詩：「如刻錦雲霞，疊石島嶼，欲以人巧而擬自然，未及大觀，能無激賞？閒作沖澹，若落花游絲，情致可喜，稍更骨氣，便復無儔矣。」《四庫》也說：「清削婉約」「蔚然孤秀」，唯「擬議多而變化少，然當其自得，覺筆墨之外，別有微情。」缺少「骨氣」的落花游絲，正與比作「杖青蘆」的脆弱無骨相似。

朱子价如小兒吹蘆笙，得一二聲似，欲隸太常。（王）

朱曰藩，字子价，號射陂（一五四四年進士，約一五四四年前後在世）。有《山帶閣集》，列爲《四庫》存目，今藏中圖善本室。陳文燭序《山帶閣集》說：「其文溫純爾雅，明實精典，有兩漢之風，詩則磅礴蘊藉，未易窺測。先生平日好古慕李獻吉，博學慕楊用修。」曰藩詩師法楊愼，懸楊愼像於寓齋，並有「人日瞻禮升庵公像詩」，愼爲選其詩品題，其人品似有令人肉麻處。《四庫》評其詩：「穠麗僅得愼之一體」，這大概就是「得一、二聲似」的意思，小兒吹蘆笙，得一、二聲似，就想供職到御前樂隊，未免太沒有自知之明，而以爲單靠拍馬就可以文壇得意了。王評其詩如「高坐道人忽發胡語」更爲荒怪。

喬景叔如江東秀才，文弱都雅，而氣不壯。（王）

喬世寧，字景叔，號三石（嘉靖十七年進士）。有《丘隅集》，《四庫》不載。胡直刻《喬三石先生文集》，序說：「其文雖不專倣子長，而實鬱然有漢人氣，考其人悃愊介特，憂國急民，厚倫樹風，瞿瞿慕道法者也。」有氣但不壯，瞿瞿然顧禮義如秀才。王評其詩：「如清泉放溜，新月掛樹，然此景殊少，不耐縱觀。」說他偶有佳作，像泉溜，像新月，都很秀弱，其他更不耐縱觀。蔣仲舒說他「調亦淸和」，朱彝尊說他「整而不浮」，孫山甫說他「一裁於造化性情之眞」，都從「都雅」的優點處說的。

> 吳峻伯如佛門中講師雖多，而不識本來面目。（王）

吳維嶽，字峻伯（一五一四——一五六九）。有《天目山齋歲編》等，爲嘉靖廣五子之一。王世貞有〈吳峻伯先生集序〉，說他「文尤善緣本經術中章程，往往庀材班范，而步武於廬陵南豐間。」說他有「師古」的規矩。王又評其詩：「如初地人見聲聞則入，大乘則遠。」大乘則遠就是不識本來面目的意思。朱說：「峻伯詩如鉛刀土花，不堪灑削。」鉛刀鈍而不削，土花不能灑水，徒具外表，也是不識本來面目的意思。《四庫》說朱「詆之太過，然其論亦非無因。」

> 歸熙甫如秋潦在地，有時汪洋不測，一瀉而已。（王）

> 歸熙甫如秋潦瀉地，全無波瀾。（張）

歸有光，字熙甫，人稱震川先生（一五〇六——一五七一）。有《震川文集》、《別集》等。當時剽剟秦漢文辭成風，有光獨抱唐宋諸家，由韓柳歐蘇沿洄以溯秦漢，王世貞〈題有光遺像〉說：「風行水上，渙爲文章，風定波息，與水相忘，千載惟公，繼韓歐陽，余豈異趣，久而自傷」，朱彝尊以爲王在晚年對有光「秋潦在地」的比況，已經十分後悔，改作

「風行水上」的稱讚，對有光十分心折。所謂「秋潦一瀉而已」是嫌文太快，王在《讀書後》卷四說：「熙甫亦甚快，所不足者，起伏與結構，起伏須婉而勁，結構須味而裁」，嫌它快而不婉。黃宗羲〈明文案序〉云：「議者以震川為明文第一，似矣。」但錢謙益評有光的詩說：「熙甫詩無意求工，滔滔自運，要非流俗所及。」所說「無意求工，滔滔自運」也有「秋潦瀉地，全無波瀾」的意思。

盧少楩如春水橫流，滔蕩縱逸，而少歸宿。（王）

盧柟，字少楩、次楩，又字子木（約一五三五年前後在世）。有《蠛蠓集》。王世貞〈盧次楩集序〉說：「讀諸賦，則未嘗不爽然自失。」可見推崇之高，柟為太學生時，好擊劍使酒罵座，詩亦豪放恰如其人。顧曰：「涉屈宋之華津，步班揚之高衢，弘音夕振，有金石聲。」亦推崇為「一代賦手」，評他的古體詩也如一道清流「如寒流出谷」。《四庫》評其文「一意往還，真氣坌湧，絕不染鉤棘塗飾之習，蓋其人光明磊落，藐玩一時，不與七子爭聲名，故亦不隨七子學步趨。」王比作「春水橫流，滔蕩縱逸，而少歸宿」，正有「藐玩一時」的氣概。穆文熙〈重刻蠛蠓集引〉說：「其人豪宕不羈，扞當世之文網，自罹大辟，幾瀕於死，故其詩文多成於三木金索之間。」但因見識超軼，胸懷磊落。「故發為文詞，淵深閎肆，力追古人，即顛撲備至，而略不涉寒酸語。」也可作為滔蕩縱逸的證明。

梁公實如貧士好古品，非不得一二醒眼者，政苦難繼耳。（王）

梁有譽，字公實，別號蘭汀（約一五二二—一五六六在世，嘉靖二十九年進士，卒年三十六歲）。有《蘭汀存稿》，今藏故宮博物院。有譽爲後七子之一，《四庫》未載其書。曹天佑序《梁比部集》，比梁文爲珠璣玳瑁，水銀丹砂。並說：「其文沈鬱古雅，有深長之思，雖馳騁變幻，不閑一律，道不詭聖賢，讀之有可嗜之味。或曰以比部之才，當不止此」，惜其不永年，也正是苦於難繼的意思。王評其詩：「梁公實如綠野山池，繁雅勻適。又如漢司隸衣冠，令人驚美，但非全盛儀物。」漢衣冠亦可醒眼，但不是流行當時的裝束。李舒章說：「公實如清泉出山，涓涓駛溜，恨未到江河耳。」胡元瑞說：「律詩溫厚縝密，但氣格微弱。」泉力不足，氣格微弱，正如貧士好古品，財力苦於「難繼」。錢謙益說他「捐館早，叫囂剽擬之習，薰染猶未深。」逝世太早，從薰染方面看是「未深」，從作品功力質量方面看正是「難繼」的原因，全集僅兩册，除詩之外僅有序狀十餘篇而已。

宗子相如駿馬多蹶，又如妙音聲人，止解唱渭城一曲，日日在耳。（王）

宗子相如千里襲人，啣枚疾走。（張）

宗臣，字子相（一五二五—一五六〇）。著有《方城集》，又稱《宗子相集》，爲嘉靖七子之一。王世貞作〈宗子相集序〉已有「上駟」之喻，並引宗氏語「寧瑕無碔」，「姑取其瑜而任瑕」，「可以齧決而致千里」等，可以想見其風格，當時人評為「欲逾津而棄其筏」者，超津筏而上之，與駿馬多蹶相似。王評其詩：「如渥洼神駒，日可千里，未免齧決之累。又如華山道士，語語煙霞，非人間事。」比作神駒有齧決之累，和比作駿馬多蹶相似。又比作止解唱一曲，反覆嫌俗。陳臥子說他「意取秀逸，不尚深思，從此入者，易流淺俗。」秀逸而不深思，正如張評為「千里襲人」的軍隊，只顧「啣枚疾走」。李舒章說：「子相天姿明佚，好自跌宕，玉山頹唐，時有佳致，然其得意處，僅得太白之牣者。」朱也說：「子相詩才娟秀，本以太白為師，跌宕自喜。」僅得太白粗豪橫厲，又多「蹶倒之累」，也很淺俗，所以《四庫》說他「跌宕俊逸，頗能取法青蓮，而意境未深，間傷淺俗。」俊逸之中間含淺俗，就是駿馬多蹶。不能徧唱妙音，就是說他意境未深。

> 李于鱗如商彝周鼎，海外瓌寶，身非三代人與波斯胡，可重不可議。（王）
>
> 李于鱗如奇峯絕壁，萬壑懸流。（張）

李攀龍，字于鱗（一五一四—一五七○）。有《滄溟集》、《詩文原始》等書，為明後七子之冠。殷士儋作攀龍墓誌，說他：「一字一句，摹擬古人，驟然讀之，斑駁陸離，如見秦漢間人；高華偉麗，如見開元天寶間人。」所以袁宏道兄弟以「贗古」來譏諷他。夏基在《隱居放言》中評他：「于鱗之文，健而不秀，滄溟齒牙患其太剛，太剛則嚼古未細。」但王非但推崇他的文，說他誌傳之類，眞周鼎商彝，尺牘則奇辭縱橫，更推崇他的詩：「李于鱗如峨眉積雪，閬風蒸霞，高華氣色，罕見其比。又如大商舶，明珠異寶，貴堪敵國。」居緯眞覺得王推崇得過分，以爲初讀則喜其雄俊蒼健，多讀則厭其有雷同處。王比況作「商彝周鼎」，穆敬甫也有同感，他說：「于鱗構思玄遠，造語精深，如蒼厓古壁，周鼎商彝，奇氣自不可掩。」王自謙說非三代人波斯胡，只有尊重而不能議論，也就是爲這「奇氣」所懾。據蔣德璟在〈讀遵巖先生集〉中說：「舉世厭于鱗文，即元美奉之最恭，而晚年已有異議，大約如史漢語，輔以詰曲聱牙而已，讀之雖古色斑駁，而非眞史漢也。」則王氏晚年評于鱗，已有所不同。張比況作「奇峯絕壁」，也如同「蒼厓古壁」，一樣爲「奇氣」所懾。朱中立說：「滄溟天才跌宕，奇氣特出，誠天閑之逸足，藝場之上匠也。」也讚揚他的「奇氣」。

（王世貞〈國朝文評〉至此結束，下面是張朱佐所評而王不曾提及的，張朱佐爲明末人，所評的明代文學家較多。）

劉定之如突騎縱橫，重圍自開。（張）

劉定之，字主敬，又字主靜，謚文安，號呆齋（一四〇九—一四六九）。有《文安策略》、《呆齋集》等，《四庫》列爲存目。李賓之說：「縱其學力，往往出語奇崛，用事精當。」

安公石說：「以淵博之學，英敏之才，發爲文章，名蓋一時。」但李安均說定之不善詩。《明史》本傳載上命製元宵詩，使者立俟，據案立成絕句百首，一日可草九制，筆不停書，人服其敏博，李東陽爲《呆齋先生文集》作序，說他「伸紙運思，揮毫對客，正書旁竄，晷不移日，稿不易幅，而典冊金石，施諸朝廷，播於四方者，往往而是。徐而求之，則見其渟峙演迤，頓挫奔放，奇正並用變化而不常者，皆相與駭愕歎羨，以爲不可及。」可見他積厚持盈，溢乎心胸。張比況作「突騎重圍」，正其「敏博」而令觀者「駭愕歎羨」的最佳寫照。《四庫》說他敏博之中，不免「榛楛勿翦」，這也是「突騎重圍」時所顧不及的了。

商素庵如布衣帛冠，時露尊貴。（張）

商輅，字宏載，號素庵，謚文毅（一四一四—一四八六）。有《商文毅公疏稿略》及《商文毅公集》（又名《素庵集》），今藏中圖善本室。徐楚序《商文毅公集》，說他的出身是：「試南宮、對大廷，俱第一，由是三元之名聞天下，帝心眷之，十餘年間，參預機務。後爲權奸所擯，罷歸十年，憲皇更化，首召公還，公乃野服入朝，懇辭不得，而始拜命，爰立作相，天下翕然稱賢輔焉。」這些經歷，正是布衣而尊貴異常。李德恢說：「太傅詩寫情雍容雅澹，有陶韋風。」亦是布衣而時露尊貴雍容的意思。《四庫》嫌他「多館閣應酬之作」，所以列爲存目。今全集中多講章奏疏，詩序雜記爲少，徐楚也說：「若乃應酬著作，特公緒餘，似未爲重輕者，惜其全集燬殘。」彙其散逸詩文而已。

霍渭先如廚臼條井，無一苴穢。（張）

霍韜，字渭先，號渭厓（一四八七—一五四〇）。有《明良集》、《渭厓文集》等，書藏故宮博物院。《四庫》評：「韜性強執謬戾，不顧是非……爭辯迫急，異乎有德之言。」則與張所比況爲潔淨不穢的風格不同。倫以諒爲〈霍文敏公文集序〉：「世謂公議論多過激，夫中正者道也，激者時也，道雖無激，而有時乎爲激，渭厓之激，激於時也。」所論較能識當時的時空背景。今見其〈贈方棠陵〉詩：「言論紛千古，誰求一個是？孔孟聖賢徒，不慍世俗毀。」可見其喋喋好辯的樣子。文集中疏奏爲多，議大臣，論國是，大抵以正人心、振士風爲主，至於家訓等文，誨諭諄諄，更少苴穢。集中附王廷相來函，謂「以僕觀老先生，直是迫切秀才，急急要幹事耳。」則《四庫》所評，也有其依據。

文徵仲如山東父老，語語平實。（張）

文徵明，初名壁，以字行，更字徵仲，號衡山（一四七〇—一五五九）。有《甫田集》。王評其詩：「文徵仲如仕女淡妝，維摩坐語。又如小閣疏窗，位置都雅，而眼境易窮。」顧則云：「其文恬寂整飭，詩亦從實境中出，特調稍纖弱。」恬寂整飭，正像父老的平實話。他的仲子文嘉作〈先君行狀〉，說：「詩兼法唐宋，而以溫厚和平爲主，或有以格律氣骨爲論者，公不爲動，爲文醇雅典則，其謹嚴處一字不苟。」亦可以作爲證明。《四庫》評其詩：「雅飭之中，時饒逸韻。」則詩是淡妝的仕女，而不是山東父老了。《四庫》又云：「徵明秉志雅潔，其畫細潤而瀟灑，詩格亦如之。」詩畫均柔弱秀雅，與文平實稍異。

唐伯虎如饑鷹傲日，逸藻橫飛。（張）

唐寅，初字伯虎，後更字子畏（一四七〇—一五二三）。著有《六如居士全集》。眼空一世，自稱「江南第一風流才子」，明人袁袠評其詩文：「藻思麗逸，翩翩有奇氣。」明人何大成亦評爲：「所著詩文翩翩有奇藻，乃其邁往不屑之韻，卓然如野鶴之在鷄羣」，張比作「傲日饑鷹」，鷹有高翔出羣、眼空一切的雄姿，傲日飛廻，但饑鷹不免爲冗俗所制，有轗軻落魄的鳴聲，雖然鬱勃之氣使文采驚飛，不免惹人憐惜。袁袠評其人：「伯虎才甚駿，惜流落後，不自檢束，大墮於樂天隊中。」而王世貞則從人品說他的作品也像「乞兒唱蓮花落」。

鄭淡泉如清廟明堂，俎豆輝煌。（張）

鄭曉，字窒甫，號淡泉（一四九九—一五六六）。有《端簡文集》等，今藏故宮博物院。曉銳意經史，盡知天下阨塞、士馬虛實，禦寇有功，至兵部尚書。朱說他「家法甚嚴，訓子孫倡優不許入門。」全集無詩，文爲說經奏疏，彭夢祖作〈鄭端簡公文集序〉，說他「諸所撰述，雄渾莊重，正大爾雅，不爲末俗鉤棘刺目之技，而古色蒼然，與生氣相射，又慷慨激切，讀之令人毛豎。集內頗少風雲月露之句，足以羽翊聖眞。」張比作「淸廟明堂」，或許是從淸嚴儉約的人品及羽翼聖眞而古色蒼然方面來說的。

朱紈如鹵簿儀仗，森列甚偉。（張）

朱紈，字子純，號秋崖（一四九四—一五四九）。有《茂邊紀事》、《甓餘集》等。在官時章疏公移居多，自序曰：「無可集，集成於激耳。」黃綰序文說：「謂之甓餘者，托運甓以勵志」，中多忠憤激切的文章。曾守金門及大膽島，有雙嶼戰役，討平佛郎機的黑白番舶，誅其酋，遂以妄殺論劾。因紈在閩嚴立海禁，敢犯勢家姦民的衆怒，卒以盡忠賈禍。《四庫》說：「其整飭威茂（四川威茂）兵備時所著」，文章成於十面火光、刁斗森嚴之中，所以張比作「儀仗森列」。

熊過如三丈之矛，唯敵是求。（張）

熊過，字叔仁，號南沙（一五二九年進士，約一五四三年前後在世）。有《熊南沙文集》等，今藏中圖善本室。孫之益〈重刻南沙先生文集序〉，說「諸所論列，侃慨罔所避忌，間發而爲序說書銘，一出之以元氣，……直以五寸管，胎育一代崑崙之氣，作文章砥柱。」指出文章雄直處。而其門人嚴淸作〈南沙文集序〉，卽說：「其爲文貽核古奧，無一常語，有斐哉藝林之羽儀矣。」三丈之矛也有斐哉羽儀的雄豪氣象。張比作「三丈之矛」，自應有他過人的長處，但《四庫》批評說：「過留心經學，其文章亦列名八才子中，然集中諸作，大抵應酬之文」，所以列爲存目。今考《南沙文集》中亭堂橋院等碑記及讀書雜評亦多，論辯滔滔，固有可觀。

張秉用如高堂敞宇，大家門閥。（張）

張璁，字秉用，後改名孚敬（一四七五—一五三九）。有《羅山奏疏》、《羅峯詩稿》等，今藏中研院史語所。《四庫》評：「孚敬以議禮得君，故其著述，強半皆考禮之詞，自謂『有明一主持禮教之人』，其間所論，未必百無一當，然穿鑿附會以遷就時局者比比然。」張比作大家敞宇，或從堂皇禮教着眼。

王履吉如唱蓮花落，格調頗卑。（張）

王寵，字履吉，自號雅宜山人（一四九四—一五三三）。有《雅宜集》。王世貞在《弇州續稿》中盛讚履吉書法「風神逸秀」、「遒媚瀟灑」、「風骨遒逸，天眞爛漫，有不可形容之妙。」說他的詩則「語雖壯而不甚秀」。至顧璘爲《王履吉集》作序，說他的詩「可憤可樂，跌宕劉麗」，但並不稱讚其文。《四庫》評：「大抵才力富贍，而抑鬱之氣，激爲亢厲，亦往往失之過獷。文則非所留意，姑附存詩後。」列爲存目。文不如詩，過於粗厲，張比作乞兒唱蓮花落，格調太卑。

高拱如慧根芘蒭，說法敷暢。（張）

高拱，字肅卿，自號中玄子（一五一二—一五七八）。有《程士集》、《日進直講》、《獻忱集》等，今藏中圖善本室。大抵為應制試及籌酌時政而作，其自序說「各擬數題，就其中雜用之，示士始為文，其意固各有所託」，只求合於法度，倉卒中能滔滔不絕，也有「說法敷暢」的味道。《四庫》評其疏講為「大義凜然」，以編次不佳，列入存目。張比作苾芻（比丘）說法，敷暢無礙。

趙大洲如駿馬驀澗，神氣奕奕。（張）

趙貞吉，字孟靜，號大洲，謚文肅（一五〇八—一五七六）。有《文肅集》。許孚遠作〈趙文肅先生文集序〉，說他「平生言無矯飾，行無依違，進退綽如。北兵迫京城，劾奏督撫之欺罔，正氣凜凜，迄今猶有生色。議復禁軍，權宰陰為之奪氣。文章俱自胸襟流出，追風逐電，不可捉摸，而超然遠覽，睥睨古今，自成一家之文。」錢謙益說：「文肅詩突兀自放，一洗臺閣鋪陳之習。」姜寶序其集云：「蓋其所見真，所論當，人固莫得而訾議。」見真論當，所以敢言無忌，謇謇諤諤，丰神磊落，又追風逐電，意氣超然，張比作「駿馬驀澗」正是意氣風發的象徵。

唐應德如五石之匏，滯而無用。（張）

唐順之，字應德，一字義修（一五〇七—一五六〇）。有《荊川集》、《文編》等書。順之學問淵博，留心經濟，文章法度，爲明中葉一大宗，對唐宋文的門徑多所透達。《明史》傳說：「爲古文，洸洋紆折，有大家風。」宋實穎也說：「荊川才大如海」，與歸有光、王愼中號爲古文三大家。王愼中在〈唐荊川文集序〉中，把他比喻作「晝長江大湖以爲國，而磅礴於其間」的大物，所以張亦比作「五石之大匏」。不過黃淸甫說他「初務淸華，晚趨險怪，考其所撰，若出二轍，故譽有所自，毀亦隨之。」陳臥子亦說：「應德氣象爽邁，才情駿發。其後馳騖功名，詭託講學，遂頹然自放。」張評爲「滯而無用」，或許就是「險詭」所造成的。謝无量說他「本色卑，文不能工」，文章法度不能救「卑」。

徐文長如兎起鶻落，健鷙絕羣。（張）

徐渭，字文淸。後更字文長（一五二一—一五九三）。有《筆元要旨》、《徐文長集》等。虞淳熙爲〈徐文長文集序〉，極欣賞其「韻之風流」，黃汝亨序《徐文長集》說他「文崛發無媚骨」，「皆從正氣激射而出，如劍芒江濤。」都有健鷙的意思。袁宏道謂其文「一掃近代蕪穢之習」，謂其詩：「有一段不可磨滅之氣，如嗔如笑，如寡婦之夜哭、羈人之寒起，當其放意，平疇千里，偶爾幽峭，便見鬼語荒墳」，李舒章云：「文長詩材粗黠，雅人所少，然其一往有雋處。」而陸雲龍編《翠娛閣評選十六家小品》各家均有小序評其文，張朱佐〈國朝文評〉的末尾十餘家，品評時可能採用這皇明十六家小品為樣本，陸雲龍評徐文長：「文長之文，未知則擬為荊川，既識其人，則病其後之弱，向使當日幅短而讀易竟，讀者當北面矣。」說他短幅的小文，幽俏粗豪，極為出色，長篇則神貌羸弱。夏基《隱居放言》評：「文長之文，詞雄而氣厚，其傳也妙在整飭。」張比作鶻落搏兔，健鷙精準，和夏基說他「雄厚整飭」相似。陶望齡為〈徐文長三集序〉，說他「文實有矩尺」、「往往深於法而略於貌」，也指精準而言。《四庫》對其詩文，並列於存目。

茅鹿門如一束純錦，尚少剪裁。（張）

茅坤，字順甫，別號鹿門（一五一二—一六〇一）。有《茅鹿門先生文集》或稱《白華樓藏稿》、《玉芝山房稿》等，今藏中圖善本室。汪琬《堯峯文鈔》卷三十九，說他「才氣雄奇，為文章滔滔莽莽，尤善談兵。」陳文燭作〈白華樓稿序〉說他「摹畫古人，濬發巧心，其神氣本於龍門，而恢張變化，莫可窺測，或謂書似昌黎、記似柳州、紀戰功似子瞻、贈送似永叔、雜著似介甫。」大抵尚停留在摹倣階段。《四庫》於《荊川集》提要中評及茅坤「比擬間架，掉弄機鋒」，又評《白華樓藏稿》云：「坤刻意摹司馬遷、歐陽脩之文，喜跌宕激射。……古文不能與唐、歸諸人抗顏而行」，故詩文並列存目。張比作純錦尚少剪裁，正謂技法尚未成熟，猶在刻意摹仿而已。

皇甫子安如鏤金錯玉，光麗照人。（張）

皇甫涍，字子安（一四九七—一五四六）。有《皇甫少玄集》。皇甫汸作〈司直兄少玄集序〉，說「文則陶鑄班賈，而呈範於中郎，其爲篇也，幽玄以通思，春容以御氣，婉麗以陳詞，和易以達理，憤懣以抒情，綿暢以該事，雋永以歸趣，其始構也，隻字不愜於心，片言無艷於目，踢壁窮思，擁衾寤索，曾不少休。」是極盡鍛鍊，務求艷麗的寫實。皇甫沖作序也說他「鑄辭精而爲旨遠，體骨奇俊，辭彩英發。」都與鏤金錯玉類似的形容。文徵仲評爲「沉蔚偉麗」，但王評其詩：「如玉盤露屑，淸雅絕人，惜輕縑短幅，不堪剪裁。」陳臥子也說：「少玄凝思選調，意求雅則，惟取境不廣，無縱橫宕逸之致。」可見從小處短篇看，自有雅麗過人處，從大處長篇看，還不足成大器，張比作鏤金錯玉光麗照人，正從小幅雕飾而言，所以《四庫》說：「古文非涍所刻意，亦不擅場。」但「詞尚婉麗，神亦綿邈」，片段十分精緻。

楊忠愍如聚米爲谷，指畫了然。（張）

楊繼盛，字仲芳，諡忠愍（一五一六—一五五五）。本以經濟氣節自許，言嚴嵩不法狀，不屑屑於文字，後人重其人品，掇拾成《楊忠愍集》。毛奇齡作〈楊忠愍集序〉，說「

讀其疏而知君臣焉，讀其〈諭兒文〉而知父子焉，讀〈張夫人代夫疏〉而知其夫若婦焉，讀〈王繼津與弁州王氏所爲狀〉，而知朋友之交焉，至於兄弟，則年譜所記彰彰也。」說他「素養有定」，不假雕篆。皇甫汸作〈楊忠愍公集序〉云：「楊忠愍辭多宏麗，語罕怨誹，江河一瀉，乃徵其才，光燄萬丈，悉由於氣。」《四庫》說他的文章「披肝瀝膽，伉直之氣如生」，又說：「倉卒之際，數千言立就，無一字塗乙，尤足見其所養，詞雖質樸，而忠孝之意油然，尤足以感動百世。」張比作聚米爲谷，正謂粢盛委積，蓄養極厚。

劉子威如火齊木難，滿眼琳瑯。（張）

劉鳳，字子威（一五四四年進士，約一五五九年前後在世）。有《子威集》等。李于田說他「掘奇索隱，抗心無前。」《江左脞談》評他「好爲詰屈聱牙之文」，《四庫》又評他「文皆僻字，奧句尤澀，體之餖飣者」，當時有卜士袁景休喜歡抉摘他文中「字句鉤棘、文義紕繆」處，作爲姍笑的話題，子威訴請邑尉鞭笞卜士，卜士竟說：「民寧再受笞數十，終不能改口妄訣劉侍御。」可見其文章不爲一般人接受。張比作火齊寶石、木難碧珠，大抵以僻字奧句爲奇珍，事亦奇倚特絕，江盈科所謂：「間或揣理必無，涉事偶有者」，至於是否能滿眼琳瑯，則人言言殊，皇甫汸〈劉侍御集序〉說他「所擬名家，咸類其人，悉呈艷續」。《四庫》則列爲存目而已。錢謙益謂「苦心鉤索，著騷賦古文數十萬言，觀者驚其繁富，悍其奧僻，相與駭掉慄眩，望洋而歎，以為古之振奇人也。」他的優點缺點，都在「奇」字上。

王元美如天孫織襄，璀璨銀河。（張）

王世貞，字元美（一五二六—一五九〇）。有《弇州正續四部稿》等。穆文熙〈弇州續稿序〉，屢歎「公殆所謂天授，非人力也，王氏自永嘉以還，長淮之秀，全注於海，海上千年間有榮光浮，而休氣塞者，其在公歟？」又說他年少時文章雄渾而微露有餘之勢，到晚年則譬之觀海，「惟是汪洋浩渺。」而胡應麟也說他「神穎天發，瓌質絕抱」，「天驥神龍，跌宕其步驟，夸父巨靈，堅強其骨力。」又說他「靡所不有，靡所不合，詞與代變，意逐題新，譬之龍宮海藏，萬怪惶惑。」何无咎說他「弇州主大，直欲體具百家，包括今古，汪洋萬里，崩奔自恣，而意貴富贍，詞多塡實。」宋子建說他「如西域化人，手易山川，海量珠玉。」前人所評，大抵說他才富學贍，規模極大，像汪洋，如海量，是天授，是天驥，所以張亦比作銀河仙織，璀璨滿天。但黃宗羲對他的「大」有所批評，他說：「弇州之襲史，似有分類套括，逢題塡寫。……姑借大言以弔詭，奈何世之耳目易欺也。」《四庫》也以為「大」之中，雖然百貨俱陳，瓌寶錯出，但不免「眞僞駢羅，良楛淆雜」。而夏基在《隱居放言》中也說：「弇州之文，博而不精，元美腸胃患其太雜，太雜則食古而溢。」則缺點在一

「雜」字。

汪司馬如小邑城市，粗置街巷。（張）

汪道昆，字伯玉，號南明（一五二五——一五九三）。與王世貞皆曾任職兵部，天下稱「兩司馬」，世貞有〈少司馬公汪伯子五十序〉，故稱汪司馬。有《副墨》及《太函集》。道昆〈副墨自序〉，自比文章爲「卵而未翼，惡取一鳴託𪇰音於九皐」，欲得餘年以修不朽之事，是自比才有所未盡。李舒章云：「汪司馬詩如薪芻滿地，英楚甚寡」，徐蘭生云：「伯玉篇無警策，妄自矜大，混妍媸而成體，累良質而爲瑕，徒悅目而偶俗，固聲高而曲下。」錢謙益也說他「妄爲大言，幾於狂易」。沈德符《敝帚軒剩語》說：「汪文刻意摹古，時援古語，以證今事，往往扞格不暢。」《四庫》也認爲道昆「暴得時名」，列爲存目。張比作小邑粗置街巷，略具輪廓外貌，而無內容精細，和薪草滿地少有楚材相同。

李溫陵如異域表文，上國堪聽。（張）

李贄，字卓吾（一五二七——一六〇二）。《珂雪齋前集》有〈李溫陵傳〉即指李贄，考《李氏焚書》卷三〈卓吾論略〉中說：「居士生於泉，泉爲溫陵禪師福地，居士謂：『吾溫陵人，**當號溫陵居士。**』」萬曆末年余家所刻《李贄集》，即稱《李溫陵集》，有《卓吾先生李氏焚書》、《李溫陵集》等，今藏中圖善本室。《四庫》評其《初潭集》：「大抵主儒釋合一之說，狂誕謬戾，雖粗識字義者皆知其妄。」又評《李溫陵集》：「贄非聖無法，敢為異合論，雖以妖言逮治，懼而自剄，而焦竑等盛相推重，頗熒眾聽，遂使鄉塾陋儒，翕然尊信，至今為人心風俗之害。」於「敗壞人心」的禮教罪名之外，亦可見其「頗熒眾聽」的一面，以「儒釋合一」為主，陳證聖為《李氏焚書》作序，說：「惟其歸釋，得以炳爍，不然僅一學究老生耳。以此賈禍者，即以此招聲。」則李贄遭世訾詬，在於「歸釋」，在於反對「尼山衣鉢」，所以張比作異域表文，價值判斷均不同，雖狂誕而新奇動聽。

張江陵如印沙畫泥，鑿鑿紙上。（張）

張居正，字叔大，號太岳，江陵人，神宗時為首輔，人尊稱張江陵（一五二五——一五八二）。有《太岳集》、《太岳雜著》等。《四庫》評：「文章本非所長，集中奏疏啟劄最多，皆在廟堂時論事之作，往往縱筆而成，未嘗有所鍛鍊也。」將文集列為存目。沈德符《敝帚軒剩語》曾說王世貞晚年「心服江陵之功，而不敢言，以世所曹惡也。心誹太函之文，而不敢言，以世所曹好也，無奈此二屈事何。」則居正功業文章，亦有可觀處，張比作印沙畫泥，是說著迹物上，入木三分。居正柄國政時，舉朝頌其功，及其既敗，舉朝索其罪，張不畏清議，所論較為持平。朱彝尊說「江陵之秉國成，可謂安不忘危，得制治保邦之要。」則江陵持論自有深刻處。張燮《羣玉樓集》卷八十二，有〈書余文定筆塵後〉一文，說：「

張江陵秉異姿，以經濟才寫匡時手，如管子策富強，孫吳籌兵革，穎到芒隨，蔚爾至致」，穎到芒隨，與印沙畫泥正相似。

王荊石如有道君子，宴笑衎衎。（張）

王錫爵，字元馭，號荊石（一五三四——一六一〇）。有《王文肅集》等，《四庫》列爲存目。王世貞以其弟敬美及錫爵，稱爲「二友」，錫爵累官吏部尚書、大學士，明馮時可序《王衡（錫爵之子）維山先生集》說：「文肅則車攻之徒御，靜治整肅，有聞無聲，王者之法物，君子大成之事業。」比作《詩經・車攻篇》天子出田獵「徒御不警」「有聞無聲」，「允矣君子，展也大成」如君子成大功。張比作有道君子，言笑和樂，與馮評頗爲類似。

沈蛟門如登乘小丘，風景不殺。（張）

沈一貫，字肩吾，號龍江，又號蛟門（一五三一——一六一五）。有《喙鳴文集》藏中圖漢學中心，《喙鳴詩集》藏故宮善本室。考文集二十一卷中贈序碑記、策議論說，可謂各體具備，其文平穩順當，奇釆無多。一貫自作硯銘云：「文不生於文而生於質樸，重端確至文乃出。」又銘云：「於此摛文思其質，於此揆政思其實，法其清靜保元吉。」是其爲文的理念，以質實清暢爲主。一貫官至中極殿大學士，初在位時文壇頗爲崇仰，時朝政已大非，加以楚獄、妖書、京察三事，一貫獨犯大不韙，爲清議所醜，其晚年亦遂厭人間世，詩文少有評介者。四庫將《易學》、《敬事草》二書均列存目，張評爲「登乘小丘，風景不殺」，或許與一貫晚年「登臺狎鷗，閒傍百花」的生活趣味相似。

屠赤水如大海迴瀾，玄雲組漢。（張）

屠隆，字長卿，一字緯眞，號赤水，晚號鴻苞居士（一五四二——一六〇五）。有《白榆集》、《由拳集》等。黃宗羲《明文案》說：「緯眞自歎無深湛之思，學之不成，而緯眞之文，汎濫中尙有可裁。」但《四庫》引陳子龍《明詩選》的話：「其詩如衢煩驛舍，陳列壺觴，頃刻辦就而少堪下箸。文尤語多藻繪，而漫無持擇。」詩如速食麵，文則多塗飾而又纖佻，並說：「隆爲人放誕風流，文章亦才士之綺語」，所以將屠隆著作全部列爲存目。但明人對屠隆評價較高，黃汝亨有〈鴻苞序〉，說「其心靈無所不映澈，而其長才無所不游徙，其塊磊歷落之氣，不競于名位，而眺覽山川，揮灑詞賦，猶不足以滿其淸湛浩蕩之胸。」說他是睥睨風雲的才子。何偉然〈題皇明十六家小品序〉說：「屠緯眞以多爲寶，珠可彈雀，璧可抵門，甚之翡翠指環，可換刺繡筆。」而陸雲龍小序云：「赤水屠先生，東海肇靈，曙目廓腹，囊千秋而羅一世，珠璣逐唾，雲霞入思。富而怪，與海不殊。是以發爲文章，無論大者如方壺圓嶠，壓鰲首而突兀，聚五城十二樓之輝煌，長鯨巨虬，鼓腥濤而奮騰……」張評爲大海迴瀾，玄雲組漢，大抵與陸序相合，對放誕的奇思，大加讚揚。

歸子慕如三河俠少，風流自賞。（張）

歸子慕，字季思，號陶庵（一五六三——一六〇六）。有《陶庵集》，《四庫》未見其書，今藏中圖善本室。陳龍正作〈陶庵集凡例〉，說：「他人立言，惟恐其不垂也，季思有言：『惟恐過而垂之也』。嘗有得則書之，夾卷籍中，友人或取去，越日問原稿何在？人歸之，輒隨手毀裂，問其故？曰：人最苦行不逮言，昨偶有見，非必當也。」正是夜珠光璧，用以自賞，不欲予人的證明。錢謙益說：「季思清貞靜好，澹雅似其爲人。」朱彝尊說他「屏跡田里，所居陶庵，揷槿爲牆，縛茅爲屋，小如蝸殼瓠子，養疴其中。」且說：讀其詩文「令人增陋巷簞瓢之樂」，高攀龍則說他「有絕人之慧、絕人之識、絕人之趣。」又說他「不漫作無味語，不漫作無味辭，不漫作無味事，即其眉宇翾笑，足以洗滌一世塵垢。」張比作三河俠少，諸家所評非僅俠，亦且隱，亦且道仙，境界不一，陳龍正也有說明：「陶庵先生其爲童子也異，其弱冠也豪，其中也幽，其末也謹，惜乎未及艾而死矣，其死也樂。」所謂俠，乃是他青年時期的風格。各時期的風格變換，所以給人不同的印象。

馮具區如海若洸洋，溟漲無端。（張）

馮夢禎，字開之，人稱具區先生（一五四六——一六〇五）。有《快雪堂集》。爲人以文章氣節相尚。賀燦然作〈馮生開之五易稿序〉說：「馮生未第時，恢奇博聞，其爲文好洸洋自恣，不浮沒於世俗。及對南宮第一，坊間贋稿數十本。」張評「洸洋無端」或即「洸洋自恣」的意思。錢謙益說他「詩文疏朗通脫，不以刻鏤爲工。」朱彝尊說他「儒雅風流，箏歌酒讌，望者目爲神仙中人，詩亦不蹈時習，五古能盤硬語，尤見意匠經營。」《四庫》則評《快雪堂集》：「是編文六十二卷，詩止二卷，所作皆喜於疏快，不以鏤刻爲工，而隨意所如，無復古人矩矱矣。」列爲存目。張比作海若洸洋，溟漲無端。河神海神，正爲「隨意所如」，溟漲無端，正爲「不蹈時習」，具區〈無題〉詩云：「琉璃硯匣鎭隨身，彩筆揮來字字新。」自道「不蹈時習隨意所如」的境界。

孫月峯如鐵中錚錚，不肯讓人。（張）

孫鑛，字文融，號月峯（一五四二——一六一三）。有《姚江孫月峯先生集》等，自序寫於萬曆甲午，《四庫》未及見，今存嘉慶十九年重鐫本，藏中央圖書館。孫氏一生治倭駐遼，軍旅之際，於千古不朽的修辭志業，毫不懈怠。鑛嘗自稱：「寧爲眞韓柳，不欲爲假史漢。」又說：「韓退之於詩，本無所解，宋人目爲大家，直是勢利他爾！」對韓愈也不肯多讓，足見「鐵中錚錚」的眞漢子，那分「不肯讓人」的傲氣。

湯若士如擲地金石，亘天綵虹。（張）

湯顯祖，字若士，號乃仍（一五五〇——一六一六）。有《玉茗堂集》等。韓敬於〈玉若堂全集序〉中，已有「擲地爲鏘」的稱讚，黃汝亨說：「沈以宕，得古人之韻者爲湯若士。」陸雲龍小序云：「其思玄，其學富，其才宏，似欲翻高深峻潔之窠臼，另以博大瑰麗名。彭蠡之濤，風雷奮而天地浮；匡廬之瀑，珠璣噴而瑤玫落。」何偉然則云：「湯若士無觸不靈，舞艸按以歌聲，鳴鷄隨乎鼓節，飛音瀏亮，引商刻羽者，歌舞從之。」張比作擲地金石，聲音宏亮，亘天綵虹，正有「博大瑰麗」的意思，因此我以爲張朱佐末後所引十六家的批評，大抵取陸雲龍的意思爲多。

袁中郎如濯魄冰壺，掩映新月。（張）

袁宏道，字無學，又字中郎，號石公(一五六八——一六一〇)。著有《袁中郎集》又稱《瀟碧堂集》。袁小脩稱中郎詩文「率眞」，陸雲龍說：「率眞則性靈現，性靈現則趣生。趣近于諧，諧則韻，欲其遠致、欲其逸意、欲其妍語，不欲其沓拖。」這就是所謂公安派，爲救七子之弊，變板重爲淸巧，變粉飾爲本色，張比作冰壺新月，可能是淸巧本色的意思，雷思霈作〈瀟碧堂集序〉，說「石公胸中無塵土氣，慷慨大略以玩世涉世，以出世經世，姱節高標，超然物外，而涇渭分明，當機沉定。」正替冰壺新月作了很好的詮釋。朱一馮〈題破硯齋集〉說：「人多謂中郎之詩，俊逸似太白，而下筆無一點塵，似子瞻，庶幾篤論，欲別爲引擬，終未若兩言之肖者」。則當時人多以一塵不染看中郎風格。但《四庫》評爲「惟恃聰明，矜其小慧，破律而壞度」，列爲存目，顯然是一種清初人的偏見。

陶石簣如秋蜩夜蛩，清響不衰。（張）

陶望齡，字周望，號石簣（一五六二——？萬曆癸丑進士）。有《水天閣集》、《歇庵集》等。黃汝亨作〈歇庵集序〉，說：「陶子之文，譚道證性、略物綜事，炯如也。于詩爲陶爲柳，間爲長吉，且品置泉石，嘯吟雲煙，超如也。」又說：「陶子淨寂如處女，清瘦如山澤，臞而靈活之機流露」泉石清響，以虛靈爲美。喬時敏爲《陶老師文集》作序說：「身既躋於清華，名不掛於軒輊。」胡承謨〈石簣先生文集序〉也說他有「沖澹蕭散之襟，洗浮靡而崇典雅。」都可作「清響」的證明。朱云：「早年詩格清越，超超似神仙中人，中歲講學逃禪，兼惑公安之論，遂變爲芸夫蕘豎面目，白沙在泥，與之俱黑，良可惜也。」張比作秋蜩夜蛩，正是清越而有野趣。

李本寧如淘沙見金，時時獲寶。（張）

李維禎，字本寧（一五四七——一六二六）。有《大泌山房集》等。詩文集中雜文一百二十八卷，世家傳誌碑表行狀等文，佔六十卷，《明史・文苑傳》謂其文章宏肆有才氣，海內請求者無虛日，能屈曲以副所望，應之無倦，中多率意應酬的作品。陸雲龍說他「指揮如意，無鶩不用命者」，又說「其所著述，爲卷百許，皆出經入史，鎔古鑄今，自記敍論說，及銘誌贊跋，種不一篇，篇不一格，卽寸瀾尺瀉，其論議點染，莫不羅今古、極奇奧」，不免有所虛譽。朱彝尊說：「本寧著作如官廚宿饌，粗鹿肥麇，雖腒膷具陳，麤槁雜進，無當於味。」《四庫》也評說：「牽率之作過多，不特文格卑冗，並事實亦未可徵信。」張比作淘沙見金，但金少沙多，抑揚的意思並存於其中。

董思白如金饈玉饌，餖飣不苟。（張）

董其昌，字玄宰，號思白（一五五五——一六三六）。有《容臺文集》、《筠軒清秘錄》等，今藏中圖善本室。陳繼儒爲董宗伯《容臺集》作序說：「凡詩文家客氣、市氣、縱橫氣、草野氣、錦衣玉食氣，皆鉏治抖擻，不令微細流注於胸次，而發現于毫端，故其高文大册、雋韻名章，溫厚中有精靈，蕭灑中有肅括。……漸近於平淡自然，而浮華刊落矣，姿態橫生矣，堂堂大人相獨露矣。」完全是臺閣體的面貌，所以張比作金饈玉饌。陸雲龍小序說：「讀其文，寓奇于平，化拙爲巧，融板爲逸，飄然如雲中鶴，澹然如林著煙，豔冶美人，容與林間，蕭騷逸士，婆娑泉石。」何偉然則說他「沖停」，又說：「皆仙語，味與色則玉饋，酒美如肉，澄清如鏡，雲液霞漿，服之可以得道。」都推崇他淡而潔，頗爲瀟灑。張比作金饈玉饌，就是「玉饋」的意思，餖飣不苟，說五色小餅堆垛者，亦無一苟且，正餐特好，點心亦佳，並無堆垛裝樣不切實際的。張評頗近何說，但《四庫》則評爲「以書畫擅名，其詩文則多率爾而成，不暇研鍊。」看法大有不同。

鍾伯敬如子瞻畫竹，自爲一格。（張）

鍾惺，字伯敬（一五七二——一六二四）。有《隱秀軒集》、《鍾伯敬先生遺稿》等。與譚元春稱竟陵派。徐波序其文：「經營慘澹，如寒蟬抱葉，玄夜獨吟。」沈春澤序其文：「清遠空靈」，又說：「暢之以氣、琢之以辭、約之以格，無促絃、無窘幅、人情物理，事在耳目之前，而想不窮天地之幻者乎。人累篇所不能了者，而一二語能了之；人累語所不能摹者，而一二字能摹之。」何偉然則說：「伯敬矯公安，規之清亮。」陸雲龍則說：「寧簡無繁，寧新無襲，寧厚無佻，寧靈無癡，工苦之後，還于自然，若湘水巫雲之飄忽飛流，極有輕揚靈活之致。」綜合諸家所評，鍾文以清亮輕靈爲風格，簡筆清新爲主，張比作子瞻畫竹，正是這個意思。夏基《隱居放言》中評「伯敬以散見奇，故其出手也雋而逸，力求清新。」錢謙益說竟陵派「別出手眼，另立深幽孤峭之宗」，雋逸清新，深幽孤峭，都是畫竹者的清夢。

黃貞父如王謝子弟，朗然多致（張）。

黃汝亨，字貞父（一五五八——一六二六）。有《廉吏傳》、《天目游記》等，《四庫》列爲存目。後有《寓林集》，今藏故宮博物院善本堂。張師繹序《寓林集》說他「地擅湖山，性喜賓從，情雖高邈，跡無亢矯。」又說他「茗椀酒鎗，細商清事，隱囊蠟屐，故納名流。」正說他的生活也像王謝子弟。顧起元序《寓林集》說他「邁往之材、絕塵之識、與拔俗之韻，三者相御而行」，正是「朗然多致」的高雅氣息。又說：「取其篇而讀之，玄光自映，天籟相宣，可謂如吸風飲露之人，不食五穀，餐霞服日之侶，獨飲三漿，蓋世之粃糠，一掃而空之，翩翩乎淩霄而直上矣。」說文中有仙氣，陸雲龍評其小品文：「小小結構，自若枕冷泉而聆其清吟，顧玉岑而來其潤色，清新之致，澹逸之思，不爲大雅宗乎？」張比作王謝子弟朗然多致，大抵與潤色清吟相似，清新之中自有高貴氣息。

王季重如新調鷹兒，鮮健可愛。（張）

王思任，字季重，號謔庵（一五七六——？）。著有《王季重十種》。陳繼儒〈題王季重避園擬存詩集〉說他是「藝林之雄」，張岱《瑯環文集》有〈王謔庵先生傳〉，說他「筆悍而膽怒，眼俊而舌尖，恣意描摹，盡情刻劃。……出言靈巧，與人諧謔，矢口放心，略無忌憚。」施愚山評爲「入鬼入魔，惡道岔出」，錢謙益所評亦同：「其詩才情爛漫，無復持擇，入鬼入魔，惡道岔出，鍾譚之外，又一傍派也。」朱亦說：「季重滑稽太甚，有傷大雅。」但王閑仲評說：「傲骨剛腸，不可一世」，蔡敬夫說他「心游萬仞」。其缺點爲有點潑野，過分諧謔，其優點爲眼俊靈巧，心游萬仞。湯顯祖〈王季重小題文字序〉說他「靈心洞脫，孤遊浩杳，爲貴公鉅人所賞，如見少年裘馬弓劍，顧而樂之。」張比作新健的鷹，或許正是這個意思。湯顯祖說他：「何嘗盡廢老生常談，而類能破腐爲新，粧點處頓湔塵色。」陸雲龍小序說：「直以片字鏤其神、闢其奧、抉其幽、鑿其險，秀色瑰奇，踞其巔矣。」均能證季重的文章有新鮮可愛的特色。

虞德園如山陰道中，使人驚顧。（張）

虞淳熙，字長孺，號德園（一五八三年進士，約一五九八年去世）。有《虞德園先生集》等，今藏中圖善本室。黃汝亨序其文：「文人之異者也，常人之所駭也。」又說：「奧衍而游盤，靡所不通。……靈心奇氣，畸乎人而通乎天。」李日華序其文：「古奧閎異，富衍磅礴……而動與道期」，陸雲龍序其小品也說：「博學宏材，僅與朝嵐夕煙相晤對，以故發爲文辭，幽奇奧渺，定爾石破天驚，了不可讀。不知先生呼吸混玄，吞吐萬象，非第取近人句字媚俗眸也。人間世界豈得用先生，先生又豈爲世用者乎？」張比作山陰道人，令人驚顧，正是古奧閎異，呼吸混玄，不是人間世界的凡物。如《孝經集靈》一書中，闡揚經義，純用神怪因果之說，張角作亂，遣將於河上北向讀《孝經》，則賊當自消滅之類，正如道人作法，荒誕駭人。

陳眉公如遠山翠黛，微雲澹漢。（張）

陳繼儒，字仲醇，號眉公（一五五八——一六三九）。所著《安得長者言》、《晚香堂小品》等數十種，《四庫》全列爲存目。《陳眉公先生全集》，今存中央圖書館善本室。張昞跋《安得長者言》說：「於熱鬧中下一冷語，冷淡中下一熱語」，陶珽序《晚香堂小品》說：「每見眉老著作，覺筆墨之外，必有雲氣飛行，其爲文字，曰快曰透曰歡喜。」陸雲龍序其小品：「眉公先生經綸宗匠，藻繪名流。肩風月不肩朱紫，染雲煙不染風塵，離緣神淨，外局心虛。」張比作遠山銀漢，微雲黛翠，正如世俗外澹遠的星河、飛行的雲氣。

張侗初如倩女臨粧，並花獨笑。（張）

張鼐，字世調，一字侗初（萬曆三十二年進士）。有《寶日堂初集》等，今藏中央圖書館善本室。何偉然說他「娟好」，陸雲龍序其小品說：「英英麗色，入眼呈妍，馥馥奇芬，逆鼻馨起。」又說：「裁斷之處，妙得人情，談文說隱，寫素抒懷，又何各各如其面也。」張比作倩女臨粧，正是「娟好」的意思，並花獨笑，正是奇芬麗色，眼鼻馨妍的意思。

陳明卿如吳人觴政，止得默飲。（張）

陳仁錫，字明卿，號澹退居士（一五八一——一六三五）。有《無夢園遺集》，今藏中央圖書館善本室，《四庫》將其以時文批點法賞析文章者，均列存目。何偉然評「明卿淵宏」，又說：「揭無盡之藏，磨人鈍眼」，陸雲龍則說他「王言經濟文事武功」自有大文章在，並說：「先生所爲文，以性情爲貴，其以理動人，正以性情動也。」說他內心「密靜」「多內力」「恥緣外激懼」，風格極「醇」，他自己曾說：「聰明盡而人力顯，悟境窮而苦工現」，張比作觴政默飲，有靜觀局外的趣味。陸說他的文章極爲「沉快」，「沉而不露，猶是喧中之寂」，正是「觴政默飲」的意思。

文太青如寒泉埋劍，古色侵人。（張）

文翔鳳，字天瑞，號太青，又號東極（一六一〇年進士，約一六二五年前後在世）。有《文太青文集》等，今藏中圖善本室。《四庫》評其詩文「率多怪僻」，且有狂而近於誕者，列入存目。何偉然說：「太青子力抉玄秘，才識鴻鉅，一凝思神躍，萬里氣吐，白練上衝。」陸雲龍序其小品說：「其文多奇崛艱奧，一字須作些時解，人詫爲揚董復生。太華嶔嶔突兀之靈，龍門漰湃橫溢之氣，至是一洩哉。或者病其聱軋不易讀，則殷盤周誥，不列于書，漢字秦鐫，不應珍于世矣。」白練上衝，正是劍氣衝牛斗，比作殷盤周誥，正是古色侵人，張比作寒泉古劍，與何陸相同。錢謙益說：「天瑞詩離奇奡兀，不經繩削，馳其才力，可與唐之劉叉馬異角奇鬬險。」並說他詩有魔力可與天神戰，也像一柄神劍。

袁小脩如良女舞竿，一段小趣。（張）

袁中道，字小脩（一五七〇——一六二三）。有《珂雪齋前集》，藏今中央圖書館善本室。何偉然說他像「裴將軍舞劍，左旋右轉，飛勢入雲，電光下矚。」陸雲龍則說：「小脩亦嗣中郎之徽音，輒欲後來居上，然其間爽暟之氣、飄逸之韻、新穎之思、尖利之舌，固猶然兄弟也。」又說：「輝堂棣之花蕚，風流藴藉。」中道的文章，不尙浮夸，在實情實境中常有一段精光，極有情味。錢謙益說他「詩文有才多之患」，張比作良女舞竿，有一段小趣，是說他抒自己的性靈，有飄逸的美味，但也不是「飛勢入雲」的劍舞。

曹能始如瀟瀟疏竹，清瘦堪對。(張)

曹學佺，字能始，號雁澤（一五七四——一六四六）。有《石倉全集》，《四庫》未見其文集，今存中央圖書館漢學中心。葉向高序評他說：「其旨沉以深，其節紆以婉，其辭清泠而曠絕，其初之不合於世以此，久而爲世所稱服亦以此。」能始爲南明尙書而殉國，節高辭清，所以張比作瀟瀟疏竹。陸雲龍評其文，常說「韻人自有韻語」「長松之下，應有清風」，也正是淸竹堪對的意思。

王張兩家的〈國朝文評〉共評明代一百零六家，所評各有精到，但張朱佐的圖象比喻，常有仿自王世貞的，像王比崔銑爲「古法錦，惜窘邊幅」，又評皇甫涍詩爲「輕縑短幅，不堪裁剪」。而張比吳寬亦云：「輕縑短幅，羞堪卷納」，比茅坤爲「一束純錦，尙少剪裁」。

像王比李夢陽詩「如韓信用兵，多寡如意」，張則比其文爲「囊沙背水，精奇出人。」

像王比王維楨爲「玉器痕迹宛然」，張則比何景明「玉器新貴有痕」。

像王比唐伯虎詩「如乞兒唱蓮花落」，張則比王寵「如唱蓮花落」。

像王比王廷陳詩「如美女舞竿」，張則比袁中道文「如良女舞竿」。

這種印象語言的模仿移植，會降低陳述時動人的魅力，顯然使張朱佐在「不敢苟同元美，亦不至逐聲吠影」的願力上打了折扣。而批評李維楨「如淘沙見金，時時獲寶」，評歸子慕「如三河俠少，風流自賞」都襲用前人舊有的譬喩，更缺乏清新奪目的創造效果了。

古來的「圖象批評」究竟有多少？如果能分類排列，按年詮次，哪些屬新創？哪些屬沿襲？便能一目了然，而對這種傳統品評法的特點及功用，也更能彰顯出來，這不僅是歷代文評家炫才的方式，也常是詩文悟入的一種門徑。

總結而言，「圖象批評」的美感有四：

1 含蓄的美

(一)用自然景物或人事意態來作象徵，意義較富彈性變化，可以留下許多自由延伸的想像空間。

(二)不直接用精準的批評詞語，可以避免「說盡」的乏味，餘下含蓄而耐人咀嚼的回味。

㈢直接批評，字眼刺激，析論苛細，太傷感情，破壞文學的美感，而「圖象批評」可以在揚善之中，兼存貶惡之意。

㈣圖象比喻式，本來就有多邊理解的頭緒，容易造成「不說破」的半透明式的朦朧美。

2 聯想的美

㈠「圖象批評」既有圖象的美，更具視覺鮮活的美，在具體的圖形上加以動態的神情，合成繁複的趣味，使抽象的文學風格，活現眼前，達到「情貌無遺」的目的。

㈡用比喻的方法，使許多繁雜而抽象的理論層次，濃凝成一個圖案去聯想，使抽象理論不言自喻。

㈢「圖象批評」若舉得恰當，含義既豐富，形象又新創奪目，十分動人。圖象常附帶著多樣的聯想空間，所謂「稱情比類，舉隅反三」，可以使妙意傳達於言外。

3 簡潔的美

㈠濃凝成一幅圖象，倘若能「一擊而中」「一語中的」，便有「片言居要」「意態全出」的功能，用極簡潔的方式，展現作家的生命情調。

㈡由於批評方式簡潔集中，能在短短一篇文章裡，春蘭秋菊，各逞姸態，展現數百年、數百位作家的風格全貌。

㈢採用「圖象批評」，可以協助讀者欲闖入作者作品天地時，不採「理解」的路子，而採趣味判斷的方式，寓「知」於「感」之中。

4 禪趣的美

㈠絕妙的「圖象批評」，像禪直指本心，展現機智與禪趣，使「不可言傳」處，會心一點，意態騰露，境界全出。

㈡作家心營意造的天地，本來就很難指點傳授，也難解說得失，「圖象批評」常常在道優點時，挾缺點俱來，給人以悟入的門徑。

㈢藉著「圖象批評」，傳達美感經驗，只須拈出核心印象，功夫全在默契式的領會，不多點明，點到卽止，道出愈少，可能「失去」最少，這也是禪趣的美。

「圖象批評」有優點，自然也有缺點：

㈠因爲含蓄，意義不易界定，可能因曖昧不明，無法明確語意。

㈡因爲太重詩意美感，可能泛而不切，無法眞切批評。

㈢因為太求簡潔，可能只見一隅，未必能概括全貌。如明人黃鞏〈題少谷文集後〉說：「欲以片言而決底裡，一傾蓋而盡得其平生者，皆非也。」這幾句話，可能就是針對王世貞評鄭善夫「才短」所作的反擊。

㈣因為常沿用舊喻，可能變成泛用移用，缺少專屬的鮮明的語彙與圖象。

㈤因為只用一二個比喻，可能不是眞從全部作品去體會，變成人云亦云。

㈥因為不須舉列作品，可能缺乏例證，變成無證的純直覺。

㈦因為只用簡單的圖象描摹，無法使讀者與作品有親切感。

㈧因為只須用一二個比喻，比喻又可抄襲前人，可能使批評家怠於作明確入微的分析。

㈨因為「會心」不易，可能靈光一閃是一回事，延伸為結論時是另一回事，落入同一圖象而結論迥異的場面。

㈩因為批評家各人對作品風貌切入點的不一，甲所舉圖象，與乙所舉圖象，類似者固有，不同者尤多，可見「美感」全憑直覺，人言言殊，自有其差距。品評不易周全，讚譽則易夸飾。

⑪「圖象批評」有時候分不清是在批評作品的內容風貌，還是在批評創作活動的情形。如評歸子慕的「風流自賞」，可能在說他的創作活動。他把創作原稿隨手毀裂，不願傳之後

人，所以說他只堪自賞。評許宗魯的「供億不虛」，也可能是指他晚年所作益爲精工，後繼有力。都與作品風貌混淆不清。

(十二)「圖象批評」有時候分不清是批評作品內容風貌，還是在批評其人品或身世命運。如評陳束如「哀悴的小徑落花」，可能在比擬他的悲觀且短命，評商輅爲「布衣尊貴」，也可能和他「野服入朝」的出身經歷有關，評鄭曉的「俎豆輝煌」，也可能在說他人品的成就。也容易與作品風貌混淆不清。

明代文評一〇六家簡表

姓名	頁次	代表作品	罕見書冊備註（文集多處可見者不註）
宋濂	頁二一一	宋學士全集	
王禕	頁二一二	王忠文公集	
胡翰	頁二一二	胡仲子集	
劉伯溫	頁二一三	誠意伯文集	
高啟	頁二一三	大全集	
蘇伯衡	頁二一四	蘇平仲集	
方孝孺	頁二一五	遜志齋集	
解縉	頁二一五	文毅集	
楊士奇	頁二一六	東里全集	
丘濬	頁二一七	丘海二公文集	
李東陽	頁二一八	懷麓堂集	

今藏故宮博物院善本室

陸　釴	頁二一九	少石集
程敏政	頁二一九	篁墩集
吳　寬	頁二二〇	匏翁家藏集
王　鏊	頁二二一	震澤集
羅　玘	頁二二一	羅圭峯文集
桑　悅	頁二二二	思玄集
楊循吉	頁二二三	楊南峯先生全集
羅　倫	頁二二三	一峯集
陳獻章	頁二二四	白沙集
祝允明	頁二二五	懷星堂集
王守仁	頁二二六	王文成全書
崔　銑	頁二二七	洹詞
湛若水	頁二二七	甘泉集
李夢陽	頁二二八	空同集
何景明	頁二二九	大復集

作者	頁碼	書名	備註
徐禎卿	頁二三〇	廸功集	
鄭善夫	頁二三〇	鄭少谷集	
王廷相	頁二三一	浚川文集	
康　海	頁二三二	對山集	今藏中圖善本室
王九思	頁二三三	渼陂集	今藏中圖善本室
高叔嗣	頁二三三	蘇門集	
夏　言	頁二三四	夏桂洲先生文集	今藏中圖善本室
王廷陳	頁二三四	夢澤集	
江　暉	頁二三五	亹爰子集	
廖道南	頁二三六	玄素子集	今藏中圖善本室
郭維藩	頁二三六	杏東集	今臺灣未見此書
豐　坊	頁二三七	南禺集	
李舜臣	頁二三八	愚谷集	
陳　東	頁二三八	后岡集	
黃　禎	頁二三九	北海野人稿	今臺灣未見此書

黃省曾	頁二三九	五嶽山人集	
陸粲	頁二四〇	貞山稿	
江以達	頁二四〇	明善齋集	今藏中圖善本室
袁袠	頁二四一	胥臺稿	
呂柟	頁二四一	涇野先生文集	
馬理	頁二四二	谿田先生文集	今藏中圖善本室
顏木	頁二四三	淮漢燼餘稿	今藏故宮博物院善本室
楊慎	頁二四三	升庵集	
屠應埈	頁二四四	蘭暉堂集	今藏中圖善本室
王維楨	頁二四五	槐野存笥集	
羅洪先	頁二四六	念庵集	
王慎中	頁二四七	遵巖家居集	
許宗魯	頁二四七	少華集	今藏中圖善本室
薛蕙	頁二四八	西原集	
朱曰藩	頁二四九	山帶閣集	今藏中圖善本室

喬世寧	頁二四九	丘隅集	
吳維嶽	頁二五〇	吳峻伯先生集	
歸有光	頁二五〇	震川文集	
盧柟	頁二五一	蠛蠓集	
梁有譽	頁二五二	蘭汀存稿	今藏故宮博物院善本室
宗臣	頁二五二	宗子相集	
李攀龍	頁二五三	滄溟集	
劉定之	頁二五四	呆齋集	
商輅	頁二五五	商文毅公集	今藏中圖善本室
霍韜	頁二五六	渭厓文集	今藏故宮博物院善本室
文徵明	頁二五六	甫田集	
唐寅	頁二五七	六如居士全集	
鄭曉	頁二五七	端簡文集	今藏故宮博物院善本室
朱紈	頁二五八	甓餘集	
熊過	頁二五八	熊南沙文集	今藏中圖善本室

張　璁	頁二五九	羅山奏疏	今藏中研院史語所
王　寵	頁二五九	雅宜集	
高　拱	頁二六〇	程士集	今藏中圖善本室
趙貞吉	頁二六〇	文肅集	
唐順之	頁二六一	荊川集	
徐　渭	頁二六一	徐文長集	
茅　坤	頁二六二	茅鹿門先生文集	今藏中圖善本室
皇甫涍	頁二六三	皇甫少玄集	
楊繼盛	頁二六三	楊忠愍集	
劉　鳳	頁二六四	子威集	
王世貞	頁二六五	弇州正續四部稿	
汪道昆	頁二六六	副墨、太函集	
李　贄	頁二六六	李溫陵集	今藏中圖善本室
張居正	頁二六七	太岳集	
王錫爵	頁二六八	王文肅集	

作者	頁次	文集	藏處
沈一貫	頁二六八	喙鳴文集	今藏中圖漢學中心
屠　隆	頁二六九	由拳集	
歸子慕	頁二七〇	陶庵集	今藏中圖善本室
馮夢禎	頁二七〇	快雪堂集	
孫　鑛	頁二七一	姚江孫月峯先生集	今藏中圖善本室
湯顯祖	頁二七一	玉茗堂集	
袁宏道	頁二七二	瀟碧堂集	今藏中圖善本室
陶望齡	頁二七三	歇庵集	
李維楨	頁二七三	大泌山房集	
董其昌	頁二七四	容臺文集	今藏中圖善本室
鍾　惺	頁二七五	鍾伯敬先生遺稿	
黃汝亨	頁二七五	寓林集	今藏故宮博物院善本室
王思任	頁二七六	王季重十種	
虞淳熙	頁二七七	虞德園先生集	今藏中圖善本室
陳繼儒	頁二七七	陳眉公先生全集	今藏中圖善本室

張　鼐	頁二七八	寶日堂初集	今藏中圖善本室
陳仁錫	頁二七八	無夢園遺集	今藏中圖善本室
文翔鳳	頁二七九	文太青文集	今藏中圖善本室
袁中道	頁二七九	珂雪齋前集	今藏中圖善本室
曹學佺	頁二八〇	石倉全集	今藏中圖漢學中心

透視治學讀書的門徑

一個社會，不怕沒有人才，就怕沒有學術；不怕沒有學術，就怕沒有圖書。圖書是學術的根本，而學術又是人才的根本。所以從長遠一些看，圖書館才是帶動社會躍進的心臟所在。但在急功近利的社會風氣下，短視眼前，圖書館卻常被冷落忽略，被視作緩不濟急。

讀書到某個境地，個人的藏書不過是基本的、片面的，個人藏書再多仍屬少數的部分，而必須去使用圖書館，圖書館才是無窮的寶庫。問題是許多人知道它重要，也嚮往讀書的樂趣，卻缺乏開啟寶庫的鑰匙，缺乏登堂入室的經驗，圖書變成高不可攀的貴族，而不是隨心差遣的僕役。因此聯合報的編輯先生把我看作是識途老馬，要我來實地演練一番。

我就舉最近的一項小小的研究工作爲例，先從目錄索引查起，然後運用版本校勘，兼及傳記年表、辭典類書的查考，查考完畢，才發揮我自己的見解心得。下面就將這過程一步步透明化地記錄下來。

我經常使用的是坐落於臺北市中山南路的中央圖書館，該館是臺灣目前藏書最豐富的，其中的古代善本書，在二十年前，就達到十四萬三千冊，逐年還在蒐集增加。淸代的善本有三三四種，我已經全部閱畢，明代的善本有六二一九種，別集部分我已看了一大半，預定再過一年就可以看完。中央圖書館收藏的明代書其質與量都傲視全世界，所以我若能將全部明代善本讀一遍，該是世上少有的福氣與享受。

最近我在明人張朱佐的《醉綠齋新著》裡讀到一篇〈國朝文評〉，他說王世貞也寫過〈國朝文評〉，把明朝人的文章一一批評過，可惜王世貞眼光太高，批評別人總是「譽少而毀多」，所以他立願把它重寫一次。我看他批評說：

楊東里如東海揚風，一帆無恙。

汪司馬如小邑城市，粗置街巷。

貞有意思，說楊的文章，像在海上揚帆，滑溜順暢。說汪的文章，像小城的街巷，稍有規模。哈，將抽象不易捉摸的文章風格完全畫成具體的圖象表達出來，這種「圖象式」「比喩式」的文學批評，要能一語命中，境界全出，並不簡單。而將各個圖象應用到整個明代的文學家，一人一幅圖象，彼此比較，該多有趣？剛好臺北美術館要開一次「東方美學」的國際學術會議，假如我能把這個有趣的美學理念研究出來，寫成一篇論文，不是挺好嗎？

首先我得將王世貞的〈國朝文評〉找出來看看，要找資料，先翻目錄。我先查《四庫全書目錄索引》，其中列有王世貞的《弇山堂別集》到《全唐詩說》共十七種，有的四庫抄入了，有的不抄入就列爲「存目」，抄入的只有五種，數量已經不少，從四庫全書的一二七九册到一二八五册，我只好一一翻檢，看看這篇〈國朝文評〉有沒有收入？翻了很久，只見《弇州四部稿》卷一五二有類似的文章，卻不是〈國朝文評〉。

於是我只好使用索引，在商務新編成的《四庫全書文體篇目分類索引》中，查到了，原來這篇文章，四庫全書不收在王世貞著作內，而被收到明人賀復徵編的《文章辨體彙選》裡了，不用索引，哪能知道？趕快影印下來。

第二步我想到的就是「版本校勘」，不經過好的版本校勘，研究起來常有疑惑，有時甚至會鬧笑話。於是我到四樓善本室裏，查《中央圖書館善本書目》第三册，在《弇州山人稿》裡找出《藝苑卮言》，將其中的〈國朝文評〉與四庫全書所抄的核對校勘一遍，（一般讀者只能借微卷縮本，不易翻查，所以先從四庫本找出資料，再取善本來校勘，如果善本可供翻查影印，就逕取善本，不必如此麻煩了。）發現「吳原博」被四庫誤寫成「吳厚博」，吳原博是「吳寬」的字，如果不改正，將到哪裡去找「吳厚博」這個人？

「姜斌道士」被四庫誤寫成「姜賦道士」，「郭价夫」被誤寫成「郭玠夫」，「江于順」被誤寫成「江子順」，「朱子价」誤寫成「朱子玠」，「喬景叔」誤寫成「喬景淑」，四庫全書的版本最差，錯誤太多了，幸好有良好的善本來校勘，不然，古人的字號已經很難查對本名，假若還有錯字，根本無從考查。

校勘完畢，第三步我就要知道這些字號的本名是誰，譬如「楊東里是誰？」「汪司馬是誰？」，古人不喜歡直呼本名，用字號表示禮貌，卻害苦了研究者，字號之外，還有用官名的、謚號的、地名的……

我將張朱佐及王世貞二家的〈國朝文評〉合併起來，其中共提及明代作家一百零六位，稱呼的方法有七種：

像「熊過」是直呼其名，他字叔仁，號南沙。

像「許伯誠」是許宗魯的字，他另一個字是東侯。

像「商素庵」是商輅的號，他字宏載。

像「楊忠愍」是楊繼盛的謚號，他字仲芳。

像「汪司馬」是汪道昆的官名，他字伯玉，號南明，因為與王世貞皆曾任職兵部，天下稱「兩司馬」，王世貞曾寫過〈少司馬公汪伯子五十序〉一文，所以人稱「汪司馬」。

像「李溫陵」原來是李贄，他字卓吾，因為袁中道在《珂雪齋前集》中有一篇〈李溫陵傳〉是寫李贄的，用地名相稱是極爲尊敬的意思。據《李氏焚書》卷三〈卓吾論略〉中說：「居士生於泉，泉爲溫陵禪師福地，居士謂：『吾溫陵人，當號溫陵居士』」，是李贄自號溫陵居士，後人推崇他，也就如此稱呼他。

像「張江陵」便是以張居正的家鄉地名尊稱他，他字叔大，號太岳，江陵人，神宗時做了首輔，是一位了不起的賢相，別人才這樣稱呼他。

種種的稱呼，要把一百零六人搞清楚，就花了一個星期的時間，幸好先校勘過，不然一個「吳厚博」就讓你查三天三夜查不到，最難查的是「沈蛟門」，我把明代姓沈的可能人選都去查了，什麼沈仕沈鯉沈鯨沈演……他們的字號都不是蛟門，我在王思任的手稿《王季重詩文稿不分卷》頁六及頁二十九見抄有沈蛟門的詩，可見確有其人，他的本名是誰呢？急着找，硬是找不到。

我是如何從這些陌生的字號去找出作者本名的呢？當然又用了許多索引，陳乃乾的《中國歷朝室名別號索引》太舊了，解決不了問題。《古今人物別名索引》比他好多了，將字號歸類在一起，譬如「楊東里是誰」？查東字中，「東里」就歸併在一起：

「東里」是宋朝楊朴，「東里」又是民國的羅惠僑。

「東里」是清人汪家禧，「東里草堂」是明人楊士奇的號。

文評的楊東里就是指明人楊士奇。但是天下沒有一本書是完全的，在這本索引中能查出三分之一就不錯了。於是再查梁廷燦的《歷代名人生卒年表》也列有字號，兼及生卒年月都是有用的，他又以年代排列，我乾脆將明代人全部檢查一遍，又找出了幾位。姜亮夫的《歷代人物年里碑傳綜表》增補得比梁書更多，又再全部檢查一遍，又找出了幾位，還是不全。像梁書中不列「屠隆」，查譚嘉生的《中國文學家大辭典》有屠隆，卻沒有生卒年月，再查姜書才說他生於一五四二年卒於一六〇五年，各本書中所列生卒年代常有一、二年的出入。最後又查昌彼得先生編的《明人傳記資料索引》，收穫不少，但像盧柟、王廷陳、陳束、江暉都沒有生卒年月，有沈鯉，卻沒有沈鯨。不過像李溫陵是李贄，在這書中已列了。又像「朱曰藩」，在梁書姜書中均沒載，在譚書中卻有的，各有各的優點，翻遍了這些索引辭典，才大致解決了名號問題。

最後只剩「沈蛟門」是誰的字號，一直懸疑不決，遍查《歷代人物年里通譜》、《古今人物別名索引》等書，都只有「汪蛟門」，沒有「沈蛟門」，王思任的手稿中另抄有董其昌、徐文長詩，則沈蛟門的年代應與董、徐及沈仕等同時。後來我在明人連繼芳《鷽鳩小啟》卷十四，讀到〈擬賀沈蛟門相公元旦啟〉及〈擬賀沈龍江相公元旦啟〉二文，二文所指爲同一人，才明白沈蛟門就是沈龍江，本名是沈一貫，「蛟門」是一貫的另一別號，各種索引裏沒記載，就很難檢出。再去核對《明史》中沈一貫的傳記，年月及情事都與這〈元旦啟〉中相吻合，久懸的疑團被解開，心中無比的快慰！

第四步我才開始研讀本文，譬如讀到王文中的一條：「王稚欽書牘如麗人訴情，他文則改鼠爲璞，呼驢作衞。」批評王廷陳的書信部分寫得像美麗的女子向你訴衷情，但其他的文章，卻喜歡「改鼠爲璞」「呼驢作衞」，這是什麼意思呢？

我得先用辭典類書將這兩句話的意思搞懂了，「改鼠爲璞」，很容易查，《辭海》裡就有「鼠璞」條，說出典在《尹文子》中，鄭人的方言「玉未琢」叫做璞，周人的土話「鼠未腊」叫做璞，結果鄭人周人在貿易時發生了誤會，主要在講「同名異物」的問題。

「呼驢作衞」就比較難查了，不但《辭海》、《中文大辭典》都沒有，一般的成語辭典更沒有，它大概不算是成語。只好去翻類書，類書有許多種，主要是將意義相似的書籍典故分類編纂，我先在《藝文類聚》卷九十四的「驢」部去找，只找到把驢喚作「盧公」的，沒有呼驢作衞的出典。又去找另一部類書《白氏六帖事類集》卷二十九，「驢」部只有把驢喚作「長耳公」的，只好去翻最大的類書《古今圖書集成》，在禽蟲第一百零四卷的「驢」類中，發現所引的《爾雅翼》一書裏有：

「驢，一名爲衞。或曰晉衞玠好乘之，故以爲名。」

又在「驢部雜錄」中查出《資暇錄》裏有：

「我呼驢爲衞，于文字未見。今衞地出驢，義在斯乎？或說以其有軸有槽，譬如諸衞有胄曹也，自目爲衞。」

「呼驢爲衞」的出典究竟如何，是旁生枝節的另一問題，在王世貞文中的意義已經大致可以確定，那就是刻意避俗求雅，把「鼠」字改爲「璞」，把「驢」字改爲「衞」，顯得有點故意做作吧？後來我看到顧起綸在《國朝品》中批評他「頗多奇句」，朱彝尊在《靜志居詩話》中批評他「藻采太多，華掩其實」，嫌「鼠」不美，改用「璞」字，嫌「驢」不美，改用「衞」字，文章這樣寫，好奇過分，藻采太盛，而必然使本意受到遮掩了。

從辭典類書搞淸楚本文的含意，第五步才開始發揮自己的見解，我一面廣爲搜羅前人對各家的文評詩評，作爲旁證，一面將這一百零六種文集都借來讀，有的已讀過，但當時並未注意到文評問題。一百零六種文集中，郭維藩的《杏東集》及黃禎的《北海野人稿》，臺灣沒見到有藏本，其餘一種需向中研院借閱，六種需去故宮博物館借，其他的中央圖書館均有藏本，我一面也將這些「東海揚風」「小邑城市」等有趣比喻中，所道出的褒獎或貶抑，細說出來，並且引前人的評語作爲前後的印證。使王張兩人純主觀的評斷，獲得一些較爲客觀的支持。其餘更妙的比喻，如唐伯虎像「饑鷹傲日」，丘濬像「太倉陳米」，程敏政像「借面弔喪」，陳東像「小徑落花」，或取材自動物植物，或取材自人事物品，又常常在文品中兼含人品，巧妙地將明代文章比況得很生動。小小的比喻，顯出了全部的境界。

我對這種「圖象批評」所展現的美感，及批評者高深融會的素養，十分心儀。中國人一向重直覺思維，不喜深解，重印象綜合，不喜分析，所以「圖象批評」全用譬喻象徵，近乎禪趣的只點一筆，而意境全出，我把這種「神技」一一介紹以後，作一個總結論在後面，說明「圖象批評」的優缺點，共寫了近五萬字，這一次小小的學術探勘計畫也就告一段落，把論文繳了出去，同時將這探勘經過寫下，來滿足聯合報編輯先生的要求。

讀詩又記

折字詩

中國人大概是世界上最愛以文字來玩遊戲的民族，在猜謎語時，常常有「折巾格」，劈折謎語第一字的半邊偏旁；有「展翼格」，將謎底中某字劈左右成爲二個字……在行酒令時，「碧」字成了白玉石，「聖」字成了口耳王……在作隱語時，「袁」字被說成「半凶半吉」，原來從上半看是「吉」，從下半看是「哀」……到了對對子，更是巧思百出，相傳明太祖與四川重慶的監生做對聯，太祖說：「千里爲重，重水重山重慶府」，監生應聲便對：「一人爲大，大邦大國大明君」，切合身分，在文字的拼裝拆解上大玩技巧。古時候讀書人少，在文字上做遊戲，成了眾人仰慕的高素質文化活動。

曾有一位學生，在詩選課上，拿出一首詩問我：「這詩是什麼意思？」我一看：

（圓）山路
（飄）（雲）（長）（雨）（斜）陽
（扁）舟（橫）渡（缺）過
風（尾）花（少）香

當然把我考倒了，慢慢地解謎，細細地揣摩，第一句月字寫成圓形是「圓月」，山字中間特高是「高山」，路字上下不平是「坎坷路」。雲字飄，雨字長，陽字斜，是「飄雲長雨掛斜陽」。舟字扁，渡字橫，過字缺了個「人」，是「扁舟橫渡無人過」。風尾捲，花少一筆，香下只有半個日字，是「風捲殘花半日香」！平仄全合，還有韻腳，字形上居然兼帶「具象」的意義，也算是「具象詩」吧？

我告訴這位學生，這種詩從前有個名字，叫「神智體」，相傳蘇東坡曾寫過一首〈晚眺〉去考問北方來的使者，令使者惶愧得不敢再談詩，他是這樣寫的：

亭景畫
老笻節
首雲暮
江灘峰

細察字形高矮，筆畫肥瘦，正反斜折，解碼的結果是：「長亭短景無人畫，老大橫拖瘦竹筇，回首斷雲斜日暮，曲江倒蘸側山峯。」

我很懷疑，這樣的文字遊戲，變化畢竟太有限，一味將字形拿捏變形，究竟能玩多久？還能有什麼新花樣新招數呢？但當我讀到明人汪廷訥的《坐隱先生集》，他居然連寫了八首，手法翻新，並且替這種詩取了個更合理的名稱：「折字詩」，把文字轉折變形，巧意就藏在裏面。

「局」字被切成一半，「棋」字的一半藏到「橘」字裏去了，「榻」字寫得高高的，「月」字還用淡墨來寫。最妙的把「雲」字的一點，橫過來像個倚著頭的枕，把風壓在睡姿下，原來全詩是：「半局殘棋隱橘中，開襟長笑藐三公，疏星淡月臨高榻，醉臥雲橫一枕風。」棋又名「橘中秘」，所以隱在橘中，三個公字特別小，爲的是下棋的隱者藐視三公。

翻新的手法如「綠」與「衣」疊在一起，「事」字缺了一畫是「無一事」，「黑」字用描紅的雙鉤法，表示是「白黑」，全詩是：「輕煙傍水柳枝肥，散步橫溪綠染衣，長日小齋無一事，半枰白黑對斜暉。」把步字寫得零落散漫是「散步」，枰字殘缺下半是「半枰」。

最驚人的是汪廷訥竟然還能用這種手法做起律詩來了，中間四句要對仗，豈不難上加難，他寫道：

「夫」字很大，下面有半個「是」字，「仙」字飄散了，「塵」字分開斷裂代表「塵紛」，「得」字多出「自」字來，竟是「多自得」，「世」字寫得混濁不明，「由」字中間失掉成了「沒心由」，「暮」字中間居然可以抽掉「天」字，「秋」字落掉「木」字，「風滿袖」已夠奇怪，「雲」字上一畫變成「口」，有「高」字的影子，也有「白」的部分，這首律詩是：「大夫半是散仙流，闞地開湖小五侯，長笑塵紛多自得，藐觀濁世沒心由。對枰坐隱忘天暮，傍水微吟落木秋，竹葉浮杯風滿袖，斜陽高臥白雲秋！」匠心如此，不得不爲之拍案叫絕！

猜猜「離合體」

當我打開明人衛承芳寫的《曼衍集》，在開卷第一頁處，就有一首詩把我難住了！反覆地看，它的句意似通非通，不容易弄明白在寫什麼？開頭二句：

漢澤開泗上，逐清封豕故。

在寫田獵麼？不像。像二句謎語，意思要用猜的。古人有的是空閒，消磨一下時光，慢慢探尋出謎底來，也許是一種趣味，一種快樂。幸好詩題有「離合體」三字，原來是要讀者按照句中的暗示，把文字的字形，拆開拼裝，離離合合，才能拼湊出字來。

「漢澤開泗上」，大概是把「澤」字開除上面的「泗」字，就剩下「幸」字。「逐清封豕故」，將「逐」字清除掉那隻大豬，就剩「辵」字。「幸」「辵」兩相拼裝，就合成了俗寫的「達」字了。原來這兩句詩是要拼成「達」字。

這種文字遊戲，偶一爲之，也許容易。如果要將一連串特定的字，都用「離合體」寫成詩句，在語彙技法上不重複，是很難的。再看下面二句：

羣雄已亡羊，彼都者浮慕。

句意還算通順，「都者」是美麗者的意思，但兩句又在說什麼呢？原來「羣」字亡羊，就剩「君」字。「都」字裏的「者」是虛浮的，都浮去了者，就剩「阝」了。「君」「阝」兩相拼裝，這兩句詩是要合成個「郡」字。

下面又寫：

折衝虛重任，虎韔匪長具。

字面的意思也還過得去，擔任折衝的外交重任，虎韔的弓矢不算什麼利器了。原來「衝」字虛掉「重」字，只剩「行」字，「韔」字非掉「長」字，只剩「韋」字，把「行」「韋」相拼合，就成俗寫的「衞」字，這兩句詩彷彿是「衛」字的謎語。

凝丞一以疏，玉璜卜難遇。

這兩句的意思就有點牽強了，好像在說朝廷上奏疏的事，原來「丞」字把「一」字疏遠開，就剩「氶」；而「玉」字把「卜」字拆掉不遇，就剩「三」字，「氶」「三」相拼，就成了個「承」字，眞是挖空心思。

荼苦傷余懷，子房寧閉戶。

這兩句詩，好像還用典故呢，上句用《詩經》：「誰謂荼苦」，下句用《史記・留侯世家》：張良稱病閉戶不出。原來「荼」字傷掉「余」字，只剩「艸」頭，「房」字閉掉「戶」字，只剩「方」字，「艸」「方」相拼，就成「芳」字，這樣離離合合，拼出五個字來，連著一讀，竟然是「達郡衛承芳」，與書名下「蜀達人衛承芳著」七字遙相呼應，眞不知這十句詩，要拈斷幾莖鬚才想得出來，而澤字「開泗」，逐字「逐豕」，羣字「亡羊」，都字「者浮」，衙字「虛重」，韔字「匪長」，丞字「疏一」，玉字「卜難遇」，荼字「傷余」，房字「閉戶」，各字的離合方法與語彙全不相同，更覺難能可貴。

衛承芳的離合體，並不是他首創，他是學漢代孔融的「離合作郡姓名字詩」，孔融是用四句詩合成一字，如「六翮將奮，羽儀未彰」說「翮」字的「羽」不彰，就離出「鬲」字，「蛇龍之蟄，俾也可忘」，蛇的古寫「它」寫成「也」，「蛇」字忘掉「也」，就離成「虫」字，「鬲」「虫」相合，就是「融」字。古文寫法有異，今人來猜就益加困難了。

相傳謝靈運與謝惠連也做過這種好奇的遊戲詩，靈運的〈別〉詩六句：

古人怨信次，十日眇未央；加我懷繾綣，口詠情亦傷，劇哉歸遊客，處子勿相忘。

這六句很簡單，胡才甫在《詩體釋例》中說「未詳所自」，其實只是「古」字去掉「十」，「加」字去掉「口」，「劇」字去掉「處」，剩下的「口、力、刂」合拼成一個「

別」字，「劇」字不是「處」旁，但當時俗寫相近。

惠連寫的〈念〉字詩四句，就費解：

> 夫人皆薄離，二友獨懷古，思篤子衿詩，三川何足苦。

我只能猜想：「夫」字去掉「二」字，「友」字去掉「人」字，兩相拼合是「今」字。「三川」合起來就是「田」字，「思」字去掉「田」只剩「心」，以「心」拼裝「今」字就成了「念」字。這種詩完全在玩弄「巧」，當然不在乎有沒有寓意抒情。「離合體」在中晚唐也盛行過一時，不過像陸龜蒙寫「子山園靜，憐幽木公，幹詞清詠華門月」把「木公」合成「松」，把「門月」合成「閒」（間）而已，詩成了字謎，就太費腦筋了。

「歇後」玩笑大

有人問我「歇後語」在詩中有什麼功用？我想「歇後語」的功用就在「藏字」於句外，藏著未表出的字，留一些餘情讓人去追索或回味。所謂「歇後」就是將語尾字歇絕省略，所以又叫做「歇尾」或「縮腳」。

《語林》中記載，貞元末有位歌妓阿軟生了一個女兒，求白樂天取一個小名，白樂天說：「這孩子白皙可愛，就叫『皎皎』吧！」後來有人猜出「皎皎」中別有含義，古詩中有「皎皎河漢女」的句子，「河漢女」諧音爲「何漢女」，是問「何位漢子所生的女兒？」又如流寇張士誠本來名字不雅，請一位讀書人取個好聽點的名字，讀書先生替他取「士誠」，他很樂，不知《孟子》中正有一句「士誠小人也」在罵他。這「皎皎」、「士誠」都是「歇後語」，大抵是作隱言謔語用的。

所以我總覺得「歇後」是文字遊戲的一種，開玩笑的性質大於藝術性，許多修辭典籍中對「歇後」、「藏尾」大談特談，而我在「字句鍛鍊法」中並不列爲一格，原因亦就在此。在明代科舉場中，己酉順天府那場考試，特別訂了一條試場規則，規定文章中不許用「空、定、慧」三字，因爲佛教太盛，文章中「禪語」太多，誰寫了這三個字就剔除考卷，當時的沈幼宰，就寫了三首歇後體的箴，傳爲笑談：

回也其庶乎屢，此下一字儘可除，君不見今之所禁則國虛，當年孔子犯了鄙夫問於我如。

少之時血氣未，此下一字只合塗，君不見今之所禁天下惡乎，當年曾子犯了一言僨事一人國。

言不及義好行小，此下一字渾不是，君不見今之所禁雖有知，當年孟子犯了人之有德術知。

第一箴裏「回也其庶乎屢空」「則國虛空」「有鄙夫問於我空空如也」都是四書裏的話，把「空」字全挖掉了。

第二箴裏「少之時血氣未定」「天下惡乎定」「一人定國」也都是四書裏的原文，把「定」字全「歇」掉了。

第三箴裏「好行小慧」「雖有知慧」「人之有德慧術知者」也都是四書中的句子，把「慧」字全埋藏了。這三首箴，雖說是「惴惴於功令」而自箴用的，其實當然在嘲諷考官，孔子曾子孟子都用過「空定慧」三字的，如何可禁用？

清代的凌揚藻在《蠡勺編》中，就很稱讚歇後體，他認爲「語雖似半，而意則已全」，這就是文章的妙處，他特別欣賞元人的〈清江引〉曲：「蕭蕭五株門外柳，屈指重陽又！」不說「重陽又到」，只說「重陽又」，又字下得奇妙！

在詞裏黃山谷取「斷送一生惟有，破除萬事無過」爲六言對，原來「斷送一生惟有酒」「破除萬事無過酒」都是韓愈的名句，把「酒」字的句尾歇掉，變成妙對。後來紀昀模仿寫「醉翁之意不在，君子之交淡如」，分別將大家耳熟能詳的名句截去「酒」與「水」，對仗得別具匠心。

據說章太炎也模仿歇尾法，寫對聯罵康有爲道：「國之將亡必有，老而不死是爲」句末恰用「有爲」二字，而將「妖孽」、「賊」等字藏在句外，不罵比罵得更凶，然而這僅是遊戲嬉罵，門人孫世揚輯「大師連語」並不收這一聯。

在詩中，偶因字數的限制，減去末尾一字，別人仍能懂的，大概也算是歇尾法了，如唐彥謙〈題漢高廟〉詩：「耳聽明主提三尺，眼見愚民盜一抔。」三尺下歇去「劍」字，一抔下歇去「土」字，嚴格而言，這只是縮短緊峭，並沒有藏字含蓄的效果。

又如石曼卿在落第時開玩笑寫：「無才且作三班借，請俸爭如錄事參。」將宋朝的官名「三班借職」、「錄事參軍」這二個綠豆般大的小官職，簡省成三字，押上韻腳，完全是「俳諧調侃」的手法，正如近年傳說的民國「四害」：「立法委、國大代、新聞記、縣市議」，教人莞爾一笑而已。

至於許多修辭學書裏，喜歡舉潘岳的〈河陽縣〉詩：「引領望京華，南路在伐柯。」認爲「伐柯伐柯，其則不遠」是《詩經》的句子，不說「南路不遠」而說「南路在伐柯」，就是歇後語，其實將它作爲一種借代式的用典又何嘗不可？陶淵明詩：「再喜見友于。」杜甫詩：「山鳥山花吾友于。」用《書經》「友于兄弟」的話，好像「友于」下歇去「兄弟」，其實將它仍看作借代式的用典也是可以的。至於王維的〈渭川田家〉：「卽此羨閑逸，悵然吟式微。」有人以爲《詩經》「式微式微胡不歸」，吟「式微」就是吟「胡不歸」，這是歇後，其實「吟式微」，式微是「衰」的意思，悵然感歎世衰道微，意思也可以通的，眞正「歇後」的例子並不多，所以「歇後」只是遊戲的筆墨，在詩中並沒有很大功用的。

回文的妙趣

聽說物理學家楊振寧要寫一部《宇宙對稱性》的專著，特別將蘇東坡的「回文詩」作爲插頁，中國詩文中對稱性特別顯著，回文體的詩，非但對稱，更有廻環轉動的妙趣，居然能與天體物理相證明，古意中饒生新趣了。

回文體盛行於宋朝，在唐朝的李杜大家，注重神思，不屑做這種文字遊戲的詩句，但宋朝時卽使王安石蘇東坡等大家，都不免偶作回文體來逞奇鬪巧，把晚唐人的雕琢技巧，大大地弘揚一番。

回文的第一種方式是正讀倒讀都能成句，但只寫出正讀在字面上。像宋人李洪在《芸庵類稿》中錄的「回文」：

病臥愁花落，春深怨夜長，鏡明羞短髮，窗淨惜殘春。

正讀是說病臥著擔憂花落，春深了更怨夜長，在明鏡中羞見頭髮漸漸禿了，潔淨的窗外綠肥紅瘦，殘春的景象惹人憐惜。倒讀則成爲「春殘惜淨窗，髮短羞明鏡，長夜怨深春，落花愁臥病」，不但平仄都合，而且「鏡」、「病」都是去聲「敬」韻的，韻腳也恰好，讀起來也頗順口。

五言絕句的回文，也許還算容易安排，第三字用動詞，然後一個名詞接一個形容詞，分列兩頭，再注意平仄韻腳，自然正讀倒讀都能成句了。回文擴大爲七言律詩，句型長又須對仗，難度就比較高，五十六個字要回文，必然煞費心思，寫《幽夢影》的張潮，很善於此道，在《張山來詩集》中，寫了許多七律回文：

> 幽居卜得自情怡，鹿豕忘機化日遲，流水映花桃片片，遶堤拖線柳絲絲。愁人對月隨歌調，醉客邀雲染酒巵，樓上又逢春景美，遊行偶爾任驅馳。

把它倒過來讀，更覺順口：馳驅任爾偶行遊，美景春逢又上樓，巵酒染雲邀客醉，調歌隨月對人愁。絲絲柳線拖堤遶，片片桃花映水流，遲日化機忘豕鹿，怡情自得卜居幽。順口是順口了，平仄對仗韻腳都穩當了，但是難得有性靈寄託，完全是文字魔術。

回文的第二種方式是將正讀倒讀並列成一聯，放在字面上。如恆仁在《月山詩話》中錄的回文：「弟兄難是兼同志，志同兼是難兄弟」說弟兄很難得兼爲同志的，而志同的朋友倒常是難兄難弟。又：「新作妙驚人，人驚妙作新。」又：「卮進輒成詩，詩成輒進卮。」兩句回文變成一付妙聯。

清代的祝尚矣，把這種妙聯做成整首詩，稱爲「穿心廻文體」，要整首全佳不容易，但其中不乏巧對，如：

客中愁度空長日，
日長空度愁中客。
友情濃似酒，
酒似濃情友。

其實偶用回文成對已夠巧妙，整首去雕鑿，反而不自然且顯得殭硬拼湊了。

回文的第三種方式是字字可以爲起迄廻環，一首詩從第二字第三字開始讀起都能成句。這種巧思，最早是見於圓形的鏡子四周，如徐元潤在〈銅仙傳〉裏記載六朝時的鏡銘：「鏡發菱花，淨月澄華」，固然可倒讀爲「華澄月淨，花菱發鏡」，也可低下一字讀成「發菱花淨，月澄華鏡」，低下二字讀成「菱花淨月，澄華鏡發」，低下三字讀成「花淨月澄，華鏡發菱」也可隨時倒過來讀爲「菱發鏡華，澄月淨花」，順讀成八句，倒讀成八句。

六朝鏡銘又如：「象物徵神，朗月澄眞」，及求古精舍金石圖載唐鏡銘：「河澄皎月，波清曉雪」這些八字銘，都屬回文，梁代的邱遲創造了這種文字裝飾，稱之爲「廻環八字銘體」。除了鏡子，圓形的石章或瓷器上，也常有字字爲起迄的妙句。

相傳晉代蘇蕙的璇璣圖廻文詩，共八百餘字，縱橫可成詩二百餘首，後人附會推求，竟有得詩三四千首的，相信其中不會有一首像樣的詩。《檀几叢書》中載沈士瑛寫的一首「美人揉碎梅花廻文圖」，有十種讀法，所謂流水讀、回風讀、連環讀、脫蟬讀、穿花讀、蛺蝶讀、斷雲讀、腰蜂讀、旋帆讀、歸雁讀，小小的圖內，可讀出七言律詩六首，絕句二十四首，共得梅花詩三十首。假如縱橫反覆，衍而伸之，更可達到千百萬首，可說是十分驚人！

回文到了字字倒讀或字字爲起迄，已成了遊戲，不值得效法，一般詩中只要取一部分回文就很美了，像明人來繼韶寫「去歲家園梨似雪，今年塞外雪如梨」，家鄉梨花如雪，塞北雪如梨花，不是極美嗎？應用到語體文中像成舍我說「報人沒有成功的一天，報人只有一天的成功。」又像猶太諺語說：「一個父親可以養活十個孩子，但十個孩子未見得能養活一個父親」，把主體詞彙作廻環，不必字字倒轉，句子已經很華美了。

文字遊戲

中國文字一字一音，方方正正，排列的時候可以玩許多遊戲，是其他各國文字所無法望其項背的，在文學作品中，常常出現一些玩對仗、玩拆開合併的拆字遊戲，更可以玩橫讀豎讀，倒過來讀的「回文」呢！

對仗是最常見的了，不但詞性相對、平仄相對、語法相對，還可以限定用某字安插在第幾字的「詩鐘」，像從前福州詩社曾經指定用「女、花」兩字各插在第二字，又規定必須是集唐人現成的詩句爲對仗。這些規定愈多就愈難，愈難就愈見巧思，趣味就在「難」裡面了，結果錄取的前三名，都很有巧思：

第一名：青女素娥俱耐冷，名花傾國兩相歡！

第二名：商女不知亡國恨，落花猶似墜樓人！

第三名：神女生涯原是夢，落花時節又逢君！

原來都是大家耳熟能詳的名句，卻千想萬想也不曾想到，它倆可以配對如此出奇。這種「嵌珠格」的詩鐘遊戲，常給人意外的驚喜。

「對仗」之時，再加點「字義上的雙關」，更是靈感天成，巧妙入神，像宋代滕達道出了上聯：

數行文字，那個漢書？

問數行文字，是哪個漢子所書寫？「漢書」又雙關著一本書名。對仗的人也要有同樣的巧思，鄭毅夫給它對上了：

一簇人煙，誰家莊子？

也問一簇人煙處，是誰家的村莊呀？村莊也可說是「莊子」，「莊子」也雙關著一本書名，可說是天地間的絕配。

「對仗」之時，帶點字音的雙關很容易，暫且不舉例了。但帶點「字形上的雙關」就比較難，而且只有中國文字才可能有這種技巧，滕達道也出過一付對子：

魔觸槐死，枉作木邊之鬼。

魔在槐樹上撞死，把「槐」字分成「木邊之鬼。」鄭毅夫就很快給它對上：

豫讓吞炭，終為山下之灰。

刺客豫讓吞炭成啞巴，不讓別人逼供，終於慷慨就義，把「炭」字分成「山下之灰」，也是巧思濬發。

記得明朝一位王子出上聯說：

天寒地凍，水無一點不成冰。

姚廣孝明白王子想篡位，鼓勵他道：

國亂時危，王不出頭誰作主？

水字加一點成冰，王字出頭就成主，姚廣孝還常向王子說：「當奉上白帽子戴」，王子加白帽就成「皇」字了。

喜歡做燈謎的奸臣阮大鋮，在拜官兵部侍郎的時候，在門上貼了一副紅聯，上寫：

闖賊無門，匹馬橫行天下，

元凶有耳，一兀攪亂中原。

闖字沒有了門，只賸匹馬了。一字加上兀，就成元朝，闖賊匹馬橫行天下，而一個金兀朮就攪亂了中原。而「元」字有「耳」，就是暗指姓「阮」的自己。

至於文字倒過來讀的回文詩，那就多得很，生活美學家張潮，他除了寫《幽夢影》的名作外，最喜玩文字遊戲，在離合體、八音詩、集郡名詩外，更喜寫回文體的七言律詩：

粧成早日竟如何？巧畫眞山鎖黛螺，

香吐艷裳仙妓舞，句傳新調雪兒歌，

瑩吟細韻留高砌，燕掠輕紋蹴遠波，

狂態故應惟酒醉，腸牽慣是最情多。

寫一位多情的歌星舞星，一面懷著心事，一面化妝，全詩寫得很平順，沒有勉強拗折的地方，把它從最後一字逆著順序來倒讀，全首詩變成了另一種面貌：

多情最是慣牽腸，醉酒惟應故態狂！
波遠蹴紋輕掠燕，砌高留韻細吟蛩！
歌兒雪調新傳句，舞妓仙裳艷吐香！
螺黛鎖山眞畫巧，何如竟日早成粧！

倒過來讀，不但平仄協合，韻腳全在，句意順愜而語氣更壯，五十六字的律詩，順讀逆讀都毫不見斧鑿痕跡的，眞是文字遊戲中的高手。

重複也是美

從前有位好奇得出名的蕭太山，建了一個廳堂，取「堂堂正正」的意思，名叫「堂堂」，合廳堂的堂字，匾額就寫做「堂堂堂」。又建了個園亭，取「亭亭玉立」的意思，名叫「亭亭」，連帶園亭的亭字，匾額名爲「亭亭亭」。有人跟他開玩笑，勸他乾脆在巖壁間挖個洞，取「洞洞眼」的意思，叫做「洞洞洞」吧！

由這個趣事，明白在一個句子裏重出幾次相同的字，有鬪巧逞能的作用，才子們在詩裏用重出的字，不避重複，往往有他炫耀巧思的匠心，分析這「重出」的匠心裏，可以有五種功能：

第一是在音響節奏上給人快感。如：

隔院名花隔院香（清鶴湖居士詩）

吾用吾心吾自在（清榴龕居士〈無俗念〉詩）

春日春情春不賒，春林春色想春華（明梁希淵〈春興〉）

這裏的重出字，像音樂中的節拍一樣，在一句中響兩次「隔院」，或在一句中響三次「吾」、「春」，密集的重複字，有音響節奏的效果，在讀者預期的節拍上湧現同樣的聲音，而產生「合拍」的快感。當然，像「春日春情春不賒」的〈春興〉詩，一句中出三個春，兩句中出六個春，在音響效果之外，已產生「到處是春」的繁忙效果。

所以第二種功能就是由字面的繁複，同時呈現所描繪的事物也很繁複。如：

今日今日書，明日明日書，今日讀不竟，明日將何如？（清湯貽汾〈夜讀〉）

相思不相見，不如不相思，明知相思苦，纏綿又遠之！（清張涵中〈擬古相思〉）

今天讀今天的書，明天讀明天的書，明天又變成了今天，今天還不曾讀完，明天又已經來到，一個個的明天，無窮無盡，一個個的今天，無窮無盡，明天今天像在時間的模版上滾動印刷，書也在油墨的模版上滾動印刷，書書書，也是永遠的無窮無盡……重出的字眼，使事物好繁複呀！

第一句的「相思」，第二句的「不相思」，第三句又回到「相思」，「不」、「不不」這些重出的字眼，將相思的反反覆覆，相思的伈伈俔俔，表露得好具體！胡適有首寫相思的白話詩，也重出相思字，結尾說：幾番細思量，寧受相思苦。胡適的詩，是仿學張涵中的。

第三是在語氣上可以加強。如：

> 男兒空自具鬚眉，男兒意氣安在哉？……男兒男兒只如此，人間何用男兒為！（明陳繼儒〈馮節婦歌〉）

一聲聲呼叫「男兒」，語氣激烈，到了連呼「男兒男兒」，氣勢尤其加強，這五處重出的「男兒」，使男兒不如節婦，節婦遠勝男兒，這概念全被強調出來了。

如果將重出的字，在一句中聯在一起，成「當句頂眞」的模式，語氣也極緊峭，如「打蜂蜂著人，避風風折枝」（明徐來復〈諭俗〉）如「野草怕霜霜怕日，月光如水水如天」（明孫仲衍〈集古句〉）如「逝者不來來者逝」（清朱銘〈盤句〉）句中重出字都發揮了語氣緊迫有力的作用。

第四是重出字可以形成「對照」或「翻疊」的效果。如：

立願儘多如願少，受恩容易報恩難。（清時慶萊〈倖捷〉詩）

爲客還送客，客歸客亦歸，歸時回首望，海上數鴻飛。（明許獬〈爲客〉詩）

「立願」與「如願」相對照，人生豈能事事如願？「受恩」與「報恩」相對照，幾人懂得及時報恩？所以在兩個「願」字下一多一少，兩個「恩」字下一容易一難，對比之下，人情的體認極深刻。「爲客」的人，卻在「送客」，客歸時我這客也歸去，便有幾層翻疊的趣味，第三句又頂眞一個歸字，意味極濃。

第五是數個重出字，安排得參差歷落，有時產生鑲鑽嵌寶的耀眼效果。如：

邀月恰邀邀月客，看燈兼看看燈人（清趙翼〈上元夕〉詩）

花好看花人更好，看花人看看花人（清蕭師兆〈秋夜看菊花會〉）

婁江江水千尺深，婁江江月空沈沈，千秋江水千秋月，盡是千秋未死心！（明盛于斯〈輓沈承〉）

趙詩的七個字裏「邀」有三個，「月」有兩個，「看」有三個，「燈」有兩個，帶點繞口令的難讀氣氛，正顯得因難而逞巧。蕭詩的十四個字裏，「花」有四個，「看」有四個，「人」有三個，「好」有兩個，花好還是人好？看花其實看人！歷歷落落，妙趣橫生。盛詩的前半寫「婁江」「江水」與「江月」，有四個「江」字；後半重複「千秋」三次，江水千秋，人亦千秋，無窮的懷念與不朽的盛事，隨著重複字的參差排列，而美得出奇。

諧合一氣

在一般修辭學的書裏，很少談及「諧合」的技巧，諧合是將幾句話的想法在某種情境下統一起來，性質和諧，合成一氣，由於前後拈連，使整首詩肌腱牽聯，關節相通，融爲一片。若不懂得諧合的技巧，就會片段分離，彼此隔礙，缺少句字間相互協調的靈活性。

譬如說清人張涵中的〈前本事〉詩：「十載功名三尺劍，男兒未忍割相思！」下句的「割」與上句的「三尺劍」諧合一氣了。十載功名算得了什麼？佩劍的威儀也只是外表的虛張，眞正深心處最軟弱的缺憾，是丟不下的相思呀。順著上句的長劍，說唯有相思忍不下心來割捨掉，這「割」字使全詩警動起來，如果用「捨」用「忘」，句字間就不能統一與協合了。

又譬如說明人錢千秋的〈釣臺〉詩：「誰憐澤畔披裘者，只釣孤清不釣名。」順著上文澤畔披裘、在月明中垂著一竿釣魚的隱士，說他只釣著孤清，絕不是沽名釣譽之輩。孤清能釣嗎？虛名能釣嗎？但都用「釣」就使全詩融和一氣，關節全通了。後來冰心不是也仿著這樣寫嗎：「魚兒！不來也好，我已從蔚藍的水中，釣著詩趣了！」抽象的「孤清」可以釣，所以詩趣也可以釣，釣與魚諧合一氣了。

「諧合」的修辭技巧，還不限於上句名詞適用的動作，連帶地適用到下句別的名詞之下。只要在整首中出現某一類的字，相互間融和一氣的，都能產生詩文的諧合作用。

例如明人金堡寫的〈硯銘〉：

> 夜行踏白，不是水，便是石，兩隻眼睛黑如漆，此是老夫三尺鐵，可憐禿盡生花筆！

將一生在硯臺上的辛苦，比喻作一生在荒山野地跋涉一般，硯臺除了水，就是石，像夜行時尋找光白的地方踩下去，不是水，便是石。於是在崎嶇處夜行時提心吊膽，訓練就兩隻眼睛睜得特別亮，如漆般有黝光了。每當臨文寫字，不也是嘔心瀝血，訓練就一雙驚悚的眼神麼？當然，這銘中的「眼睛」可能不只在指人，可能也指硯臺上的水潭呢。這三寸硯臺就是老夫維生的三尺鐵器，可憐在硯臺上不知磨禿盡了多少生花之筆呢。筆的禿毛，硯池的水汪汪眼睛，都有了擬人化的效果，與禿頂的老夫，兩眼驚魂的老夫，融合一氣，所以我特別欣賞「禿盡」二字，若用「磨盡」「耗盡」「費盡」，都不能如「禿盡」那樣連帶地將「老夫」憔悴的形貌一齊勾畫出來。

再看清人張涵中的〈望遠曲〉：

凭樓望遠人，青山壓翠堞，郎行重疊山，
妾心山重疊，不怨薄情郎，且怨薄命妾。

「重疊山」「山重疊」這種廻環的句字當然很妙，但我卻特別欣賞上面那個「壓」字，與整首詩十分諧合。遠遠地悵望，只望見青山壓著苔色的城牆，你在重疊的山中行走，你又壓在山上，有時也壓在山底，這重重疊疊複壓著的山和你，又重疊地壓在我的心上。由第二句的壓，自然感到反覆而沈甸甸地壓壓壓，心頭的壓力眞重呀！你在重重山外覓生計，我不能怨你，我在重重山壓下怨嘆，也只能怨自己命薄吧！第二句的壓字實在成了全詩的眼目，靈通著詩的全身。

我說的「諧合」要比前人所說的「拈連」範圍大一些，我們試以「諧合」的技巧來批評明人劉遵憲的兩首詩吧：

自君之出矣，金井落梧桐，思君如病葉，憔悴怯秋風。

自君之出矣，夢遶鐵關頭，思君如流水，日夜不曾休！

前面一首，金井上落下了梧桐葉，就取梧桐葉作比喻，說想念你就像「病葉」。「落梧桐」與「病葉」顯得諧合一氣。「病葉」在秋風中「憔悴」而「怯」，我想念你，也在秋風中「憔悴」而「怯」，「怯」的是葉也是人，完全融合不分。況且金井的「黃」，梧桐落葉的「黃」，病葉的「黃」，西風中憔悴的「黃」，全是統一的色調，十分諧和。

後面一首說：我想念你，夢遶著「鐵關頭」，又另以流水作比喻，說想念你就像「流水」，日夜不曾停息過。「鐵關頭」是指什麼？讀者不很熟悉，和「流水」就有點隔礙了。也許「鐵關頭」乃是指一個地名，一個城闕，有護城河環繞著，夢就像護城河的流水，你在哪個城關？我就是那城關的護城河，日夜遶在你左右打轉。不過「鐵關頭」和「流水」在聯想時要轉個彎，不如前面的那首融和一氣，詩文能注意「諧合」，往往能妙筆生花。

詩愛說反話

凡人都有好奇性，在聽別人說話的時候，愛聽那些出乎意料的話，覺得去舊布新，心神爲之一爽。讀詩文的時候，對於千篇一律的命意，十分厭煩，總期待一些獨特的聲音，與眾不同。所以詩人常愛說「反話」以聳動耳目。

「反話」是指翻案文章，對於千年以來，萬口同聲的觀念，偏來一點奇怪的想法，推翻既定的判斷，平反眾人的經驗，出奇制勝。

「反話」最常見於評論史事上，史事難有一定的是非，而史事中的「美人心事」，當然更具趣味性，因此像西施、王昭君、班婕妤等都是被寫翻案文章的好題材。

清人時慶萊是怎樣替「西施」說反話？他寫道：

苧蘿邨裏浣紗時，匿采韜光人未知，
一自效顰妍醜見，生平知己是東施！

寫「西施」這種題材，從各種角度想，早已被古今才子寫光，如何在「死」中求「活」，「正」中求「反」，要有個全新的意思不容易。本詩從「東施效顰」的成語著眼，西施病心顰眉十分美，東施去模倣作態十分醜，作者忽出奇想，說：西施在苧蘿村裏浣紗的時候，匿采韜光，本來是沒人發現的，幸好有個東施來效顰，是效顰的醜態反襯出西施的美姿，才令人驚豔！所以讓西施成名，要靠東施的烘托，因此東施是西施難得的恩人、生平的知己呢！

清人言啟方是怎麼替「明妃怨」說反話？他寫道：

上馬漢宮遠，琵琶聲斷腸，無金酬畫史，是妾誤君王！

王昭君的故事，有人怨漢元帝被左右蒙蔽，不能及時垂寵於昭君；有人怨畫工毛延壽的貪金，凡妃子不肯事先賄賂的，被故意畫得醜一些。種種與正史不合的虛誕傳說，早已積非成是。但本詩不從昭君怨元帝、昭君怨畫工上著筆，反說昭君深自抱歉，只因拿不出十萬五萬的紅包酬謝畫工，以致誤了君王的寵幸，使容顏原本是後宮第一的昭君，只能琵琶斷腸，遠嫁塞外，導致了千秋萬世在唾駡元帝的昏庸！這種昭君自責的「反話」，使原本虛誕的傳聞，益加荒謬到出奇的可愛了！

清人黃景洛則爲「班婕妤」說反話，他寫道：

顧郎如婕妤，願妾作團扇，雖曰棄秋風，歲歲猶相見！

班婕妤「秋扇見捐」的感歎，人盡皆知，本詩卻翻出一個全新的意思，以女子的口吻說：「希望郎是班婕妤，妾是那柄執在他手中的團扇，雖然在秋風起後就會被擱置，但明年夏天又會再被寵用，年年歲歲猶有相見的機會。」秋扇見捐的不幸，反說成年年可親的幸運，秋扇的可憐，反說成秋扇的可慕，令人大出意外。

美人之外，英雄也是被說反話的對象，清人查善和論吳越興亡道：

奸雄空自甘嘗糞，韻事人猶羨館娃，

若把夫差比勾踐，夫差畢竟計無差！

嘗膽復國的越王勾踐，被嘲笑成甘心嘗糞的奸雄；歌舞亡國的吳王夫差，被羨慕爲擁有西施的韻士，單從這個受苦享樂的觀點比較兩人的高下，勾踐太賤，夫差不差（夫差與無差，江浙口語同音），原本沼吳雪恥的史事，被他別出心裁地作了翻案，歷史上的成敗並不等於個人的榮辱，嘗過糞的成功，遠不如享有西施者的失敗呢！

史事的是非，詩人可以信口雌黃地論斷，有時論得越不合理，反而「無理而生妙意」。至於神話傳說，原本是無稽之談，詩人的推論就更加自由了。清人金武祥寫七夕道：

姮娥獨處還應悔，翻把團圓讓女牛。

李商隱說過：姮娥應後悔的事，是偷了靈藥，長生不老，對著碧海青天，如何安頓這淒涼的「夜夜心」？本詩作者更進一步地拿來與牽牛織女星相比較，說姮娥獨處的後悔，是後悔把「團圓」讓給了牛女兩星。牛女雖一年只團圓一次，比姮娥千古無盡地做單身貴族要好得多了。

可是清人江儀吉，他卻有相反的看法，他的〈七夕〉詩：

絳河清淺隔經年，天上偏居離恨天，
畢竟星辰難替月，讓他一十二回圓！

牛郎織女要隔一年才能見面一次，身在天堂卻依然要過「離恨天」的生活，唉，小星星呀，你畢竟比不上大月亮，月亮一年還能團圓十二次！究竟星不如月，還是月不如星，天上人間，那來的定論呢？各說各話，竟然相反，而反話常成了好詩。

印象批評

中國人對詩文批評的手法，不喜歡將美作分析剖解，而喜歡將美作整體朦朧的描繪。最常見的方法是動輒將某詩人比喻作自然生物或人事動作，將龐雜的作品，透過詩評家的主觀印象，濃凝成一個具體生動的畫面，用以象徵其全部內容及風格，如此言簡意繁，企圖「一點而悟」的批評法，叫做印象批評，或稱爲象徵批評。我替它取了個新名詞，叫做「圖象批評」，在前面已經詳細剖析過了。

用一句話便能擊中風格內容的全部，做到「比物取象，目擊道存」，極不容易，必須要有超人的感悟力，與「金剛眼睛」才行。像宋代《滄浪詩話》裏說杜甫的「詩法如孫武吳起」，李白的「詩法如李廣」，前者有規矩可循，後者無途徑可學。又說李白杜甫如「金翅擘海，香象渡河」，孟郊賈島則像「蟲吟草間」，可以吃龍的金翅鳥飛行時翅膀能撥開海水，香象渡河時身體從河面直截斷到河底，代表氣象豪雄渾厚，而秋草間的露濕蟲吟，氣象便幽微寒澀多了。

這種圖象式的批評，在明朝時達到顛峯，前人只限於對二三家的比較，明朝便出現將一代文章作全面性的評隲，像王世貞、張朱佐，都嘗試作〈國朝文評〉，全用富有情趣的譬喻作爲褒貶。張朱佐在《醉綠齋雜著》中還將古詩樂府及唐詩數十百家，一一化作新奇醒目的視覺畫面，可說是印象批評的頂尖之作，值得再度介紹，前文介紹明代的，本文只談唐代的。張朱佐說：

> 杜甫大篇如煉石斷鼇，小篇則如豐市新徙，雞犬各識其處。

把杜甫的長篇比作女媧煉石補天，大海中掣鯨斷鼇，魄力極大，籠蓋宇宙。小篇像新建的「新豐市」，劉邦因爲父親懷念豐城，就把新豐市造得與故豐城一模一樣，衢巷棟宇，儘量用舊材料，連酤酒賣餅的鄰居也搬住原位，各家養的牛馬雞鴨，放置路中，都能各識其家。小篇的妥貼細膩，包絡一切，被這個奇特的比擬形容盡致了。

> 李太白如空中擲劍，雲端走馬，眞是鞭鯨如羊，吹氣成雨！

李白的發句落想，不由常則，像劍在天上飛擲，馬在雲中奔走。天才豪逸，神力有餘，所以鞭鯨魚像牧羊，吹一口氣都成了雨。把神思超越的天仙之才比喻得很具體。

> 王昌齡如清廟重器，至七言絕又如月明林下，姍姍美人！

王昌齡的七古，有一股雄直之氣，一改初唐輕豔之風，古雅而有氣骨，可比作淸廟重器。他的七言絕句，深情幽怨，優柔婉約，所以比作林下的明月，姍姍而來的美人。

王維如濯濯冰壺，皎皎玉繩。

王維的詩極爲淡遠，清潤秀雅，比作一個潔淨的冰壺。又心融物外，帶有禪妙，比作天邊皎皎的玉繩星。

高適如蜃樓奇觀，車馬人物錯落變現。

高適的詩，調響氣遒，直吐胸臆，爲什麼比喻作海市蜃樓裏的景物歷歷呢？大概是指渾渾浩浩的氣骨中，仍有鮮明的形象吧？

岑參如大家兒郎，不作輕薄。

岑參詩勁骨開張，魄力亦大，有豪傑挺生的氣概，是大家兒郎，決不是花花草草的輕薄兒。

韓愈如秦人衣冠，不知有漢。

韓愈詩高古硬札，精神兀傲，常常以醜爲美，毫無媚俗佞世的眉目，停留在秦人的年代，不知有漢，何況近世！

賈島如寒鴉古木，流水孤村。

賈島詩意雖閑雅，氣韻卻枯寂，只搜眼前景物入詩，不免流入荒陋，用寒鴉古木流水孤村來比況，很中肯。

李商隱如洛陽名園，瑤花滿徑。

李商隱詩氣韻香甜，風情不淺，豔麗滿目，教人低徊不忍釋去，比況作名花瑤草，與寒鴉古木恰成對比。

其他如杜審言像「冠劍大臣，擁列殿陛」，又像「猛獸奇鬼，森森搏人。」劉希夷像「一道香車，輕盈流麗，端的可人」。孟浩然像「蒼崖丹壑，孤秀欲絕」。錢起像「秋波晚晴，寒氣襲人」。盧綸像「斷山複嶺，觀者當備數日糧」。元稹像「吐家常，婢兒皆曉」。白居易像「唱大江東去，不作曉風殘月」。張籍像「層石冰稜，不復一路平放」。杜牧像「疏鐘曉月，澹然自深」，馬戴像「一枝寒梅，傲雪獨笑」……。

這種印象批評，想包涵全局是困難的，想比況得恰好也端賴敏銳的感受與豐富的聯想能力，必須是高明的畫龍點睛手，一經點化，精神面貌騰躍眼前，不然這種曖昧的比擬，誰也無法說它對或不對，全屬主觀的印象，率意雌黃，又能提供什麼令人滿意的會心處呢？

詩需要奇想

詩需要奇特的想像，不然就會像平順的書信、妥貼的散文了。奇想有時從瑣事中拈出，有時從假想中當眞，有時是外物變了形相，有時是自心化出幻境。別人視爲無關的，詩人卻忽作巧妙的聯想；別人不覺得有情的，詩人卻賦予豐沛的生命；別人百思不及的，詩人卻突發驚人之語！打破舊有的慣性連結，建立嶄新的感性秩序，令讀者心頭一振，眼前一亮，感受鮮活新穎的詩的世界，才是最迷人的地方。

且來欣賞這些有奇妙想像力的詩吧，如清人孔繼鑅的〈題半醉圖〉：

大笑東看海似杯，醉醒何事苦相猜？
詩腸一曲眞千里，可許黃河變酒來！

往東邊大笑著，醉眼一看，大海也變成酒杯了！又何必猜想自己是醉了還是醒著呢？詩的心腸一彎曲就像河套有千里長，那滔滔奔來的黃河，就化作狂瀉傾注的美酒吧！呵！把大地奇想成詩人的腸腑，東海只是個大酒杯，黃河千里正是斟酒的壺嘴，口氣不小，帶點狂誕驚人的形容，讀來十分爽快。

許多奇想是借助於比擬的，且看姚鼐的〈送余伯扶重遊武昌〉詩：

好士如好山，不容置几席。好詩如好士，每見輒增益。

好的讀書人，像好的山，不是可以被誰收買去，像古董珍玩一般，置在几席上專供那家欣賞的。好的詩文，又像好的讀書人一般，每次一見面，就獲得許多啟發與益處。把士去比山，又拿詩來比士，性質、鉅細、人物，完全不相似的東西，被詩人輪番相比，由於才思奇特，別有一番意趣。

奇想除了用比擬的方法外，也可以從塵埃落定的史事中，突然作重新的假設，例如清人黃任的〈彭城道中〉詩：

天子依然歸故鄉，大風歌罷轉蒼茫，
當時何不憐功狗？留取韓彭守四方！

漢高祖做了天子，依然是很想回故鄉的，還唱了一首〈大風歌〉：「大風起兮雲飛揚！威加海內兮歸故鄉，安得猛士兮守四方！」唱完了眞情流露的歌，心緒也很蒼涼吧？既然在感歎如何得到猛士的協力，來把守四方江山，那麼當初爲什麼不可憐可憐這些曾立大功的「功狗」，不要將韓信、彭越殺掉嘛！天子一面將猛將韓彭殺掉，一面又慨歎「安得猛士守四方」，不是挺矛盾、挺可笑嗎？這史實上的矛盾，很少人想得到，一經詩人提出，顯得極妙。

明人唐伯虎的〈相如滌器〉詩，也比別人想得深：

琴心挑取卓王孫，賣酒臨邛石凍春，
狗監猶能薦才子，當時宰相是何人？

司馬相如以琴心挑動卓文君，在臨邛賣酒時，石涑春酒還出了名。如此的才子卻靠狗監來推薦他的文才給皇帝，那麼當時的宰相在幹什麼呢？大家討論的都是司馬相如以狗監的推薦爲出身，正當不正當？很少去責問當時宰相疏忽了職責，經詩人一責問，設想奇妙，把憤世嫉俗的意思也一併寫活了。

奇想也可以由主觀推想，做成假定，成爲「無理而妙」的癡想。如明代屠隆的〈塞下曲〉：

怨入秋閨玉筯寒，滿天明月錦機殘；
一生不識關山路，欲作遼西夢更難。

秋閨裏的思婦，懷著怨，垂著淚，秋天的淚串也是冰涼的。滿天的明月，哪有心長坐在織錦機前面呢？唉，一生從不認識關山迢迢的路程，所以想做夢去遼西也是極端困難呀！做夢也要先認識路況嗎？這種怨恨完全由主觀的認定，夢所以做不到那邊，原來是由於出門少，路不熟！推理的方式越癡越能成爲奇想。

奇想也可以從冷不防裏竄出來，好像蹬了人一腳，教人警省的。如明人陳繼儒的〈七夕曬書〉詩：

竹館香清鳥下初，辛勤頭白老潛夫，

兒曹空恨咸陽火，焚後殘書讀盡無？

在七月七日初秋曬書的時刻，辛勤得頭白了的老隱士，一定搬書搬累了，忽然指著兒孫輩們說：「你們常講到項羽放火燒咸陽城，火燒了三個月不滅，把秦代典藏的圖書全燒掉了，講到焚書，誰都恨恨不已，但眼前這些焚燒殘賸的書，你們都全部讀盡過嗎？」這一問，眞是奇想，燒殘的都不肯讀盡，還恨那些被燒的做什麼？未燒的不肯去讀，不是和燒掉一樣嗎？一經奇想，整首詩都生色不少。

三民叢刊書目

1. 邁向已開發國家　孫　震著
2. 經濟發展啓示錄　于宗先著
3. 中國文學講話　王更生著
4. 紅樓夢新解　潘重規著
5. 紅樓夢新辨　潘重規著
6. 自由與權威　周陽山著
7. 勇往直前　石永貴著
8. 細微的一炷香　劉紹銘著
9. 文與情　琦　君著
10. 在我們的時代　周志文著
11. 中央社的故事(上)　周培敬著
12. 中央社的故事(下)　周培敬著
13. 梭羅與中國　陳長房著
14. 時代邊緣之聲　龔鵬程著
15. 紅學六十年　潘重規著
16. 解咒與立法　勞思光著
17. 對不起，借過一下　水　晶著
18. 解體分裂的年代　楊　渡著
19. 德國在那裏？(政治、經濟)　郭恆鈺・許琳菲等著
20. 德國在那裏？(文化、統一)　郭恆鈺・許琳菲等著
21. 浮生九四　蘇雪林著
22. 海天集　莊信正著
23. 日本式心靈　李永熾著
24. 臺灣文學風貌　李瑞騰著
25. 干儛集　黃翰荻著
26. 作家與作品　謝冰瑩著
27. 冰瑩書信　謝冰瑩著
28. 冰瑩遊記　謝冰瑩著
29. 冰瑩憶往　謝冰瑩著
30. 冰瑩懷舊　謝冰瑩著
31. 與世界文壇對話　鄭樹森著
32. 捉狂下的興嘆　南方朔著

三民叢刊33

猶記風吹水上鱗

余英時　著

本書以紀念錢賓四先生的文字爲主，賓四先生爲一代通儒，畢生著作無不以重發中華文化之幽光爲志。透過作者的描述，我們不僅能對賓四先生之志節與學術有深入的認識，並對民國以來學術史之發展有一概念。

三民叢刊34

形象與言語

李明明　著

藝術是以形象代替作者的言語，而在形象與言語之外，仍還有其他種種相關的問題。本書作者從藝術與時代、形式與風格、藝術與前衞、藝術與文化五個方面剖析西方現代藝術，使讀者能對藝術品本身及其相關論題有一完整的認識。

三民叢刊35

紅學論集

潘重規　著

本書爲「紅學論集」的第四本。作者向來主張≪紅樓夢≫一書爲發揚民族大義之書，數十年來與各方學者論辯，更堅定其主張。本書爲作者歷年來關於紅學討論文字的總結之作，也是精華之所在。

三民叢刊36

憂鬱與狂熱

孫瑋芒　著

經狂的年少，懷憂的中年，從鄉下的眷村到大都會的臺北，從愛情到知識，作者以詩意的筆調、鋪陳豐饒的意象，表現生命進程中的憂鬱與狂熱。以純藝術表現出發，而兼及反應社會脈動，不但樹立了獨特的個人風格，也爲散文藝術開拓了新境界。

三民叢刊37

黃昏過客

沙究　著

「爲樸素心靈尋找一些普通相的句子」沙究在獲得時報短篇小說推薦獎時曾對他的寫作有如是的感言，他的作品就是最好的實踐。本書將帶領您從浮生衆相中探索人類心靈的面貌。

三民叢刊38

帶詩蹺課去

徐望雲　著

我們都或多或少的讀過現代詩，但對現代詩的了解卻很少，於是許多譁衆取寵的文字便假借現代詩的名義出現，讓「詩人」成爲一種笑話。本書以輕鬆的筆調、嚴肅的心情，引導讀者更接近、更了解現代詩。

三民叢刊39

走出銅像國

龔鵬程　著

「有筆有書有肝膽，亦狂亦俠亦溫文」，身處時代之中的讀書人，傾聽時代之聲，即使漠然獨立，又豈眞無關切奮激之情？看龔鵬程如何以慷慨纏綿之筆，爲當今的社會文化現象把脈，提出處斷的良方。

三民叢刊40

伴我半世紀的那把琴

鄧昌國　著

本書爲作者歷年來對工作及生活的感懷之作。作者以深厚的音樂素養和經歷，娓娓細訴生命中的點點滴滴。一把琴，陪伴走過半世紀的歲月滄桑，樂音寄託壯志，也撫平了激越胸懷。

三民叢刊41

深層思考與思考深層

劉必榮 著

本書收錄作者過去三年多在中國時報所發表的社論、專欄，以及國際現場採訪報導。不僅是世紀末的歷史見證，也代表了臺灣新一代知識分子，對國際局勢的某種思考與詮釋。

三民叢刊42

瞬　間

周志文 著

在本書蒐集的短論中，作者以敏銳的觀察來分析這個急遽變化的世界，試圖找尋一些既存於人類心靈的永恒價值，這些價值並不因現象世界的崩解而全然消失，反而藉著不斷的試煉、考驗而更具體地存在。

三民叢刊43

兩岸迷宮遊戲

楊　渡 著

本書收錄作者對兩岸關係一系列的分析報導。作者以新聞記者敏銳的觀察力，探索臺灣命運與前途，並試圖帶領大家由「統獨」「兩岸關係」的迷宮中走出來。

三民叢刊44

德國問題與歐洲秩序

彭滂沱 著

近一世紀來，德國的興衰分合不僅影響了歐洲的政治秩序，也牽動了整個世局。本書以「德國問題」的本質爲經，以歐洲秩序的變化爲緯，探索一八七一年至一九九一年間德國與歐洲安全體系的關係。

三民叢刊45

文學關懷

李瑞騰 著

本書作者長期關懷文學的存在現象與發展趨向，十年來除學術性論述以外，更不時以短文形式直指文學現實。其所為文，或論本質、或析現象、或記實踐，上下古今，縱橫馳騁。作者筆意凝練，文風篤實，本書六十幾篇短文皆有可觀者。

三民叢刊46

未能忘情

劉紹銘 著

充實的人生，不必帶有什麼英雄色彩或建立什麼豐功偉績。如果我們遇到難以忘情的機緣時，能夠認識其滋潤生命的價值，人生就不會白活。本書作者即以此為觀點，記錄人生種種未能忘情的機緣巧遇，文字流暢而富感情，讀來實令人著迷。

三民叢刊47

發展路上艱難多

孫震 著

本書回顧了過去五、六年間臺灣經歷的經濟、政治、社會等種種變局。作者衷心期望臺灣在經濟發展、社會富有之後，能建立一個富而好禮的社會，而不是熱中私利、踐踏他人尊嚴的貪婪社會。

三民叢刊48

胡適叢論

周質平 著

本書是作者最近三年來有關胡適研究的論文集。文中以胡適為中心，對五四以來科學與民主思潮的內涵進行分析；對整理國故、民主與獨裁等論爭加以探討；並將胡適與馮友蘭、趙元任、魯迅做比較研究。期能為研究胡適的學者提供一些方便。

三民叢刊49

水與水神

王孝廉　著

從泰國北部的森林到雲貴高原的村落……從漢民族到少數民族，從神話傳說到民俗信仰……行萬里路固然是爲了好玩和興趣，也爲了保存民族文化的精髓。本書爲作者近年來關於中國民族和人文的文字總集，深情與關懷俱在其中，值得細細品嘗。

國立中央圖書館出版品預行編目資料

愛廬談文學／黃永武著.--初版--臺北
市：三民，民82
面；　公分.--（三民叢刊；55）
ISBN 957-14-1958-3（平裝）

1. 中國文學-論文，講詞等

820.7　　　　81006550

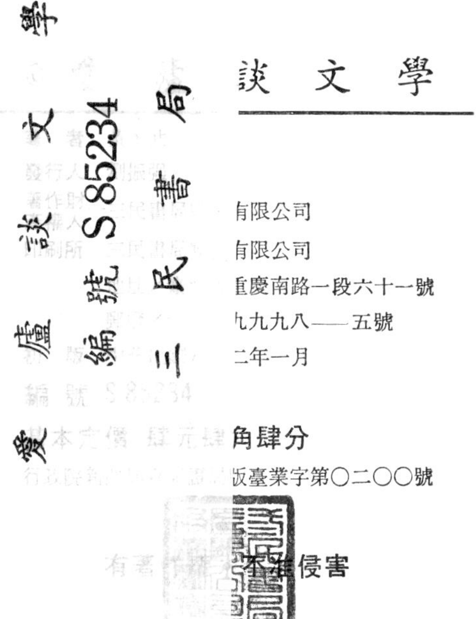
愛廬談文學
編號 S 85234
三民書局

談文學

有限公司
有限公司
重慶南路一段六十一號
九九九八——五號
二年一月
角肆分
版臺業字第〇二〇〇號
不准侵害

ISBN 957-14-1958-3（平裝）